草莽奇人传

民国武侠小说典藏文库·顾明道卷

顾明道◎著

范烟桥◎评

中国文史出版社

顾明道和他的小说（代序）

张赣生

在本世纪（指二十世纪）二十年代末，能与"南向北赵"并称的武侠小说作家只有顾明道。

顾明道（1897—1944），原名景程，江苏苏州人。他八岁丧父，自幼体弱，上学时膝部患骨结核（中医所谓骨痨）致残，行动依赖挂拐。他毕业于教会所办的振声中学，因学习成绩优秀，即留在该校任教，并受洗为基督教徒。1922年，范烟桥移居苏州，范氏在辛亥革命的时候就曾与友人组织"同南社"，诗酒唱和；这时又于七夕会同赵眠云、郑逸梅、顾明道等九人组织"星社"，以文会友。顾氏由此结识了一批文友，他一生的文学活动大体未超出这个小团体的范围。顾明道因一直希望医好腿疾，所以结婚较迟，抗战爆发后，他和母亲、妻子全家移居上海，苏州的家产毁于战火，从此落入贫病交加的处境中。他一生以教书为业，战前一直在苏州振声中学执教，迁居上海后一面写作，一面仍自办补习学校，招生授课，直至肺结核把他折磨得卧床不起才停办。病重时生活无着落，全靠朋友周济，终年只有四十八岁，身后凄凉。

了解了顾明道一生的经历，有助于我们客观地认识和评价他的小说。

从顾明道一生经历来看，腿残、留校执教、参加星社，这三件事深刻影响着他一生的文学事业。民国初年的上海，盛行哀情

1

小说，即文学史上称之为"淫啼浪哭"的时期。1912年，徐枕亚的《玉梨魂》和吴双热的《孽冤镜》在《民权报》同时连载，随即又连载李定夷的《霣玉怨》，流风所被，一片哀音。顾明道就在这种风气的影响下，开始试写小说，那时他只有十七岁，尚未成年。他的处女作是短篇言情小说，发表在高剑华主编的《眉语》月刊上，这是一份以知识妇女为读者对象的刊物，脂粉气很重，在该刊的创刊号上发表了一篇阐明办刊宗旨的《宣言》，其中说："花前扑蝶宜于春；槛畔招凉宜于夏；倚帷望月宜于秋；围炉品茗宜于冬。璇闺姐妹以职业之眼，聚钗光鬓影能及时行乐者，亦解人也。然而踏青纳凉赏月话雪，寂寂相对，是亦不可以无伴。本社乃集多数才媛，辑此杂志，而以许啸天君夫人高剑华女士主笔政。锦心绣口，句香意雅，虽曰游戏文章、荒唐演述，然谲谏微讽，潜移转化于消闲之余，亦未始无感化之功也。每当月子弯时，是本杂志诞生之期，爱名之曰《眉语》，亦雅人韵士花前月下之良伴也。"看了这篇《宣言》，读者当能了解此刊物的性质。顾明道在1914年左右开始写小说时，选中这样一个刊物投稿，也就表明顾氏本人的性格难免有些多愁善感的脂粉气。

我指出顾氏性格中的脂粉气，因为这决定着他文学作品的基调，丝毫也没有嘲讽顾氏之意，每个人都在一定的环境下养成他的性格，这没有什么可嘲讽的，我们要研究的只是事实。郑逸梅在《悼顾明道兄》一文中提到两件事，其一为："明道最初的作品，刊登在许啸天所辑的《眉语》杂志上，该杂志多载女作家的文字，他就化名梅倩女史，撰着短篇小说。有一位读者，是登徒子之流，写信追求他，缱绻缠绵，大有甘伺眼波之意。明道接到了信，大笑之下，用梅倩具名答复他。那个登徒子欣喜欲狂，寄给他一帧照片，请他交换'芳影'，并约他会晤某园。明道到这时，才用真姓名自行揭破。这一段趣史，明道时常讲给人听的。"其二为："《江上流莺》稿成，我曾为他写一小序，有云：'江山

2

摇落，风雨鸡鸣，我侪丁斯乱世，应变无方，干禄乏术，臣朔饥欲死，乃不得不乞灵于不律，红茧缫愁，绿蕉写恨，借以博稿资而活妻孥。社友顾子明道固与予相怜同病者也。'明道读了，亦为之感喟百端，不能自已。"当时正值日寇侵华，人民生活困苦，对此局面"感喟百端"也是情理中的事，我们不必咬文嚼字，过分挑剔；但达到"不能自已"的程度，就难免少些丈夫气了。以上两件事都可证明顾氏确有些多愁善感的脂粉气。

顾明道养成这样一种性格，固然与前述民初上海文坛的时尚有关，在当时一些人的心目中，唯其如此才配称为"才子"，少了贾宝玉味道就被视为粗俗；但是就顾氏本身的内因而言，腿残对他心理上的影响，恐也不容忽视。肢体的残疾不仅影响着顾明道的性格，也限制着他的行动。郑逸梅《悼顾明道兄》一文说："这时他在吴门振声中学担任教务，因不良于行，往返不便，所以他住在校中。"顾氏是一位多半生未离他那中学小天地的人，缺少广泛的社会生活经历，在这方面，他既不能与同时的"南向北赵"相比，更不能与后来的"北派四大家"同日而语。对于这样一位学生出身，生活面狭窄，又多愁善感的作家来说，写言情小说自然是最方便的，他可以坐在家里凭自己的情感体验来打动读者，只要情感诚挚，哪怕写的只是他个人的小天地，也总会有其可取之处。但自向恺然《江湖奇侠传》引起轰动之后，报刊编者和出版商均热心于武侠一途，顾明道为适应这一潮流，便也改弦易辙，于1923年至1924年在《侦探世界》杂志发表武侠小说。1929年，他由杭返苏，途经上海，与当时主编《新闻报》副刊《快活林》的星社文友严独鹤相会，恰逢《快活林》需要连载长篇武侠小说，严约顾撰写，这就促成了他一生的代表作《荒江女侠》的问世。

《荒江女侠》刊出后竟大受欢迎，同年冬，上海三星图书局向新闻报馆购买版权出版单行本，至1930年8月已翻印四版，

1934年11月更达到十四版，这在当时是很可观的销行数。可见其轰动的程度。由于此书畅销，顾氏也就续写下去，共出版了六集，并被友联公司改编为十三集连续影片，上海大舞台、更新舞台也改编为京剧连台本戏，风靡一时，大有凌驾《江湖奇侠传》之上的势头。这部小说之所以能取得如此出人意料的效果，今天的读者或许很难理解。当时最著名的武侠小说，是"南向北赵"的作品，向恺然连缀民间传说，自有其吸引人的一面，但却少了点爱情纠葛、哀感顽艳；赵焕亭的《奇侠精忠传》据说原有不少狎媟的描写，因而触犯禁例，出版时经过删削。顾明道于此际把武侠、恋爱、探险等成分捏在一起，就给读者一种新鲜感，满足了十里洋场那特定读者群追求新奇、热闹的要求，正如严独鹤在《荒江女侠序》中所说："以武侠为经，以儿女情事为纬，铁马金戈之中，时有脂香粉腻之致，能使读者时时转换眼光，而不假非僻之途，不赘芜秽之词。是以爱读者驰函交誉。"

顾明道用以吸引读者的另一个办法是写"冒险"，他在谈及自己的作品时说："余喜作武侠而兼冒险体，以壮国人之气。曾在《侦探世界》中作《秘密之国》《海盗之王》《海岛鏖兵记》诸篇，皆写我国同胞冒险海洋之事，与外人坚拒，为祖国争光者。余又著有《金龙山下》一篇，可万余言，则完全为理想之武侠小说也，刊入《联益之友》旬刊中。又曾写《黄袍国王》长篇说部，记叙郑昭王暹罗之事，曾刊《大上海报》，后该报停版，余亦中止，他日拟出单行本以飨读者矣。又新著《龙山争王记》，则方刊于《湖心》周刊中，该刊为西湖小说研究社出版者也。襄年余为《新闻报·快活林》撰《荒江女侠》初续集，尚得读者欢迎，今由三星书局出单行本，三集亦在付梓中矣；又为《小日报》撰《海上英雄》初续集，则以郑成功起义海上之事为经，以海岛英雄为纬，以上两种皆由友联公司摄制影片。又尝作《草莽奇人传》，则以台湾之割让，与庚子之乱为背景也。"（转引自郑

4

逸梅《悼顾明道兄》）所谓"冒险体"或"理想小说"，显然是接受了西方的小说观念，是指类似斯蒂文生《宝岛》或斯威夫特《格列佛游记》的体裁，譬如他所著的《怪侠》，写一个身负绝技的革命者，失败后率党徒逃亡海外，去非洲探险，与当地土著争斗，称雄异域，即是一例。

　　就顾氏的为人来说，他是一个正直、爱国的书生。"一·二八"日寇进犯上海，顾氏写了《国难家仇》《为谁牺牲》等小说，表示了他作为中国人的同仇敌忾之心。顾氏一生写过五十多部小说，以武侠和言情为主，也有社会、历史、侦探等作，他临终前，春明书店出版了他的最后一部作品《江南花雨》，这本小说具有自述的性质。

郑　序

　　风云明晦，天之奇也；卉木荣枯，地之奇也；任侠好义，卓荦绝尘，人之奇也。传奇人，不可不有奇才；有奇才然后奇气坌溢，奔凑腕下，自成奇文。而奇人之须眉，若隐若现于楮墨间，读之为之歌为之泣而不自觉，此不朽之作也。社友顾子明道，奇才也。善逞奇文，而传奇人也。新著《草莽奇人传》一书，叙拳乱与台湾之役，并连类以及有清鼎革，其中草莽奇人，豪气直凌霄汉，雄心欲贯乾坤。一一写来，无不有声有色。一编出世，行见传诵万家，啧啧称奇才、奇文、奇人不置。明道亦忻然色喜曰，年来病足杜门，致力于小说，得此佳誉，可以自慰也矣。

社弟郑逸梅

杨　序

　　盖闻轻财仗义，疾恶如仇，义侠之本色也；飞刃舞剑，光芒四射，义侠之绝技也；代抱不平，解人困厄，义侠之素行也。呜呼，挽近世风日，偷人心浇漓，提倡义侠，以矫当世营私忘公、萎靡阘茸之恶习，尤为当务之急、扼要之图。同社顾子明道，今之有心人也，平日课校之余，搜罗逸闻，独具慧眼，深慨夫历来畸人隐士、瑰行奇事，掩没勿张，颇滋惋惜。因本宣幽阐闳之志，道圣而启贤，以维大义于不敝。掇拾清季遗事，成武侠章回小说《草莽奇人传》一书，汪洋千言，淋漓百篇，描写明畅，挥洒如意，有声有色，可泣可歌，纬以儿女情爱，恢奇俶诡，不可思议，足以垂金石而吐光焰焉。其间解纷释难，诛顽儆谗，大可振风挽俗，廉顽立懦，阅之令人惊心触目，啧啧称赏。豪侠之气，油然而生，是则其功焉可已乎？杀青有日，嘱弁一言，予维明道文章，光芒万丈，世之爱读者弥众，夙有定评，初无俟予之赘词，爰述所见如此，质之顾子，以为然否？

民国二十年辛未梨花寒食节社小弟杨剑花

谨序于晴翠簃之南窗

范　序

　　这个年头，武侠小说又风起云涌了，我的朋友顾明道的武侠小说竟不胫而走，《荒江女侠》和《七侠五义》一类的书，一般的家喻户晓。有人说，这是中国小说的退流，因为中国的小说，写武侠最多，并且最早。中间也有一个原因，在南宋时候，临安地方盛行说话。说话的第一科就是小说，也以武侠为主脑。《梦梁录》说："且小说名银字儿，如烟粉灵怪，传奇公案，朴刀悍棒，发迹变态之事。"朴刀悍棒，不是武侠小说么？所以《宣和遗事》就包含一部《水浒传》的雏形。后来胡元入关，杂剧使小说成音律化，也袭用小说的分科，《太和正音谱》说："杂剧十二科，……八日拔刀赶棒……"杂剧演化为传奇，武侠的成分就减少了。可是章回体小说，写武侠的便充分地发达起来，谢无量目为中国平民文学的文豪罗贯中，就是著作武侠小说最多的一人。社会对于武侠小说的酷好，也是出诸天性的，我们在童年，哪一个不喜欢听武侠的故事？听了武侠的故事，眉飞色舞，连书塾中沉闷的苦况也冲淡了不少。到了现在，虽已有别的读物可以夺席，但是多数还是以武侠小说为恩物呢。

　　不过武侠小说有一种流弊，容易使人过于崇拜英雄，失却一种法治精神，还有把神圣的材料加添进去，更不合科学的时代思潮。故觉明道的小说，都能免去这些弊病，那描写刻画之处，比旧时的武侠小说还要合理化。我敢说这种小说，绝不是退流。他去年足疾复发，不能行动，书贾向他要武侠小说，书函如雪片般飞来。他就在枯坐的当儿，拼命著书。我劝他将息些吧，他说："借此发泄些闷气。"这句话是值得注意的，作武侠小说，原来是要发泄自己的闷气，那么读武侠小说也可以借此消除闷气，这么心心相印，自然如磁吸铁，作者和读者"沆瀣一气"了。这部《草莽奇人传》，在冰天雪地时起的，到风和日丽时告成了一半，也是剥极而复的一个朕兆。他作成四十回，就嘱我加评，我先前已把他的《美人碧血记》评过，觉得今非昔比，越作越有味了。有许多地方，给我揭穿他文章结构和脉络布置的秘密，我也以为一快事，可惜不能像圣叹外书似的，拉上一大堆的话，出出我的闷气。希望明道在续集中再有妙文，给我一读，我还要饶舌呢。

　　　　中华民国第二十度清明吴江范烟桥

目　录

第一回

一箸功亏筹边计拙
单车行远报国心长

　　百年阑槛，百年孤抱，百年乔木，神州乍回首，渺孤云天北。

　　莽莽烽烟惊远目，倚长风、几番歌哭，狂来向燕市，觅荆高残筑。

　　这一阕《十二时》词，是一位词人自号半塘老人的，在光绪庚子那年，身陷危城，目击乱时有感而作。其实那时候尽是歌哭，无补时艰，铁如意击碎唾壶，放出一股酸头巾气罢了。至于荆高残筑，并不在少数，可惜当时没有识风尘的巨眼，任其奔走颠连，终于隐晦。单说中法、中日两役，中国的无名英雄为国捐躯的，何止数千百人。国耻史上，连两三个铅字的地位也没有占着。中间有一位杰出人物，把法兰西人打得抱头鼠窜，后来还到台湾去干轰轰烈烈的事业。在下虽然无半塘老人之才，不敢借词抒愤，却有半塘老人之心，特地费些笔墨，把荆高残筑渲染一番，也教读者廉顽立懦，教目无余子的帝国主义者，勿谓秦无人呢。

　　这位杰出人物，姓唐名景崧，字薇卿，广西临桂县人，在光绪初年中了举人，分发在兵部，任主事之职。因为他老人家虽是个书生，平时也很讲究军事，《孙武兵法》粗知大概，所以常在

1

都下对着同僚发牢骚，自负有随陆之文，兼绛灌之武。恰巧中国和法国为了安南问题开衅，战云密布，岌岌可危，就有人保举薇卿出守边境。薇卿奉命之下，并不畏葸，到了云南，坚守谅山和刘永福成掎角之势，在宣光地方打了一次胜仗，杀死了法国兵官数十，那不可一世的孤拔将军，也就死在是役。争奈清廷懦弱，一味主和，命各军退还边界。薇卿得了这个消息，气得不知所云，他对永福说道："权臣在朝，大将不能立功于外，这是千古不易之论。我们也只能蹈岳武穆的覆辙了。"永福更是着恼道："我们好容易打了个大胜仗，不趁势进攻，反而撤兵议和，那么我们不是白费这力气么？我们不如把皇上的上谕搁起来，等到把法国兵打完了，然后班师回朝，向皇上说个明白。那时大概也不来责备我们了。"薇卿微笑道："君臣之际，岂能如此便宜？这是天意，非人力所能挽回的，我们听着吧。"永福受了他的劝，只得悻悻而退。

过了一个多月，清廷因着薇卿有功，升他做台湾布政使，刘永福调升台南总兵，其余将领，也分别奖励升擢。只可怜一位千总万年，在谅山之役血战而死，虽有优恤，不过是哀荣而已。薇卿想起万年有一个儿子，在原籍山东堂邑县，年纪大约也在弱冠之际。正好提携他，培养他，聊答万年为国捐躯的一番忠义之心。当下吩咐一个心腹亲随李立，带了书信和安家之费前去接他到台湾。一面自己把军队交付了接替的人，和刘永福收拾行装，带了眷属，星夜往台湾上任。

且说万年的儿子名唤心雄，在堂邑县前街，侍奉着老母王氏，在家读书自修，生性喜欢武艺，所以常在后园使枪弄棒。也有五七个少年，和他同志，往来比较，可是谁也敌不过他，因此弟兄们送他一个诨号，唤作盖常山。意思是把他比作满身是胆的赵子龙。心雄并不以此自满，又在那年随着母亲王氏进香历城千佛山，拜老和尚云上做师父，在山上住了一年有半，学得不少内功外功，下山还家，恰巧接到了云南唐将军的信，知道父亲战死沙场。王氏哭得死去活来，心雄也是把法国人恨得咬牙切齿，不共戴天，常想投军为父报仇。王氏劝勉他道："现在清廷暮气太深，要他发愤图强，是做不到了，你还是养精蓄锐，待时而动。"心雄也就捺下这一腔血气，依旧精研武艺。

一天，他正和一个结义兄弟丁慕仁在县前一家茶店里听大鼓，那唱大鼓的是一个年纪很轻的女子，牌上写的是黑牡丹。因伊皮肤虽黑，姿态倒很秀逸，唱着梨花大鼓，声音也还婉转清脆，所以到堂邑城里来，不到五天，已经把中下等人轰动得如醉如狂，天天满堂。心雄本来不喜欢听大鼓的，嫌他扭扭捏捏，怪做作的，因着慕仁竭力说黑牡丹的好，便和他的兴去坐坐。城里还有一个茶店，有一个唤作千里红的，体态妖艳，举止风骚，吸动的人着实不少。自从这里来了黑牡丹，因伊唱得好，把那边的听客引来了大半，因此有几个和千里红有些瓜葛的，都把黑牡丹恨得什么似的，时常到这里来捣乱。还有些浮头，想吃天鹅肉，也来胡闹，所以二百多个听客里面，倒有小半是醉翁之意不在酒的。那黑牡丹年纪不过十六七岁，生得眉清目秀，衣服穿得是很朴素，唱的是乌龙院梨花大鼓，字眼也咬得很正。争奈伊刻意求工，高调儿提得十二分的尖，到底中气不足，唱到后来，喉咙里有些沙音了，就有一个大汉大声喝倒彩。黑牡丹已经有些窘了，在伊唱到阎婆惜迷宋公明的当儿，那些浮头更是忘形，打叫叫儿，做怪声。伊唱完了，红着两朵苹果颊，腼腆着出来，他们便上前调笑，有的说："乖乖，回去通了气再来，还要好些咧。"有的说："这一朵牡丹，要开了花才兴咧。"许多不堪的话，不要说黑牡丹听了又羞又气，连心雄和慕仁也代为不平。见伊从人丛里挤出来，两颗泪珠儿水汪汪的，裹满了眼泪，几乎要滴下来了。争奈那些浮头还是不放，方才喝倒彩的那大汉，索性拦住了黑牡丹，强要亲一个嘴。黑牡丹急得发出喊来。

这时候闹动了心雄，实在看得眼睛里快要发出火来了，便把两手向人丛左右分拦。气力只用了一半，给他拦着的，已受不

3

了，急向后退。一个退过去，后面的像骨牌似的连带倒下去，顿时东倒西歪，一屋子里闹得沸反扬天。那黑牡丹就趁着空，急急地走出门去，也不敢向心雄道谢，要紧脱身了。这里许多浮头，立定了脚跟，便向心雄理论。慕仁想把两面劝住，无如人多口杂，一时也阻挡不住。有几个不识相的，提着冷拳来打，可是打在心雄身上，丝毫没有觉得。大汉的气力最大，一个猛虎扑羊势向心雄扑来，心雄性起，伸手抓住了大汉的胸膛，提高三四丈，向街心里掷去。只听见"啊哟"一声，接着就有人喊道："万公子息怒，饶了他吧。"心雄定睛看时，见大汉掷到街心，正和一个公差相撞。这公差名唤曹标，是素来相识的。那曹标那时也怒目向众浮头吆喝道："你们不生眼珠的，有几条性命，敢惹万公子，还不快走么？"那些浮头正苦着不识心雄，现在听见曹标说出"万公子"三字来，似乎脑筋里有这么一尊人物，况且估量他的本领着实厉害，自然一个个脚里明白，不敢啰唆。那大汉也只能敢怒不敢言，整了衣冠，走他的清秋大路。曹标向一个差不多模样的人招招手，走到心雄跟前，低低地说道："这位是云南唐将军派来的李立哥，有话要和公子讲，可要到府上去细谈？"心雄把李立上下打量一番，点点头道："好，好。"慕仁见有正事，也就告辞而去。

心雄等三人到了家里，李立道："小的奉唐将军之命来寻公子，争奈唐将军不知道公子的大名，小的到了县城里，无从打听，只得上知县大老爷堂上回话。承蒙大老爷派曹标哥相引，刚从县衙门里出来，难得就碰见了公子。这里有一封书信、一百两纹银，是唐将军吩咐给公子的。"说着，从衣包里摸出两件东西来。心雄接了看过，对李立道："唐将军如此情义，令我感激万分，劳着你不远数千里来，更是难得。这几天辛苦了，暂在客寓里耽搁数天。我因着家里只有老母一人，我走了无人侍奉，这事还得商量一下。便是要走，也得略略把家事部聚定当方可。"李立道："公子的话极是，唐将军也吩咐我，不妨从容就途。他老人家八月中秋左右到台湾上任，我们走得慢些，在十天之内动身，尽够赶得上了。"心雄到里面去拿了三两多碎银给曹标道："相烦你伴着李立玩儿几天，不够花，再向我取吧。"曹标、李立同声道谢，拜辞去讫。

心雄见了太夫人王氏，把唐薇卿的信和百两纹银呈上，太夫人看了，愁眉顿展道："难得唐将军如此恩厚，并没知道你的名字，竟派人走了这么远的路来访问你。你要是不去，何以报答他的一番好意呢。况且你父亲之仇未报，国家之耻未雪，大丈夫正应去尽力做事，一辈子老死在家里，岂不有负了将门之子?"心雄道："论情论理，自然都应该奉命前去，不过放着母亲一人在家里，我如何放心得下?"王氏道："我还不算老迈龙钟，汲水劈柴，什么都干得来，怕什么? 只要你将来建功立业，替家国争光，就是我……"心雄听到这里，恐怕伊再说下去，要有不祥之言，便剪住伊的话道："既然母亲如此说，我决意到唐将军那里去走一遭就是了。"王氏抚着他的肩头道："好孩子，这一副担子不轻啊，好好地担负着吧。"

到了次日，心雄去见慕仁，把要到台湾去的话告诉他，慕仁道："可惜我的母亲不比伯母那般深知大义，不然的话，我也可以同你去走一遭呢。"心雄道："等我到了那里，得了立身之地，再来请你去。不过我离家以后，只有老母在堂，一切还要请老弟照拂。"慕仁道："这个尽请放心，好在同处一城，相去不远，我早晚可以前去问候的。"心雄深深道谢。当晚慕仁治酒饯行，自有许多安慰勉励的话，也不用絮聒。心雄还到家里预备行装，安排家务，足足忙了三天才定当。唤李立来约定后日动身，王氏叮咛反复，说了许多体己话儿，心雄一一答应。

到了动身的那天，慕仁和几个平时交好的朋友，都来送行。慕仁道："我要告诉你一件事，前天给你救出重围的那个唱大鼓书的黑牡丹，已打听着你的尊姓大名，伊的假母十分感激，知道你要远游，母女二人亲手做了几件干点心来送给你。我怕你带了累赘，已替你推却，无如伊们很是诚心，说千里送鹅毛，礼轻情意重，一定要亲自送来。大概快要来了，你可要等一刻，不负伊们一片至诚啊。"心雄笑道："那天我觉得太鲁莽些，得罪了人，谁好意思受伊们的孝敬。"一个嘴快的朋友，唤作毛羽丰的，嚷道："这无赖曹福田，本来是天津人，当差被革，便成游勇，来堂邑多年，专一逞强使野。难得万大哥打他一记闷棍，好教他以后敛迹些，地方上也少了许多闲是非。"

这时候一阵咿呀声，东边推过来一辆小车来，上面坐着两个女子，在左的正是黑牡丹，在右的年纪老些，大约就是伊的假母。到了万宅门口，走下来，各自捧了一个大包进来，见了心雄、慕仁行过礼，把大包送给心雄道："这一点小东西请万公子赏一个脸儿收下了，祝颂你前程远大，一路平安。"心雄双手接住道谢过，说道："盛意心领，希望你们也是事事如意，好在丁二爷在城里，万事得个照应，不愁有人来欺侮你们了。"黑牡丹和假母谢了又谢。那时王氏也走出来送儿子，众人一一上前见过。曹标替他们雇定了一辆大骡车，助着李立，把行李安放舒齐。心雄向王氏拜辞，向众人告别，登车而去。慕仁和众弟兄送出了城，才分道回去，按下漫提。

那心雄离开堂邑县城，照着大道南行，一路上晓行夜宿，不必细叙，中间有地方要走水路的，便舍车从舟。约莫行了十几天，已到了清江浦，以后要雇船，沿着运河南下了。那天时候已经不早，便在清江浦招商客栈里打尖。心雄为了连日辛苦，吃了夜饭，洗了脚，就拥衾而卧。五月的天气，又潮湿又闷热，那些臭虫，滋生繁烈，已是声势煊赫，专等往来旅客来，好择肥而噬。因此心雄睡不到半个时辰，早已给臭虫咬得从梦中直跳起来，照着火寻捉。可恶那臭虫，十分乖觉，一受了风吹草动，一个个匿迹销行，任你打得死生龙活虎，却奈何不得这么幺小臭。等到心雄寻觅不着，依旧就寝，将要蒙眬，它们又一个个规行矩步地走出来咬心雄了。因此心雄翻来覆去，不能熟睡。听那李

6

立，却鼾声大作，暗暗好笑，心想同是一个人，怎么他倒耐得过臭虫的侵扰呢？直到三更打过，实在疲倦不堪，快要入梦，忽地隐隐有嘤嘤啜泣之声。他打定主见，不管闲事，只求早早睡着，明日好下船赶路，争奈这哭声老是连绵不断，把手指塞没了两个耳孔，还是心烦意乱，放了手更清楚了。好似一个孩子，在那里受人鞭打。他想：横竖睡不着，索性起来去瞧瞧可有什么新鲜事儿，也添些话柄儿。因此坐起来，轻轻开了房门，循声走去。

过了穿堂，便是一个大院落，骡儿马儿都伏在墙角里，地上倒很平坦。听那哭声还在后面，他立住了，想不走过去了，谁知一阵竹片打肉声惨厉难忍，不由得不从心底里涌起一股热气来。不管高低，大踏步走过院落，见一连三间小屋，左边三间漆黑无光，大约是堆放杂具的，右边两间都有微光，那哭声就从最右的一间里发出来。心雄放轻了脚步，走过去，立在窗前，把舌尖舔破窗纸，一眼闭一眼开地望过去。不看犹可，看了便怒发冲冠，无名火业高四丈。

后事如何，下回分解。

评曰：开手就有无限感慨，将全书重要人物大气包举，笔力已自不弱；以中法之战做引，于偌大事件，只寥寥数语带过，深得文章三昧。唐景崧自是奇人，然在书中不过是主中之宾，而作者故意郑重出之，使读者疑为即是主人翁，意甚狡猾，却瞒不过我。

救黑牡丹，不过为曹福田做一伏线，而曹福田又在毛羽丰口中逗出，纯用侧写法，笔势便不平。

写臭虫偏有许多好文字，揣作者之意，何尝写臭虫，所谓手挥五弦、目送飞鸿也。

第二回

客店救孤儿仁言感物
空山谈好景骤雨催人

　　话说万心雄从纸窗里瞧见一个汉子，揪住一个孩子，提起了竹鞭痛打。那孩子不过十二三岁光景，穿着单裤，上半身裸着，背上紫一条青一条，七横八竖，已划上了十几条创痕，哭得力竭声嘶，汉子兀自不饶。心雄怒气难遏，也不管三七二十一，伸拳向纸窗猛击，只听得豁的一声，纸窗已破。心雄一纵身跳了进去，从汉子手里夺出那孩子来。孩子已哭得像泪人一般，汉子怒睁圆目，对着心雄大声道："你是何人，敢来管人家闲事？"心雄道："你且莫问我是谁，我要问你，这孩子是你的何人，为甚这般虐待他？"汉子道："我有权管他，你知道些什么？"心雄道："恻隐之心，人皆有之，你把他打得如此模样，论情论理，都不应当的。"汉子道："放屁！"心雄向他手里夺过竹鞭，折为数段道："出口骂人，好不无理。"汉子道："你有多大本领，敢来撩老子的虎须！"心雄冷笑道："我倒没有见过老虎，今天来领教了。"汉子便一拳打过来，给心雄接住，趁势向左一扯，汉子立不住脚跟，带跌带撞地到了门外。立定了，又来使拳。心雄也跳出房来，嫌着灯光微弱，不便厮打，便跳到庭心里喊道："不怕死的老虎，到这里来。"汉子也不答话，随着出来，两人就在庭心里拳来脚去地恶斗。斗了三四十合，汉子霍地跳出数尺之地，

8

抱拳伛身地说道:"壮士拳法高明,十分佩服,我不和你较量了。"心雄也就收拳立住道:"你倒识趣的。"汉子道:"壮士请到里面,坐了好讲。"

心雄还疑心他使什么诈计,两脚跟他进去,一心还是谨慎。见汉子确是心服,到了房里,对他拱手道:"壮士何处人士,来此何事,请道其详。"心雄约略把要到台湾的话说了。汉子忽地下跪道:"到底我还有眼珠,不曾交臂失却英雄。"心雄扶他起来,各自坐下,问他何事把孩子毒打。汉子道:"小子姓高名腾,父亲也在边境从军,客死他乡,剩下我孤单无依,便在江湖卖艺糊口。这孩子是个孤儿,姓张,我在安徽花二两银子收买下来,认为己子,取名一个保字。已养了五年有零,教他习练武艺,好助我一臂。争奈他不肯专心,更兼他近来又和一个唱戏的相识,时常偷偷地去胡哼,我屡诫不听。这两天生意又清淡,心上更是烦闷,所以责打他。"心雄道:"唱戏也不是坏事,大凡养成一个人才,须得就其天性所近,因势利导,然后事半功倍。我看张保或者有唱戏的天才,何不让他从一个名师学习,将来唱红了,比你走江湖来得容易赚钱,你那时也可以在他身上享些后福呢。"高腾道:"万公子的话,自是一片热心,今天张保碰见了你,大约也是他的幸运。说起唱戏的名师,我倒有一个朋友在北京,名唤张黑,是个武丑,本来也是绿林中人物,所以他做盗甲的时迁、盗钩的朱光祖,真是有声有色,精神百倍。索性我成全了这孩子,领他去拜张黑为师吧。只是一件……"说到这里,顿住了,露着踌躇之色。心雄已知一二,便问道:"你可是为了缺少盘缠,有些为难么?这个不要紧,我送你十两银子,大概也是够应用了。"高腾道:"萍水相逢,怎好破费?"心雄道:"有无相通,是朋友应尽之义,何用客气。"高腾唤张保过来道谢。心雄见他眉清目秀,甚是可喜,抚着他的背道:"你以后要善事义父,到了北京更要专心学习,将来说不定可以扬名四海,像现在的叫天儿一般的红呢！"

　　说毕出来，还到自己房里，见李立还是睡得正浓，也不去惊动他，在衣包里取了几块碎银子，约莫十两光景，重又到里面，交给高腾。高腾又唱了十几个肥喏道谢，谈了些江湖上奇闻，天色将明，心雄才还房去睡。说也奇怪，一睡就着，等到李立醒来，梳洗完毕，来唤他时，已是日上三竿。他起来了和李立吃了些点心，雇舟而南，一路无话。到了瓜州，渡江到镇江，沿运河到杭州，渡钱塘江到绍兴，走旱路到福建的厦门，坐着海船渡海而东，直到基隆上岸。这一次长征，足足走了四十余天。

　　那台湾元朝时，在澎湖设置巡抚的管辖。为了没有兵备，日本的倭寇常来侵犯，郑芝龙要恢复明室，领数万福建壮丁，到台湾生聚教训，把台湾开辟得和大陆不相上下，后来他的儿子郑成功把荷兰人赶走，更有一番轰轰烈烈的奇迹。可惜传了三世，给施琅引了清兵来攻下了，克爽北面而降。清朝依旧抄明朝的老文章，循例派一员布政使，去点缀点缀他的统治。其实天高皇帝远，早把这周围三千三百三十二里的海外孤岛，看作无足轻重，和汉朝对于珠崖一般呢。布政使衙门在台北城里，从基隆到台北城，不过二十余里。李立是到过那里的，所以到了基隆，熟门熟路，引着心雄走去。心雄却是初到，觉得异乡景物，别有风味。那基隆地方，是大陆船舶到台湾的唯一停泊的港口，从厦门到这里，不过一百多里，倘然遇到顺风，不消一天就到了。街上商铺也开得甚是齐整，卖香蕉和椰子的，像山东地方卖水梨一般的多。市上的人熙攘往来，真同桃花源一般。那时有几个土人，掮着竹轿来兜揽，李立和他们讲定了价钱，雇了一乘，请心雄坐着，自己雇了一头马，骑着前导。从午牌时分走到申刻，已进了台北城，光景和基隆差不多，不过商铺没有基隆的多。一径到了布政使衙门，下了轿马，给了雇资，同到衙门里。由传达处问明了来历，通报薇卿。薇卿听见了，十分欢喜，立刻请进。李立先把大概情形禀了，薇卿赏了他些银子，告退不提。

心雄也拜见了，并谢了照拂栽培之恩。薇卿道："令先尊随我数年，遇事忠耿，这回殉国，自是可伤，我已在谅山买了一块地，敬谨安葬，也省掉你们数千里的奔波扶榇。本来一个人以入土为安，况且他留着遗蜕在那里，也教后来的人敬重追想。"心雄听了，不禁暗暗流泪，但是感激薇卿如此厚谊，也不便显露悲伤，只好把热泪忍住，重又拜谢。薇卿约略问问学问武艺，便吩咐家人扫除一间静室，给心雄安顿，一面对心雄说道："这里百事待举，将来借重人才的时候正多着呢。此时暂请休息几天，然后再来劳动。"心雄就告辞而去。从此在衙门里一日三餐，闲着和薇卿讲武谈文，倒也并不寂寞。可是薇卿的眼光里看心雄，本领有余，正恐涵养不足，所以还不敢把重大职司付他，先委托他当一员护卫长，意思是要他常在身边，试试他的能耐。可是心雄却嫌着这事太空闲，除掉薇卿出衙门随着走些路以外，竟一无所事。

恰巧，刘永福从台南来见薇卿。薇卿把心雄介绍了，永福也另眼相看，知道心雄从云上和尚学过拳棒，存心要看看他到底有无功夫。那永福年纪虽大，这颗心还是和少年一般，便当着薇卿的面，夸张他的武艺道："台南的新高山里面住着许多番人，十分强悍，时常要出山滋扰，要不是我在那里，百姓哪得安谧。"心雄道："番人只有蛮力，谅来容易对付。"永福摇摇头道："你倒不可小觑他们，山地峻险，生长在那里的，路径谙熟，此逃彼窜，我们倘然不小心，身入险地，急切不得出来。更兼番人善战，又是天生的铜筋铁骨，你要是用计，他们也不肯来上当，要是力敌，倒不易取胜。"薇卿道："对付番人，先以威制，后以德化，自然心服。我们只看诸葛武侯的征南蛮，就是一个好方法。"永福道："大人到底不脱书生之见，那些番人十分狡猾，等到你好言相对，他们又心存轻藐，谁会死心塌地地服从你呢？"心雄

11

道："我难得到此绝岛蛮荒，倒要去广广见闻，不知道唐大人可许我随着刘总兵去走一遭？"薇卿笑道："大概这里无英雄用武之地，有些生厌了，很好很好。刘总兵，你就带了他去住几天，不过我们到这里来，还是以化俗导正为事，能够少开杀戒，体上天好生之德，最为要紧。"永福、心雄同声应答。

过了三天，两人辞别了薇卿，向台南而去。永福有意要试试心雄的胆识，偏拣着荒僻地方走去。从板桥大溪一路南行，走了不少的山路，虽也碰见了许多番人，举动还很文明。心雄道："这些番人，只是服装奇异些，别的一些儿看不出野蛮模样来。"永福道："这里还是半开化的地方，所见的已是熟番，再走几天，就要使你惊吓了。"他们又走了两天，已走入乱山丛中，四面都是摩崖峭壁，前面一座大山，更是高峻，阴森森涌起眼前，山径也是七曲八弯，一时难找出正路来。这天晚上，就在山下一家土人的茅屋里住下。那土人也是熟番，见两人衣冠齐整，知道是个官员，不敢怠慢，特地向近邻讨了些山獐野猪的肉来，烧给两人吃。那米是现成的，倒也味香色白。心雄道："这一顿夜饭，比我们山东道上还胜三分呢。"那土人也懂话的，便说："我们台湾的米，是老天爷赏赐下来的，别的地方一年只能一熟，我们可得两熟。第一次在十二月里下种，到了明年五六月里便收起来了，这就是早米。第二次接着下种，到了十一月里也可以收了，这唤作晚米。我们的米，天下少有，你们梦里也难得吃着的。"心雄把米粒仔细看了一会儿，在嘴里又仔细地嚼了一会儿，赞道："的确很好，粒身比大江米还大，性儿又很糯软，似乎在唐大人衙门里所吃的，还不及今天所吃的好呢。"永福道："这里还有一种出产，大概心雄兄也有时听得，就是天下驰名的台糖。"土人拍手道："对啦，对啦，我们的糖，还是开天辟地的老祖宗传授的仙法做出来的。你们走过田里，见那种着比人还长的甘蔗，这就是糖的母亲。"永福、心雄都笑起来了。土人道："明天你们经过新高山，还有许多奇奇怪怪的果树给你瞧。不过你们要留心，倘然采了果子，就在树下吃完而走，不妨事的。要是你们想带了几个回去，给老婆孩子们受用，万一给人瞧破了，性命就难保啦。"心雄道："这新高山里，番人有多少？"土人咋舌道："哪里数得清？你们只消拣着大路走，不要向山坳里乱闯，就没有危险了。"三人一边吃，一边闲谈，十分有味。吃完了，土人收拾干净，然后安寝，一宿无话。

到了第二天，起来胡乱梳洗一过，吃了一顿早饭，给了些碎银，和土人作别。那土人接了银子，欢天喜地地送了一程路，又指点些路径，方始摆一摆手，弯一弯腰，算是分别。跳跳跃跃，不多时，早已看不见了。心雄道："他们走路真快。"永福道："你还没见生番咧，他们可以从东边的树枝上，跳到西边树枝上，比我们走了一条桥还稳快些，不算稀奇。有时两个山崖，相隔一二丈远，他们也能够一跃而过，真要令人吓死呢。"心雄心想："你专把这些话来吓我，难道我是三岁的孩子么？"因此他也不肯示弱，向山上走去，披荆斩棘，毫无难色，有时一气盘过了一两个山头。永福上了些年纪，未免有些喘息，拣着路旁块石，坐下歇息。心雄暗暗在那里笑他不济，自己并不坐下，只在四下东探西望。

那山上都是挺大的香蕉树、椰子树、樟树，虽在秋令，树叶还是碧绿翠青。见四下无人，就爬上树去采香蕉来吃，吃够了，采几只来送给永福道："这里真是洞天福地，怎么一些儿没有秋气呢？"永福道："本来这里有一个美名，唤作常绿国，又唤作常夏国，我们不是有两句老话形容仙界的，说什么四时不谢之花，百节长春之草，依我看，只有这里当之无愧。"心雄道："大概热带地方，都是这个样子的。"永福道："不，这里介乎温带、热带之间，夏季长，冬季短，又因着有海洋调和它的热度，所以最热的时候，也可以穿一件单衣。一个夏季，不过在正午的一两个时辰，有些像长江一带石榴花开时候的光景。我们衙门里，简直从来没有赤过膊，我也算怕热的了，但是今年的夏天，没有赤膊。听土人说，冬季也不甚寒冷，难得有几处像这新高山的最高地方，有时见雪，那台南竟有活一百岁的人，没见过下雪呢。可笑前年，台南有一天地上结了薄薄的霜，大家都不识，有的说是雪，但是天上没有掉下来；有的说是露，怎么不融化的呢。因此便报到衙门里来，说是祥瑞。官府到底读了些书，便告诉他们是霜。土人便欢天喜地地跳舞歌唱，晚上还执着火把，扮着神仙鬼怪在街上游行，算是庆祝。因为露结为霜的事，也是二三十年难得遇到一次的。"心雄不禁也好笑起来了。

这时候天上乌云四合，顿时暗黑，永福立起来道："我们快走，拣一家茅屋避雨吧。"心雄道："刚才还是秋高气爽，怎么霎时间会下雨呢？"永福道："夏秋之间是个雨令，好像阵头雨一般，有时连落几天不停呢。"两人便加紧脚步，走过一个山头，见前面树林里，隐约有一抹红墙。心雄道："大约有一座庙宇在那里。"那时雨已落下来了，雨点像棋子一般大，等到两人走进树林，已落得很密，幸亏枝叶交荫，雨点还没有漏下来，衣裳还不十分湿。果然有一座小庙在着，门儿虚掩着。永福先推进去，心雄也跟了进来。这庙只有两间矮屋，中间供着一尊神像，面白微髭。两人把背上缚的薄棉被解下来，放在拜台上面。永福道："这神像大约就是延平王郑成功了。"说犹未了，忽见外面闯进几个人来，嘴里叽里咕噜，不知道说些什么。当前一个，挺着长矛，不问情由，向永福直刺。

后事如何，下回分解。

评曰：人皆以为心雄与高腾在庭心中必有一番恶战，而作者偏于热闹中戛然而止，真是笔力千钧，出人意外。

写台湾风土，都从闲处着墨，而于气候之温和、物产之富

14

饶，不厌求详，知作者用心深矣！盖虽为绝岛，无异天府，清廷不甚措意，坐弃膏腴，能不令人扼腕痛惜，读者岂可以小说目之？

永福，总兵也，来去不携仆从，虽著其俭朴，实见其粗豪。与薇卿之缓带轻裘，自是有别，而两人在中国国耻史上有光荣之地位，则一也。

第三回

服群番深林遇隐
防远敌孤岛练兵

话说永福和心雄坐在拜台上闲谈，外面闯进三个人来，为首的一个，头上包了红布，衣上披了白布，短裤赤脚，面目狰狞，吆喝着，挺长矛向永福胸前直刺。永福急忙闪开，从棉被里抽出一把刀来，用力还刺，心雄也照样从棉被里摸出那把清风剑来招架。后面两个都是短衣赤脚，似乎是听为首者指挥的，也各持棍相助。心雄先把清风剑向持棍的劈去，在右臂上先着了一剑，痛得把棍儿丢下了，转身就跑。持矛的很有蛮力，只是把长矛紧紧地向永福乱刺，争奈就是神座，没有退步，永福便唤心雄道："你杀出去抵住那一个，让我这里宽展些。"心雄依话，向左持棍的虚劈一剑，乘空一纵身，就跳到庙门外来。那时雨下得更大了，地上很湿，上面不住地滴下水来，心雄还穿着长衣，一时又没有工夫脱下来，只得撩起来一卷，剩了半截，挺着剑来迎敌。那持棍的当真给他引了出来，在树林中打斗。不到十合，持棍的早已一溜烟向乱树种窜去。心雄并不追赶，回身进庙，见永福还在和持矛的恶战，两人一声不发，只听得叮叮当当，矛尖碰着刀尖，嘚嘚嗒嗒，矛杆碰着了刀背，此去彼来，彼进此退，倒也像八两遇着半斤，一时还分不出个高低来。大概永福的刀法好一些，只是气力不及那人的大，因此不能取胜。心雄便追进去，把剑向那人背上刺去。那人也很机警，早已听得背后脚步声，便侧转一半的身子，来收还长矛，用力把长矛折作两段，左手有了一根短棍，右手成了一根短矛，一面攻永福，一面挡心雄。心雄暗暗佩服他有急智，心想：倘然他老是挥着长矛，这里地小，又有我们两人分他的势，怕不束手就缚。现在他有了两件武器，或者可以多战几十合。

三人打作一团，忽地噪声大作，心雄急忙舍了那人，抢步到庙门外。见黑压压拥来五六十人，一个个半裸上身，赤着两腿，手里长的短的锐的钝的大的小的粗的细的，各有一件武器，一边乱喊，也不知道喊些什么，一边跳过来向心雄便打。心雄以逸待劳，先拣一个矮小的拉住左臂，提了起来，把剑接着道：“你们胆大的上前来，我先做一个模样给你们看。”说毕，用力向前一掷，那矮番像腾云驾雾一般，从众人顶上飞出去，也不知道有多么远。这一群番人，吓得目瞪口呆，都立定了不动。心雄道：“我们打从这里走过，丝毫与你们无涉，你们为什么来打我们？你们好好回去，大家河水不犯井水。在庙里的那人，你们自去唤他停手，否则我们把你们一个个处死，也不是件难事。”中间有几个懂得大陆话的，就回过头去，叽叽咕咕地说了些话，大家就把手里武器放下来，举起一只手来。心雄想，这大约是他们服从的表示，便向庙里去唤那人出来。那人正打得大头汗出，有些招架不住，听唤，就走出来。人丛里走出三四个番人，向他摆摆手，又是叽叽咕咕说了几句话，那人也把一根短棒、一根短矛收了下来，笔直立着。心雄道：“我看你们都是很好的百姓，只差疑心太甚，以为我们要怎样欺侮你们。须知我们都是大陆派来的官，要替你们做些好事，谁肯欺侮你们？你们去吧。”那人和众番人都弯了弯腰，转身走去，好似顽皮的孩子得了教训，都敛心就范了。

心雄暗暗好笑，永福也走出来了，怪着心雄道：“你不来唤他，立刻就要致他的死命了。"心雄道："我们能够以德化人，最是上策，何苦多开杀戒。大概他们见着大陆人疑心很重，也因着从前大陆人仗着官势兵力，喜欢把他们蹂躏，所以他们的心里以为大陆人没有一个好人的了。"永福道："老弟有武艺，有文才，佩服佩服。雨也住了，我们再走吧。"心雄道："时候已经不早，这里还有一所枯庙可以栖身，万一走了些路，连枯庙都没有，如何是好？"永福道："肚子里蛔虫闹饥荒了，怎么办？"心雄道："你在这里歇一会儿，我走出去寻寻看有无食料。"说着，放下了卷起的长袍，约略整一下，大踏步出林而去。

这里永福还到庙里，孤独无聊，心想："我在此枯坐，怪乏味的，不如也去走走。"便把庙门拽上了，背着心雄去的路走去。走不多路，就见挺大的香蕉树立着几十株，便采了十几只香蕉兜着，远远望见有烟，料定有人家住着，很高兴地走过去。约莫有半里之遥，果然有一个土屋，比昨天晚上借住的，来得高爽干净。门口有一个老者，永福上前打个问讯。老者倒很和善，问了来历，知道永福是台南总兵，更是敬重，请他到里面，要留他过夜。永福道："我还有一个同伴，在那边山上庙里等着，不便久留，倘有干粮买一点儿，最好。"老者就到房里去，捧出大竹叶包里的牛肉干、羊肉干、米团、椰子之类。永福给他碎银，老者坚执不受。临行前，见屋侧广场上有个十五六岁的少年，在那里使拳，打得五花八门，十分有劲，永福连声赞好。老者把少年喝住道："孩子不懂规矩，刘大人在这里，还不来拜见。"见那孩子当真停了，走过来，对着永福深深一揖。永福道："你这一套醉八仙拳，从哪里学来的？"老者道："这是我的小孙，平时见我使拳，他跟着学，只学得些皮毛，哪里当得起拳来！"永福道："可惜埋没在此。"老者道："我本想领他到外边去认识些世面，为了我年纪已老，家里又没有人，儿子媳妇不幸早逝，我要他送我的终了，所以舍不得放他。"永福道："老先生倘然不弃，可和我们

18

一起到台南去住几天，我那里正在用人之际，况且国家多事，正好让令孙为国效力，也不负你教育的苦心啊！"老者想了一想道："很好很好，不过他年纪太小，什么都不懂，我还有些不放心。"永福道："这个不要紧，到了我那里，慢慢地指点他。看他眉目清秀，天分一定不低，不到几时，包管成了一个有能耐的青年。"老者谢道："既承不弃，我就尽明天摒挡一切，送他到你们那里一起赶路。"永福笑道："我们住在前面山上一所枯庙里，老丈到那里见了我们的起居，恐怕嘴都要笑歪咧！"老者失惊道："刘大人难道不住在我们部长的家里么？"永福道："我不认识什么部长啊！"老者道："这新高山住着生番和熟番二三千人，有一个部长管理他们。凡是大陆的官，都得到部长家里去拜谒，便可得到他的保护，否则难免给生番猜疑得罪。"永福便把方才和许多番人恶斗的事说了，老者咋舌道："好险好险，要不是大人恩威并施，或有意外之变呢。那么今夜请在寒舍暂住就是了。"永福道："不能不能，我那同伴在那里等着呢，明天我们来和你们相见吧。"说毕，点点头，兜了食物，也不回头，径向枯庙走去。

到了庙门口，见心雄又给许多番人团团围住，心上一愣，可是那些番人立着不动。他拨开了人丛走进去，心雄也见了，便笑道："刘大人来了，我正要烦他们四下去找寻你呢。"永福道："他们怎么又来缠绕了，好不讨厌！"心雄道："我到山下去，就碰见了他们。他们知道我们是大陆的官，并且听了先前的番人说出一番武艺来，都是十分惊服，特地送食料来的。"永福向殿上看去，果然堆着不少兽肉、香蕉，便向他们道谢。心雄也就好言安慰，吩咐他们还去。他们留下两人，听候使唤，两人去点了一盏兽油的灯来，汲了些泉水，在庙门外空地上架起土灶，折枝煎茶。那茶叶是本山出产的，倒也清香新嫩。永福和心雄胡乱饱餐一顿，拣几种放好，余下的都给两个番人。永福又把前山遇见老者的事也告知了心雄，心雄道："我们得了熟人向导，以后就不愁什么了。"

一宿无话,到了明天,心雄把两个番人打发回去,和永福收拾了行李,一同到前山去见老者。等老者把诸事料理妥当,然后动身。那老者把姓名说了出来,原来他是福建单州府的秀才,姓朱名大兴,在太平军也曾出过一番气力,后来因着南京内讧,眼见难成大事,就悄悄地到了台湾,教熟番的子弟读书,娶了一个番妻,生子娶媳。在四年前儿子媳妇染疫身亡,便和他的孙子继武,厮守着几亩竹林、三椽土屋,过那清苦的岁月。如今把竹林卖给了一个土财主,带了些细软,打发引路。虽是七十一岁的人了,挑了一百多斤重的担子,走那高高低低曲曲折折的路,一些儿不觉得老惫,心雄、永福都暗暗佩服。走了五天,已到了台南,永福安排了住所,请心雄、大兴、继武三人一起住下。他们在白天总是到近处山林里去打猎,晚上喝酒谈天,日子也很易过去。倏忽之间,已过一个年头。

一天,李立带了一封信从台北来见永福。永福看了信,便对心雄道:"唐大人奉朝廷之命,升任台湾巡抚了,我们应得去贺贺他老人家呢!"心雄听了不胜之喜,便和永福商量,带了大兴、继武同去。永福道:"这信上有诸事待举,需才孔亟,继武正好趁此机会,得一个进身之阶。不过这里也很重要,我想留大兴代理我的事,他到底是个秀才,什么都比我明白些。我得了他,便无内顾之忧了。"心雄也很赞同,便去向大兴说知,大兴自然答应。过了四天,永福、心雄、继武带了李立同行,这一回因着各有心事,要紧赶路,所以不再走新高山,另从台中、丰原、苗栗、竹南、新竹、桃园、新庄走去,有时骑马,有时坐船,所以很是舒服。

到了台北城,见了薇卿,大家都向薇卿道喜。薇卿道:"你们说我是喜事,我倒以为是苦事呢。"心雄道:"大人才大心细,这一点儿事,游刃有余啊!"薇卿道:"你有所不知,这台湾和东

20

邻日本相近，那是日本对此一片净土垂涎已久。听说政府为了朝鲜问题，已和日本有些争执，万一国交破裂，这里难保不受日本人乘虚而入。弹丸之地，拥乌合之众，如何对付？不幸来侵，一时又无从乞援，倘然失陷，上无以对朝廷，下无以对台民啊！"

永福道："那么我们正好先事预备，把兵马勤于操演，以备不虞。"薇卿道："我正为此事要请你们来商量。"心雄道："我这回到台南去了一趟，见台南形势也很重要，隔着新高山脉，显然判为南北。我们势必南北兼顾，方无首尾横决之忧。"薇卿道："刘总兵，请你回台南去，严加守备，这里请心雄帮着训练。我想台民不乏深明大义、晓然利害的人，下个札子到各地，请绅富捐些钱出来，好到大陆去购办军械。至于粮食，倒不必忧虑，只消禁止米粮出口，积贮一年，尽够两年之用了。"心雄道："小子年轻学浅，恐怕不能胜此重任。"永福道："事机紧迫，你也不必过谦了。"薇卿道："好在这事虽是要紧，此时还是未雨绸缪，只消始终不懈就是啦。"

当下便请幕友拟稿，发下各县去，劝募绅富捐资练兵。一面在台北、台南各贴招募义勇兵士的榜文。不到一个月，就有两千多人来应募，都是精壮之夫，便由着心雄尽力教导。各县绅富，因着同治十三年日本四人漂流到台湾，给生番活活处死，日本派大兵来打台湾，焚毁村落、劫掠财物，大受蹂躏。虽在牡丹社地方，给生番打得狼狈不堪，争奈清廷太不济，偿金讲和。那一次的教训，台民自然深刻地印在脑府。多数人对着日本，深恶痛疾，知道久在他们垂涎之中，既然唐巡抚能够注意及此，那是最好也没有了。因此奉到了札子，都是慷慨解囊，踊跃输将，总计也有五六千两。薇卿不胜欢喜，便派员到大陆去购办枪械马匹。督同心雄悉心练兵，那朱继武少年老成，也着实帮了不少的忙。

有话即长，无话即短，疏忽间已过了五个年头。在这五年里，台湾虽没甚大事，可是中国却酝酿了一件惊天动地的战祸

21

了。作者一支笔，写不出两面的事，只好舍轻就重，兜转笔锋，去写那东北风云了。

后事如何，下回分解。

评曰：永福引心雄入险地，初以为试胆，孰知乃为后文诸事之伏线，为继武预做地步也。

薇卿经营台湾，不遗余力，论者辄以书生目之，非定论也。观其烛隐知微，目光不小，已非从来为边檄之臣者所能望其项背，后来失败，正有重瞳天亡我也之叹。

第四回

北上觅止栖警传黄海
南归图挽救变起萧墙

话说东邻日本在台湾之役得了便宜，便不把清廷放在眼里。光绪五年，进犯琉球，改为冲绳县。台湾失了屏蔽，添了肘腋之患。可是日本的眼光很远，把台湾暂且放在一边，转向朝鲜染指，恰巧那时有内乱，杀死了日本练兵教师崛本等七人，焚了日本使馆。日本就有所借口，派海军少将仁礼、景范率领兵舰，声讨朝鲜，又硬诈清廷五十万两而去。以后便得寸进尺，得寸进寸，渐渐把朝鲜的内政也上了手。到了光绪二十年，维新党和守旧党闹得沸反盈天，日本人又在那里做得蚌的渔者，趁着东学党叛乱，中国派兵去助朝鲜王平乱，日本也派八千人入王城。党乱虽平，日本兵却久驻不去，中国去催促它撤兵，它非但不允，反出言不逊，要赔款三百万。翁相国听了，怒发冲冠，主张和它一决雌雄，当时他的门生张四先生更是力加怂恿，说道："北洋军队，十分可靠，日本蕞尔小岛，有什么大不了的本领？"附和他的，差不多举朝皆是，只有李傅相深沉得很，不肯赞同，因此大家都骂他是卖国贼。却巧派往朝鲜任商务总办的袁项城，从朝鲜还到京城里来，说："日本兵耀武扬威，实在令人难忍。在六月里索性入宫杀死禁卫军，把朝鲜王李熙掳去，又把从前给我们抓来的大院君推主国事，凡是朝臣不亲日的都赶掉，不论大事小

23

事，都要请日本人的示。实际上朝鲜的主权，已完全在日本人的手里。我们不去打，恐怕他们也要打过来了。"李傅相听了，也知道无法可施，只得由着主战派的调兵遣将，眼看着大同镇总兵卫汝贵、盛京副都统丰伸阿、提督马玉昆、高州镇总兵左宝贵各领一支人马，浩浩荡荡从陆路出关而去。

且说左宝贵总兵，是山东费县人，从小喜欢使枪弄棍，后来从了军，因功升到总兵。他和万年在河南相识，两人十分投契，后来一南一北，各自为国效力，也就音信隔绝。那年中法之战，万年阵亡谅山，宝贵得了信，很是痛惜，知道他有老妻少子在家，想要派人去接他们来。可是他和万年虽是莫逆，却没有和他的妻子见过面，一时又不便冒昧，便写了一封信给堂邑县知县，请他访问万年的遗族。那知县回信，告知他万年的儿子心雄，在七年前已给台湾的唐布政使接去了。宝贵也就放下了这片心，只写信给唐薇卿，请他青眼相加，等有了机会，还得招心雄去相助呢。薇卿把信给心雄看过，心雄很是感激。这回中日开战的消息传到台湾，心雄便想投奔宝贵，只是薇卿待他很恩厚，况且台湾方面也在危急之际，如何离开？正是身在江湖，心存魏阙。

当下和继武闲话，讲起这番心事，继武也劝他道："一样地为国家做事，何分彼此呢？"心雄道："一来事有缓急，这回中日交战，于中国存亡很有关系。我虽无能，可是天下兴亡，匹夫有责，我为继承先志计，为报答父执深情计，都应当走一遭的。二来自我离家以来，已有七年之久，虽有家报，究竟缺于甘旨之奉，我正好趁此到家里去探望老母呢。"继武道："我倒有个计较，不知万兄意下如何？"心雄急道："快说快说。"继武道："我在这里，闲着无事，很想到关外去见见世面，你可肯领我去走走？在你只消向唐抚台请几十天的假，到了那里，你把我介绍给左总兵，你就好回来的。"心雄摇手道："不行不行，打仗岂是儿戏的事。况且老弟父母俱故，只有一位风烛残年的老祖宗，哪里好把你们分开两处。"继武道:"那倒有些不对,我家祖父往常把忠孝节义的事讲给我听,总说男儿生世,第一要献身国家。有了国,才有家,有了强盛之国,才有安逸之家,所以只闻移孝作忠,没有孝子而不忠的。他老人家还常自恨少年时,给科举束缚了,不懂天下大势,中年以后,学习武艺,已经嫌迟了。前几天正和我讲究兵法,说将来总有用处呢。我想倘然把这件事告知他,十有八九是允许我的。"心雄只是踌躇不肯。

过了半个月,继武兴冲冲捧了一封信来给心雄看道:"如何,我的话错么?万兄请瞧,这回不是奉了金牌御旨了?你快和我向唐抚台说去吧。"心雄接信看时,见是大兴写给继武的信,当真答应了继武从军的请求,还有许多奖励他的话。一大篇道理,说得激昂慷慨,末了,还教他事事依着心雄的指示,年少气刚,到底不及经验丰富的,少吃些亏。心雄把信放在袋里,和继武同去见薇卿,告知继武志愿从军,要自己领他到高州左总兵那里去,特来请大人的示。薇卿道:"志向果属可嘉,可是大兴已经年老,你也未便远离吧。"继武道:"我已请命家祖了,得了允许,现有信札在万队长身边。"心雄便把信摸出来,送过去。薇卿看了,点头微笑道:"这位老先生,倒也特别,中国车载斗量的秀才先生都应愧死。很好很好,不过我这里也是用兵之际,你到了那里,就得放心雄回来。"心雄道:"这个我知道,就是左总兵要我留着,我也得婉言辞谢,以报大人几年来提拔之恩。"薇卿吩咐家人去请幕友来,备了沿途放行的公文,送了继武一百两银子,又给心雄一百两,命他安家。两人谢了又谢,拣了一个日子动身。在临行的前几天,薇卿以下许多同事,都是合了伙,分了日期,替两人饯行。忙了好几天,才雇了海船到厦门,一路向北而行。不烦絮聒,心雄先到了堂邑县家里,见了母亲,把唐抚台的银子和这几年省节下来的俸银,拿出来给王氏。王氏十分欢喜,又勉励他一番,知道继武要紧北上,也不再多留,只聚了五天,就放心雄别去。

两人到了天津，在客栈里住下，听得许多断片的新闻，大致总是说中日已经开战、中国大败的噩耗。心雄道："这里离高州还远，要是我们到了那里，扑一个空，何苦呢？"因为他在路上，就听得左总兵已奉旨东征去了。当下便到账柜里向掌柜的问讯，那掌柜的倒很热心，招他到自己的房里，秘密地告诉他道："中国的海军，甚是不济，和日本海军在东海大战，几只兵舰，都给日本的炮打沉。据说当时造兵舰的时候，用的都是日本工程师，他们处心积虑，已非一日，把兵舰的要害之处，都去告诉日本政府，所以他们放炮，百发百中。更兼中国几位将官都不肯奋勇，只有那高州总兵左宝贵，他困守平壤的北山顶上，四面给日本兵团团围住，部下走的走，降的降，已不剩多少，左总兵还是坚守不动。后来一炮打来，可怜他就尽了忠。"心雄失惊道："左总兵当真阵亡了么？"掌柜道："这个消息也是北洋大臣身边一位戈什哈告诉我的，大约不会错吧。"心雄不禁洒了几点热泪，退出来，回到房里，和继武说知。继武也不胜悲怆，便道："那么我到哪里去栖身呢？"心雄道："待我明天到外边去打听些消息来，再作计较。"

第二天，心雄一早就出客栈。继武等了半天，不见他还来，很是纳闷，吃了饭，也在近处走走，见街上三三两两，都在那里讲这件大战事。有的说李鸿章已到日本去讲和了，有的说日本兵舰开到塘沽了。议论纷纷，传说不一。正在闲逛，忽见心雄迎面而来，心雄道："我已打听得个确讯，左总兵真的为国捐躯了。中国海军打得七零八落，陆军倒还不错。聂士成在虎山守了半个多月，争奈后援不至，只得退守大高岭，夺回连山关，阵斩日本中尉。后来又在摩天岭用伏兵引诱日兵，杀得他们片甲不完。可惜别路的军队，都支撑不住，北京城里也十分惊惶。听说朝廷知道聂将军的勇武，连外国人都怕他，所以降旨召他领兵入关，保卫京师。我想你正可去投聂将军部下，将来一定可以功成名遂。从古说得好，良禽择木而栖，依我看，现在中国的军人，除掉唐抚台、左总兵之外，要算聂将军最有忠心义胆了。"继武道："我们还到客栈里去再商量吧。"两人到了客栈里，继武道："我这回北上，自然要有个着落，聂将军固然忠勇，只是我没有人汲引，一辈子埋首在队伍里，不是难以出头么？"心雄道："这个容易，我有一个朋友丁慕仁，在前年写信来说，已在聂将军那里当差，很得聂将军的优待，在跟前着实可以说几句话。我来领你去见他，保管得他礼遇。"继武大喜道："很好。"到第三天，两人就上北京去，一路无话。

到了京城里，打听得聂士成已经升直隶提督，统领武毅军，所以常驻京师。过了一天，两人到聂将军的公馆里寻访慕仁。慕仁也升了把总，聂将军因他很有武艺，留在身边，见心雄到来，惊喜交并，两下各诉行踪，甚是欢慰。心雄把继武要投军立功的话说了，慕仁更是高兴，满口答应，当在聂将军面前竭力介绍。又过了一天，三人同去见聂将军，那聂将军是合肥人，待人一片热忱，一些儿没有官气，尤其是对着有志的青年，爱之如子弟，听见慕仁说起万年的事，更向心雄表示亲热，便有留之之意。心雄因着国事如此，台湾必受震动，唐抚台那里不能不去走一遭的。聂将军道："听说日本向朝廷索取台湾，李傅相正在争拒，不知道可能挽回？"心雄道："这么一说，我更不能再留了。慕仁、继武都在这里，将来总有聚首共事之日，请将军原谅吧！"聂将军道："我知道薇卿帅也少不得你的，只希望那边安定了，再请北来助我吧！"心雄谢了，便告辞而退，再和慕仁、继武作别，明天就动身还南。

这么一来一往，又过了一个年头，他到台湾，唐抚台正在引领而望，见了心雄，便说道："朝廷已允许把台湾割给日本了，这便如何是好？"心雄道："朝廷怎么如此糊涂？唇亡齿寒，古有明训，况且这里物产丰富，人民柔顺，抵得过两省的面积，弃之未免太可惜了。"薇卿道："我得了京城里的台湾主事丘逢甲的信，他已纠合台湾在京会试的几位举人上书力争，或者可以扭转乾坤，也未可知。"心雄道："但愿如此。"

这天晚上，心雄为了台湾割让的事，委实不能放心，到三更以后，还没有入睡。忽听得外面人声嘈杂，像是走水，急忙提了清风剑出门。走到签押房门口，见中军护勇都提枪在手，心雄很是不解，便拉着一个护勇问他，他只笑而不答。接着甬道上有几个人狂奔而来，心雄料知不是好人，便挺剑在手，当着甬道而立，大声喝道："你们干什么的？"那几个人齐声道："我们要来杀方巡捕的。"心雄道："岂有此理，方巡捕也是朝廷命官，他有什么不好，尽可向抚台大人告诉，为何可以轻举妄动？你们生灵心的，快快退去，否则我这柄剑，是不认得人的！"中间有几个呆住了，有几个还是要奔上前来，他们以为有护勇在里面内应，怕什么，谁知那些护勇平时都敬服心雄的，见心雄挡住了，如何敢动手？接着又有一个人大嚷而来道："方巡捕已给我们的李什长杀死了，我们进去杀唐抚台啊！"心雄更是大怒，赶过去向那人瞥面就是一剑，那人只喊得半个啊字，就倒在甬道边出气，先进来的便不敢上前。可是后面还有人拥进来，他们的势头顿时壮了许多，又要哄上来了。那时薇卿也得信了，便亲自走出来，立在滴水檐前，对着那些乱党晓谕道："我知道你们都是良民，不过一时之愚，受人指使，你们须知道台湾正在十分急迫之时，'物必自腐而后虫生之，国必自伐而后人伐之'，我一人性命不足惜，万一乱事不可收拾，你们对得住祖宗子孙么？"那些乱党本来也是上了李文奎的当，干此无法无天之事，见唐抚台挺身而出，已经气为之夺，又听见了一番大道理，自然良心发现，一个个放下了手中的武器，直立不动。唐抚台又好言安慰了一番，乱党也就一哄而散，薇卿遂招心雄到里面去商量善后的办法。

后事如何，下回分解。

评曰：聂士成之忠勇与左宝贵不相上下，然写左只从掌柜口中带出，写聂则于后文淋漓尽致，大书特书，盖文有主宾，笔有偏正也。

抚署兵变一事，见于罗惇曧之《割台记》。罗所谓唐于时候处置失当，为将领离贰之因，似有微词，然观于下回唐氏之一席话，当时亦有苦心，非纵容李文奎也。

中日之战大事也，此书非记战之书，故作者将其事重行剪裁，中间或正写，或旁及，或略或详，各尽其妙，使读者知其大要，而不以教科书目之，是大手笔，是细功夫。

第五回

民主国昙花倏现
台南城独木难支

　　话说唐薇卿唤心雄到书房里坐下，告诉他道："你动身北去以后，这里闹出一桩事来。有一个游勇李文奎，本领很好，只差性情暴躁，初到这里充当亲兵，犯了令，给方巡捕斥革，改在中军那里充什长，方巡捕升署中军，又把他撵走。文奎怀恨在心，私下暗结从党，意图报复，前天把我的女婿余姑爷的行李劫去，今天又把方中军杀死。我想把文奎捕捉治罪，争奈他党羽众多，恐怕激变，况且又在用兵之际，多一个相助，多些便利。文奎这人，心术虽不甚纯正，却很能治兵，我想命他把党徒编练成军，将功赎罪，如何？"心雄道："大人宽宏度量，自是仁人用心，不过大众已知道方中军给文奎杀死，若不把他治罪，人心难服。"薇卿想了一想道："我只当作给乱党杀死，下缉捕公文，捕捉凶手，过了几天，再把文奎委任，这办法妥当么？"心雄道："大人计较甚是。"薇卿也就决定了照此计划办去。有许多人说唐抚台赏罚不明，有许多人却能体谅他的苦衷。

　　恰巧，台民接到北京的信，朝廷已答应了日本的要求，把台湾割让了，大家惊惶得什么似的。几个绅士到衙门里来见薇卿，哭诉道："我们台民，久隶中国，一切文教礼俗，都唯中国是从，一旦改隶倭奴，这亡国之痛，如何忍受？我们常听人说，琉球给

30

倭奴占据以后，备受虐待，我们鉴于前车，实在不情愿做倭奴的奴隶！"薇卿道："我受命而来，也只能受命而去，怎好不从？像宋朝的岳武穆，虽知道指日可以渡河，为了十二道金牌，不能不奉诏班师，不肯受后世唾骂，为不忠之臣，宁可含冤于地下的。我不敢比岳武穆，可是地位是一样的。"那些绅士道："我们动也亡，不动也亡，与其束手待毙，何如背城借一？所以前几天各县绅士都有信来，要联合全省，共谋图存。我们特来请示，想在省城里开一个会，讨论一个万全之法，请大人也来指教。"薇卿道："这个当然可以的。"那些绅士告辞而去，便星夜派人到各县去邀请绅士。

不到半个月，四十七府各有代表到来。开会那天，已经接到清廷谕旨，着台湾巡抚率领军民内渡。诸绅士围着薇卿痛哭，薇卿也有些不忍离开他们而去。当下就有几个绅士大呼道："我们横竖为清廷所弃，又不甘为倭奴所蹂躏，正像孤舟浮海，左右均无可依，不如同舟共济，宣告自主，仿照美利坚、法兰西，建立台湾民主共和国。请唐大人做我们台湾国的伯理玺天德，诸位倘然赞同此意，请呼万岁！"说也奇怪，这时人心激昂已极，竟全场一致高呼台湾民主国万岁。薇卿想向他们表白一番，他们已像陈桥拥戴赵匡胤一般，就有人推他正坐，大家对他行礼。还有几个年轻的绅士，便主张开议院、定国旗，一时纷杂异常。薇卿立起来道："既然诸位爱我，我也理当还爱台湾，不过此事关系甚大，不是顷刻之间可以定议的。还请诸位从容商略，还有许多对内对外的事如何着手，也得共策善全啊！"一位绅士道："且请唐大人回衙门去，待我们再细细讨论。"薇卿还到衙门里对心雄说知，心雄道："此事不甚妥当，恐怕更惹纠纷，但是为台湾人设法，除却此法，也别无良法。"

到了第二天，就有四十七府绅士，领了台北城里的士农工商三四千人，前面一班吹鼓手，吹吹打打，浩浩荡荡，向巡抚衙门而来。打路的一个人撑起一面大旗，是蓝地画着黄虎，上面有台湾民主国五个大字，甚是精神焕发。到了大堂上，各自排列站住，请薇卿出来，薇卿穿上朝服，立在暖阁里，正待说话，就有人捧了一颗印，呈给薇卿道："请总统就任！"薇卿只得双手接住，交给心雄，便转身向北跪下，念道："微臣受全台土民之付托，权告自主，当遥奉正朔，永做屏藩。"行了三跪九叩首的大礼，然后向众人说道，"台湾孤立无援，来日大难，自今以后，还望上下一心，同谋安全。一切政事，除由议院依法议决执行外，其余悉照旧章，有不愿留者，听便内渡，并不相强。"众人又欢呼万岁而去。薇卿还到签押房，和众幕友商量进行办法，便定了一个政府组织的大纲，先设内部、外部、军部三部，各设大臣一员，把巡抚衙门改为总统府。旧有属员，升的升，改的改，足足忙了十多天，总算是规模初具。

那时主事丘逢甲也从北京赶来，主张要另定年号，就取永清二字，表面上总算是不忘清朝，下令大赦。设银行、发纸币，行了许多新政，都是逢甲助着擘画。合着俗语说的，麻雀虽小，五脏俱全。谁知道这个消息传到日本，日本政府便派陆军中将能久亲王和新任台湾总督桦山资纪，率领陆军队，乘着兵舰前来，先打基隆。那时守基隆的是吴国华，杀死了一个日本军官，要想来报功，却给营官包干臣夺了去。国华来追赶干臣，那时日本兵就乘虚登岸，占领三貂岭，一路向台北进攻。心雄指挥兵卒，登城固守。到了黄昏时分，城外哗声大作，守城的便说是日本兵已来了。心雄很镇定地说道："这话定是谣言，无论如何神速，决不会今夜就能到这里来的。"派一个兵士坠下城去探听，后来回报说是黄义德的部下闹饷。心雄暗暗叹恨道："在这时候，为官的还要克扣肥己，为士兵的还不肯拼命作战，台湾台湾，恐怕寿命不长了。"但是心上虽如此想，嘴上还是安慰他们，勉励他们。

这一夜安然过去，第二天谍报日本已占狮球岭，台北城里的居民听了，更是惊惶不堪，就有人请薇卿退守新竹。薇卿道："我只有与城俱亡。"到了晚上，有许多溃兵趁着谍报的出城，一哄而进，沿途抢劫。心雄指挥护勇和溃兵抵敌，双方巷战，互有死伤。正在乱七八糟的当儿，忽见半天空火光通红，有人报信总统府走水。心雄要去保护薇卿，便舍了溃兵赶去，见衙门前聚着不少的人，喧成一片，也听不清楚他们说些什么。他也无暇查究，一口气赶到里面，却不见一个人影儿。正在惊疑，见后面有几个薇卿的亲随，挟着包奔出来，见了心雄，纳头疾走。心雄拉住了一个问道："唐大人在哪里？"那人道："唐大人早已换了商人衣服，带了公子和姨太太出城去了。"心雄道："真的么？"那人道："谁敢欺你？"心雄放了那人，到上房去张看，果见空空如也。后面火已经人灌救熄灭，可是总统的白宫，已成了瓦砾场呢。

　　他也无可依恋，转身就走。走到北门，那守城官告诉他说，唐大人已上英吉利轮船，往厦门去了。心雄向天大哭道："我为了守城事大，不能紧随左右，有负大人平日相待厚恩，还请原谅我吧！"守城官道："万兄，依我看来，此城旦夕要给日本攻陷，听说台南刘总兵这几年防守得很有力，你既有志报国，何不到那里去相助？"心雄点头道："此策甚妙，不过此时远走，未免有亏职守。"守城官道："凡事应相机从权，一国之主已远走高飞，你何苦死守呢？"心雄道："倒不是这等说的，我们食民之禄，应尽保民之责。现在溃兵入城，居民必受其殃，我还得去震慑才是。"守城官笑道："君子见机而作，不俟终日，试问这些溃兵为甚入城，可不是为了饷糈不足。你把他们一个个处死，可曾知道城外没有吃的兵士正多着，你只双手，如何杀得干净？即使你本领大，大家怕你，试问这些饥饿之兵，能抵抗方新之寇么？"这一席话，说得心雄甚是心活，一时却答不出来。过了一刻，还问他道："依你说，日兵临城，你就开关延纳么？"守城官笑道："临

33

时我自有计较,现在还不能预定。"心雄想了一想道:"也罢,这台北一带,势成累卵,我的螳臂,如何当车。不如依他的话,且往台南助刘总兵偏安江左吧。"说毕,请守城官开城放他出去。守城官正要吩咐士兵开城,听得哭声四起,心雄道:"且住,倘然那些溃兵还在抢劫,我倒不能舍之而去的。"就回身赶去。

走过了两条街,果有许多游手好闲的,混在溃兵里,乱闯民居,顺手牵羊似的饱掠而走。心雄性起,举剑就劈,一忽儿给他劈死了三个。那些溃兵就抱头鼠窜而走。心雄提剑往来巡行,见有抢劫的,就上前止住,到天明才见安靖。心雄忙了一夜,还到衙门里睡觉,一直睡到半夜方醒,听见刁斗声烦,急忙起来。那时早把离此南投的念头打消干净,又到城上去巡视防守的工程。可是那些守城的,知道唐总统已走,都无坚志。果然不出守城官所料,面有菜色,口有烦言。心雄不禁长叹道:"用兵之难如此!"到了第三天,有人来衙门里报信,说有德意志的商人,写信给日本,告诉他城中无主,速来收拾,所以日兵即刻要到了。心雄道:"此时不走,更待何时?"便带了些细软,杂在采办柴火的队里,悄悄出城,一径向台南走去。

且说台南刘永福正和朱大兴文武兼济,倒很有成效。那天台北失守的信传到台南,就有许多绅士请刘总兵就台湾民主国总统之任,刻了印送进去。永福坚谢不受道:"我当死守台南,不必居名。"那时见心雄到来,永福也很对着薇卿抱歉,不及赴援。心雄安慰他道:"这也不能怪你,所谓自顾不暇呢!"大兴道:"台北平坦率直,不比台南多山多丛林,所以台北利于速战,台南利于久守。"永福道:"我在安平口建设炮台,日本兵舰进口,我可以炮击。至于北路大甲溪,有义民军徐骧驻扎,那边前有大江,后有深林,日兵一时难进。所苦的也是饷款支绌,我想请朱先生到厦门去走一遭,可有热心爱国之士,效法卜式助边。"大兴道:"还可以分电沿海督抚求助呢。"永福便请大兴拟稿拍发。

过了一天，大兴带了公文渡海西去。可怜沿门托钵，竟无一钱可乞。仿佛秦人视越人肥瘠，全没有辅车相依的见识。各省督抚也是袖手旁观，没人理会。等到大兴败兴回来，台南也给日本人占领，真如丁令威化鹤归来，城郭全非了。他老人家内痛亡国，外念稚孙，加着跋涉风波，备受辛苦，就染成一病，一时举目无亲，何论医药？不到十天，就含恨而殁。

按下不提，且说日本兵舰攻下了台北以后，便转攻台南，到了安平口，永福在炮台上亲自开炮，险些把日本的兵舰打沉。他们也知道这里不好惹的，改从别的海边偷偷上岸，用陆战队向新竹打来。永福也早知道这一路是日兵必经之地，派心雄到那里帮同分统杨紫云调度攻守。两下相持，有一个多月，打了二十多次，日本兵死掉好几千。日本的军官很是焦虑，便把重金买了几个熟番，命他引路，从冷僻的地方抄向后路来。紫云、心雄都没有准备，等到枪声大作，军心已乱，心雄急忙提剑鏖战。争奈天色已晚，在黑暗中也辨不出谁是敌人、谁是自家人，只得杀开一条血路，招呼自己的兵士，向后退却，一直到大甲溪边驻扎。那大甲溪是台南有名的大河，有二百多里长，有一里多阔，更兼水势急湍，无异长江天堑。心雄在第二天清早，过溪和军长徐骧商量联合抵敌之策，徐骧也很赞同，便把退兵用船渡过大甲溪，检点人数，也有千余。便重行整理，安营驻守。

这天有人从新竹逃来的说道："分统杨紫云为日本所围，寡不敌众，竟死于围中。"心雄很是悲悼。过了几天，日本又勾搭土匪做先锋队，向大甲溪进兵。徐骧对心雄道："索性让他渡河，等他到了溪南，我和你左右埋伏，向他们后路包抄，便可取胜了。"心雄道："此计甚妙。日兵初到此地，路径不熟，我们可以派一队兵士假作败退，引他深入。还有新楚军统领李惟义的军队，也在后路，我们可以请他分兵在大甲溪边相候。等日兵知道中计，退下去要渡河的时候，再攻其无备，可以大杀一个畅。"

徐骧点头称善，就派员到后面新楚军去约会。

后事如何，下回分解。

评曰：薇卿之纵容文奎，心迹皎然，所恨者其余将士，昧于大义，而台民之不肖者，又不知爱国，为虎作伥，引狼入室，所谓"物必自腐而后虫生"，不刊之论也。

台湾虽亡，而民主国之头衔，先祖国而实现，不可谓非历史上光荣之一页，虽等于昙花一现，弥觉其宝贵耳。

永福却总统之推崇，而誓与台南城共其存亡，似较薇卿更高一等。盖薇卿究是书生，熟知三十六计着之走为上着，不肯殉国，然而与丁字降旗相较，已称佼佼矣。

第六回

挫锐气竹林成围猎
下战书半壁抗雄师

　　话说日本兵攻下了新竹，利用土匪做引线，一直南下，势甚猖狂，在六月二十七日那天已经到了大甲溪北岸。向南岸望去，并没有营幕旌旗，只是黑越越排列着大竹古木，夏天雨后，更见得青葱可爱，日兵便争先渡过溪去。竹林下清风徐徐，大家都高兴非常，一个个席地而坐，等辎重队把粮食运过了溪，他们就在竹林下造饭饱食。只吃得半顿，步哨来报说，林外有敌兵窥探，大家听了，不敢怠慢，急忙抛弃了饭碗，立起身来提枪赶出林去，果见有一队兵士，正向这里打来。枪声杂作，幸亏都给竹叶挡住，只伤了十几个日兵，日兵就大怒，齐向前进。台兵见了，转身便逃，日兵哪里肯放，急急相追。

　　约莫追了二三里路，又是一丛树林，那些大竹有一尺多围圆，高逾寻丈，中间路径无数，好似手上的皱纹。台兵逃进林去，也是四下乱窜，毫无秩序，日兵分头追赶。这竹林有半里进深，两千多日兵全走进了竹林，后面喊声大起，原来徐骧的伏兵起来了，他们都躲在竹林深处，把竹叶乱柴遮满了身子，所以不给日兵瞧破。况且他们只顾向前追赶败兵，哪里还想到这些事，所以听见了喊声，顿时大惊失色，也不知道敌兵有多少，倘然退出林去，恐怕反受痛击，要想还击，那枪弹又放不出去，就是放出去，未必能命中敌人，此时正像猛兽赶入网罗，无法摆脱。那时心雄也领兵在前面围攻，两面枪弹，齐向竹林射击，日兵腹背受敌，如何还有生路？有的爬上竹竿去，可是竹竿很滑的，一时又爬不上，就是爬上去，不久还是要脱下来。有的伏在地上，虽是下面铺着很厚的竹叶，和地毯一般软，可是枪弹也会射过来的。隔不到两个钟头，日兵十停已死了四五停，其余的觉得老是躲在这里非完全送命不可，索性拼一拼命杀出去，或者有些希望。他们仗着枪械精锐，一路放射，一路冲出竹林去。心雄虽也瞧见，却并不追赶，因为前面有吴彭年的军队埋伏在大甲溪的丛林里，以逸待劳呢！

那些日兵，气喘吁吁地退到大甲溪，果然又是炮声左右并作，两面围拢来，人山人海，但见旌旗蔽空，杀气冲天。日兵惊魂甫定，哪里禁得起这么的来势汹涌，见溪边有渡船在着，便争先渡过去。有的来不及下水，过去攀住了船舷不放。他们已经上了船的，也顾不得后来的人，自顾性命要紧。难得几个定心的，还向岸上放几枪，射在了追兵。谁知道到了中流，又见迎面来了无数冰船，起初还认是自己的军队来接应，等到相近了，枪珠像雨点般射来，才知是又中了台兵之计。两下战了半天，日兵打死的、溺死的，又去了十分之三四。到了深夜，敌船都驶还南岸，日兵方得收拾残余，还北岸去安营，从此也就不敢南渡。

后来日兵命土人到南岸来造谣说，永福的大本营也溃散了，那些兵士正因着饷糈不足，心旌摇摇。心雄听见了这个消息，更是无心作战。凡是谣言，传布得最快，兵心一动，就像城垣坍塌，因此吴彭年在八卦山也站不住了，在七月里，给日兵攻下，他为国殉了难。日兵一路南下，连陷彰化、云林、苗栗等县，进逼嘉义。那时大甲溪也给土匪得贿，献与日本，心雄和徐骧把军队移驻台南。台南的兵势很是雄厚，更兼山谷连绵，十分峻险，林木深郁，一时难入。日兵为了前次上了当，再也不敢造次，只是按兵不动，静待时机。无如台南孤立无援，所积的粮食吃得精光无剩，日兵枪多粮足，自然锐利难敌。徐骧和心雄屡次应战，总是身先士卒，所以还能坚持好几个月。

一天，徐骧正在围攻胡卢谷的日兵，忽然飞来一个炮弹，却巧不偏不倚着在他的头上，顿时倒地而死。心雄一面吩咐兵士把他的尸首好好安葬，一面掘地道、埋地雷，去攻日营。这天夜半，轰的一声，好似天崩地裂，心雄乘势指挥兵士进攻，到了天明收兵还来，拿获枪械辎重无算，日兵杀死的、自相践踏而死的，有一千多人，真是尸横遍野，血流成渠。日兵就停战了十多天，不敢来犯。但是过了十多天，他们又全力来攻，永福对心雄道："偌大台湾，只剩这台南一城，如何挽救？"心雄道："我尽我心而已。"这时外边送进一封信来，永福和心雄同看，见上面写着：

大日本帝国台湾总督桦山资纪顿首上书

永福将军阁下：

尝闻顺天者存，逆天者亡，台湾之割让与我国，固已得贵国政府之允可，将军犹复恃强负固，既违朝廷之旨意，复昧天时之趋向。夫以残余饥羸之兵，守孤独贴危之城，识时务者，咸知其不久，而将军不悟也，岂不愚哉？况就德言，将军坚持半壁山河，已历数月，在历史上已不愧为大丈夫，在实际上已无负于台民矣。试看台南城外，何处无旭日之旗？正同项王垓下，已在四面楚歌之中，徒苦民力，多伤民命，而于大局无补。何如幡然改计，易帜以从，则仆当严令所部，于将军麾下之士卒，悉加优视，一任将军从容成渡，离台远引。决不为寇之追也。言尽于此，诸维

亮察不宣

永福看了大怒道："倭奴如此欺我，我姓刘的只有断头，没有低头的。"便对心雄道，"请你替我写一封回信给他，把他痛骂一场，也出我心头之气。"心雄道："有幕府在着，我不懂笔墨的。"永福道："这是什么公文，还用得文绉绉的老夫子诗云子曰地咬文嚼字么？我把意思告诉你，依着写上去就是啦。"心雄知道他的脾气，说出话来是不容易拗抑转来的，便吩咐听差的去取文房四宝来，听着永福说着，就写下去道：

台湾民主国帮办刘永福顿首致书
桦山先生阁下：

心雄写到这里停住了。永福道："你以为这称呼不对么？你可知道台湾是中国的台湾，何来日本的台湾总督？我不认他是什么狗总督。"心雄道："是，是。"接着听他的话写道：

来书谬误实多，谨为阁下辩之：台湾久隶中国，编为行省，与中国礼教文化相同，岂能旦夕易主？况割让之议，出于贵国之威劫，非朝廷本心。而数百万台民，同心依向中国，与中国共久长。中国不亡，台湾自无先亡之理。观于各地义军纷起，可知民心之向背，贵国岂不悟耶？昔少康以一成一旅中兴，永福虽愚，颇知忠义，唯有尽我之力，与贵国周旋。贵国如能惧然于众怒之难犯，天心之难欺，极宜反旌转戈，任台民之自主，则永为邻国，常敦睦谊，否则胜败之决，听诸天命。永福一日不死，决不令台南之城容日兵一足之践也。荷兰不尝占据台湾而恣威福欤？然而延平郡王崛起，荷兰人唯有拱手而让，此其前事，宜为殷鉴，阁下其熟图之。

这封信仍由原人带回。日兵见不能劝降，只得猛攻，永福登城发炮，打死日兵数十人。又相持了十多天，那时孤城久困，城中粮食已尽，土匪乘机内讧，强开了城门，招日兵进城。永福见无可挽回，只得和心雄一起上德国商轮。日兵到轮船上查了四次，都给德国人瞒过。因为德国人见永福这么忠勇，很是佩服，所以不肯交给日兵。过了一天，开到厦门，放永福、心雄登岸。永福说："钦州有亲戚住着，我暂时往依。"心雄道："我也暂还家乡，再图后会。"两人就挥泪而别。

心雄到了济南，上千佛山去拜见云上和尚。这云上和尚瞥面就笑道："南柯一梦，滋味如何？"心雄失惊道："师父如何得知？"云上和尚道："你刚才出梦，不久又要入梦了，可是后梦比前梦更是热闹，更是险恶，你还得放正心术，不要给外邪所动，或者可有好果。否则，不堪设想呢。"心雄不禁有些害怕起来，跪下求道："请师父指示迷津，我只为家有老母，还不能出世，不然常侍左右，岂不是好？"云上和尚道："这是天意，非人力所能挽回。在你也是命运如此，不可违拗，况且违天者不祥，你还是纯任自然吧！"心雄只得立起身来，不再说话。在山上住了两天，心念老母，也就拜辞云上和尚下山，一径到堂邑县来。

到了家里，见母亲王氏精神大不如前，起初还以为伊是念子心切，后来觉得实因年老力衰。心雄立刻去延医生来诊治。那医生道："老太太平时操劳过甚，近来心境不佳，宛如一株老树，本来已很憔悴，又受风霜雨雪之侵，自然更见衰颓了。勉强下了些滋补之药，也是杯水车薪，无补于事。"到了冬至节，就驾返瑶池去了。心雄心痛如割，又是举目无亲，幸亏他有几个拜把兄弟，得了信，都来相助，尽礼丧葬。在家守制，也就把一腔热血，冷了不少。过了残冬，春光陡转，他的好友毛羽丰，带了酒食来，邀到郊外去踏青散闷，心雄在家正闷得慌，听了很高兴。

两人出东门，在田岸上席地而坐，且饮且谈。羽丰道："时局一天不如一天，你可知道天津北乡，出现一块残碑么？"心雄道："这碑上可有文字？"羽丰道："没有文字，倒也罢了；若是寻常的墓志，也没有事了；不知怎的有四句似通非通的诗，因此就引起四方的疑猜。"心雄道："你可记得怎样的四句？"羽丰道："记得记得，是'这苦不算苦，二四加一五，满街红灯照，那时才算苦'二十个字。有人解释，说是指黄河工程而言，因为黄河抢险合龙，沿河都要燃点红烛，这碑也是开河才发现的。"心雄道："或者如此。"羽丰又低声说道："还有人不是这么解释，说是红灯满街，一定有刀兵之祸，这黄河一带有帝星出现呢。"心雄急忙掩住他的嘴道："你休胡说。"羽丰道："还有一桩奇事，近来有许多童子，聚在一起，练习拳棒，说是有异人传授，也不知道这异人从哪里来的，教这些童子有何用处。"心雄道："听说京津一带，为了中法中日两战，备受外国人的欺侮，百姓把外国人恨得咬牙切齿，常常和教民为难，恐怕要因此惹出事来。"羽丰道："便是那些教民，仗着教堂做护符，欺凌弱小，无恶不作，煞是可恼。不争气的地方官，又偏袒教民，凡事总派平民的不是，那教民更是耀武扬威了。"心雄叹了一口气道："积威所劫，也不是一朝一夕之故啊！"两人吃完了酒菜，收拾还家。

过了几天，羽丰又来告诉心雄道："这几天城里城外盛传什么义和拳的，说是练成了，刀枪不能近身，外国人都怕他们的。这里推举曹福田做领袖，他已有了一二千人听他指挥了。"心雄心想："倘然能利用他们，倒也是雪耻御侮之一法。"便对羽丰道："曹福田不就是那年为了黑牡丹，给我撵走的那个？"羽丰道："是的。说也奇怪，自从那回受了挫折，也改好了许多。我往常听得他对你也很佩服，屡次要来和你结交，只恐你记着前事，瞧不起他。"心雄道："人非圣人，谁能无过，只要过而能改，便不失为大丈夫了。"羽丰道："我有一个朋友唤作常逢乐，和福田很交好。我想由逢乐出面，把你和福田拉拢了，好成大

42

事。因为福田这人，胆气有余，识力不足，倘然得你相助，可以归入正途。"心雄给他这么一说，大为心动，这也是他过于急躁，要想雪耻救国，便不暇顾及他虑了。又过了几天，当真由常逢乐办了丰盛酒肴，请福田、心雄、羽丰到来欢聚。福田倒也心直口快，见了心雄，毫无芥蒂，他又把义和拳主张扶清灭洋的话说了，更合了心雄的意志，因此他们就如水乳交融了。

一天，传信曹州土匪起事，给山东巡抚袁世凯派兵剿平，捉住了首领唤作朱红灯的，说是应了碑上满街红灯照的话，就把朱红灯枭首示众，但是山东一带的义和拳，更见激昂，愈形蔓延。

后事如何，下回分解。

评曰：永福一武夫耳，能令德人敬服，从知崇拜英雄，中外人心理相同。惜乎物质文明日形发达，作战不能全恃武力，中国之见败于列强，固非战之罪也。

心雄在台受尽刺激，故一闻扶清灭洋之言，欣然相从，及后洞见内容，始知乌合不能成大事，急流勇退，尚不失为见机君子。

论文字此回亦为过渡，而云上和尚玄机微露，成为前后转捩之机，笔墨灵动，有举重若轻之才。

第七回

奋离邪党京国投军
谋刺奸珰梨园混迹

话说那义和拳一称神拳，说是有神附体，在练习时候，要伏在地上，一面焚化符箓，一面念诵咒语，最简单的只有八字，是"唐僧沙僧八戒悟空"，有的多至一二十字的。念完了把口紧合，连上下牙齿都要咬紧，从鼻管里呼吸，顿时口吐白沫，说是神来了，便持刀起舞。这时候谁也不能阻住他了，任他手舞足蹈，好一会儿才歇。他们供奉的神佛，杂乱无章，什么赵子龙、尉迟恭、李存孝、常遇春、胡大海都有的。他们还传诵着三篇文章，一篇是《关帝降坛文》，一篇是《观音托梦词》，一篇是《济癫醉后示》，都说要灭尽洋人，因此他们把外国人称作大毛子，传教的称作二毛子，教民称作三毛子，遇见了就杀，先从堂邑县闹起来。

心雄见这么胡闹，非但不能成事，恐怕反而坏事，屡次劝曹福田改变面目。争奈福田也着了魔似的，不听他的忠告，后来竟疑心心雄是汉奸了。心雄觉得非跳出这个是非圈不可，便离家到北京去见丁慕仁。慕仁道："你来得正好，这北京城也给义和拳闹得乌烟瘴气。我们聂大人是反对的，正愁着没有人能熟悉个中情形，你既然从义和拳出产的地方来，一定深知其细了，请你向聂大人说去吧。"当下领了心雄去见聂士成，那时朱继武也来了，各叙了寒暄，心雄把义和拳怎样的牛鬼蛇神，说个备细。士成道："当真不是好事，可算京城里也是如痴如狂，连我们的上司裕大人，也深信他们确有神助，可以扶清灭洋的。"继武道："前几天我们捉住了一个拳民，在他身上搜检，见贴胸有一张小黄纸，上面画着一个神像，只是有手无足，十指尖锐，在头的四周有光圈，耳边腰间有狗牙屈曲的模样，不知道是何神怪？心以下写着一行细字，是'云凉佛前心，玄火神后心'，实在莫名其妙。据他供称，把这符贴在胸前，再念了'左青龙，右白虎，云凉佛前心，玄火神后心，先请大王将，后请黑煞神'几句，从此就可以所向无敌。但是我们照样把他杀死，一点儿没有可异之处。"心雄道："本来都是一般愚民玩儿的把戏，仔细研究起来，仍旧是八卦教的支流。在我们堂邑地方，先有义和会，后来才改义和拳的。他是八卦教中间乾字坎字两派，所以一味胡闹，全无秩序。我还记得他们在请神的时候，所念的咒语，更是可笑。说什么'快马一鞭，西山老君，一指天门动，一指地门开，要学武艺，请仙师来'。说什么'天灵灵，地灵灵，奉请祖师来献灵'，以下便是呼着神名，龙王三太子咧，柳树精咧，华佗咧，托塔天王咧，凡是《封神榜》《西游记》那些小说上有名的，都可以呼的。就是他们所供奉的神位，也是五光十色，姜太公也有，诸葛武侯也有，楚霸王也有，九天玄女也有，连《儿女英雄传》里的纪献唐也有的，他们呼他纪小唐，可知都是道听途说，以误缠误了。"士成长叹道："这么的举动，竟是乱民啊！"我非扫除他不可。心雄也力赞其议，士成就留他相助。

一天他和继武闲谈，继武告诉他："西太后重用太监李莲英，朝政弄得七颠八倒。戊戌政变，皇上也险些丧了性命。那李莲英是个皮匠出身，什么都不懂，因他得西太后的欢心，公然纳贿，朝臣都敢怒不敢言，恐怕要成第二魏忠贤呢！"心雄也十分愤怒，嘴上不说，心中早已有了主见。却巧在布市上遇见了张保，张保已长成了，说在张黑那里习戏，高腾到关外去从军了，邀心雄到张黑家里去坐坐。张黑见了心雄，十分投契，便说："这几天宫里排演《封神传》，忙得很，过几天和你相叙。"

心雄因着他出入宫禁，路径一定熟悉，便曲意和他结纳。一天，请他在一条龙山东馆子里吃酒。张黑三杯下肚，就口没遮拦，心雄问他李莲英可曾见过，张黑翘着拇指道："不是我夸口，红顶花翎的大官儿，要见李公公，比见皇上都难，独有我到宫里串戏，没有一回不看见他的。并且他最喜欢看我的戏，我每做得起劲的当儿，他总是张开了嘴，眼睛都不眨一眨的。太后也是喜欢武丑的，一天我串的《闹天宫》，得了十多两的赏银，还有烟袋荷包，我完了戏曲叩头，太后还对我看了一个自顶至踵，恐怕王公大臣中，也难得这么的遭逢。"心雄道："那李公公在什么时候还他的寝室，他的寝室在哪里，你可认得路径？"张黑道："这个我不知道，听说他从天明到黑夜，不离左右地侍候太后，要太后安置了，他才得去歇息，真是忙极！你要见他，我有一个方法。"心雄道："请教。"张黑道："不过你可肯委屈？"心雄道："什么都肯的。"张黑道："大后天又要进宫去串戏了，你充我的跟包，替我带行头进去，那么你可以在后台瞧一个一清二楚了。"心雄道："很好很好。"

张黑多喝了一点儿酒，便毫无顾忌地畅谈，他说："李公公也知道我的串戏是有真实本领的，不比别的武丑，只会些花拳、跳三桌半、甩几十个叶子，算是顶尖角色了。那年京城里来了一个大盗，叫什么周木德的，飞檐走壁，来去无踪。因着他外貌很是文绉绉的，两手还留着长指甲，所以他犯了案，谁也疑不到他身上。那一回，也是恶贯满盈，他偷了醇王府里一串碧玉朝珠，因着赌钱输了，押给廊房头条胡同里一家古董铺六百块钱。谁知那古董铺的掌柜和王府里的人有往来的，也风闻王府里失窃过一串朝珠，不知是否原物，他就拿到王府里，请醇王爷过目。

醇王爷见果是原璧，便一面报步军统领，一面派人随着掌柜去跟缉。到了前门，却巧见木德坐着轿车行来，掌柜向跟随的人丢了一个眼色。跟随的人正要上前扣住轿骡，木德已有些明白了，便一纵身跳下车来，向近处矮屋上一跃而上。那时步军统领也派亲兵来追捉，却一个也不能上屋，眼见他猿猴跳涧似的，在一家家屋上蹿去。后来他们借着了一支长梯，胆大的走上屋去追他，他脚上穿着厚底鞋，很是累赘，本来不难捉住，争奈他手里带有手枪，所以追他的人也不敢逼近。这么彼逃此追，不知走了几条胡同，还不能捉住。那时他们追到同乐园相近，我正在上妆，听见了人声鼎沸，疑是走水，急忙登屋。木德见我，要扳枪射我，我闪身避开，疾步追过去。他心上一慌，又见前后都有人拦住，脚底早软了一半。我急忙赶上几步，提起了脚尖，向他左腿猛踢一下，他就骨碌碌成了鹞子翻身，滚下屋去。我见已捉住，就还下屋去，依旧串戏，当时连我也不知道捉住了大盗。不要说那些捕捉的人，哪里会知道我在相助呢？"心雄动容道："佩服佩服，在屋面上追人，是最不容易了。"张黑道："过了几天，我看见城门口贴的告示，一算日子、地方，才恍然做了一场噩梦。"心雄道："京城里五方杂处，良莠不齐，实在难干，要不是件大古董，恐怕也不易得到线索啊！"

张黑那时酒喝得更涌，话也说得更多。他喝干一大杯道："不知是什么缘分，我遇见朋友也不算少，不知怎的见了你，就像什么地方会过面的老朋友，无所不谈了。加着我常听见我们的徒弟张保讲起那回昏夜救他的故事，我就觉得你是一条好汉了。想起我在二十年前，我不幸碰在你手里，说不定我做周木德呢。"心雄实在已从高腾那里略知梗概，因着今天故意要凑他的趣，所以假装不知，失惊道："你说什么话？"张黑嘻开了嘴笑道："你还没有知道我的底细么？也罢，今天索性说个畅吧！"心雄提起酒壶，晃了几晃，放下来，唤酒保过来，再添二斤酒。酒保咋舌低声道："好厉害,已经十二斤咧!"张黑听见了,便大声道:"你不瞧景阳冈上打虎的武二哥么?这才是好酒量呢!"还过头来,对心雄抹鼻子说道,"我虽没有武二哥的酒量,却和武二哥一样地干过绿林生活,只是他先正后邪,我是先邪后正。我当初为了衣食所迫,在天津杨村一带,拦劫过路客商,自命本领已不弱了,能够在五十步外发镖过去,任他桂圆大小的东西,都可以命中。至于屋面上的功夫,更是一时少有。那些不中用的保镖,不知道给我打翻了几十个。后来我觉得这个勾当,到底不是高明,那些客商也是将本求利,我未免太伤阴骘,因此洗手不干。因着天津一带,近来串戏的很是当行,我想串戏毕竟是个正当行业,就改行了。现在承蒙大众不弃,说我张黑的拳脚,有些真功夫的。咳,这好比野虎入柙,老鼠都吓不死咧!他们哪里知道在山时的光景呢。"心雄道:"优孟衣冠,寓庄于谐,本来是很有益于世道人心的,况且你又是内廷供奉的,大可做一个游戏金马门的东方朔啊!"张黑叹气道:"还用得着这些高炭篓做帽子么?一辈子老死在花脸短靠里了。"心雄见他酒意已差不多,不再和他啰唆,只是使他对付得格外亲热就够了。

到了大后天,当真装作跟包,带了行头,随着张黑到宫里去。心雄虽也见过世面,可是宫禁森严,中间别有一种气象,两脚踏进了禁地,一颗心已勃勃地跳起来了。那戏台在颐和园,还不是真正道地的三宫六院,已换了一种心理,见那些往来的人,都是纳头便走,静悄悄的,一些儿声音没有,就是两下相识的,遇见了也只点点头露一露笑容,至多问一声"哪儿去"就完了。不像大栅栏往来的人,粗声大气,震得人耳都要聋咧。那颐和园是慈禧太后朝罢游息之所,一切建筑穷极华丽,陈设更是侈靡,俗笔也难以形容。心雄也是目不暇给,只把一路进来的曲折方向记在心上。走了许多的路,才到了戏场。那戏场有三层,和外边完全不同。心雄不明白为什么要有三层,便问张黑。张黑道:

48

"上层是天界，中层是人间，下层是地府，正是老佛爷的新发明。串戏的到了这里，就不能抄着老脚本，拂尘一挥，算是登仙，烟火一放，算是见鬼了。"心雄道："偏是有这许多闲心思。"

张黑见时候尚早，便领他在附近走走，心雄又认识了不少路径。不过他到了那里，心上早起了顾虑的念头：第一看戏的人很多，一时难以下手，万一像张良博浪椎，误中副车，不是大功未成，自己先牺牲了？第二路径虽已看熟，那房屋少，空地多，不易隐藏。宫殿又高，上下困难。第三张黑没有知道，倘然失了事，我走了，他是走不掉的。他受了不白之冤，我也对不住他的。第四我现在是跟包的地位，只能在后台起坐，绝不容我到台前去的。我要东闯西走，先自给人禁住了，碍手扳脚的难干。横竖以后的机会多着，我不妨静以待之，索性再打听得李莲英的住处，单刀直入，反觉干净。因此他等到开戏以后，就在后台闲玩儿。张黑领他到出场门口，暗暗指点给他说："中间黄幔里坐的，就是老佛爷，左边向东斜坐的是皇上，右边向西斜坐的是皇后，那立在老佛爷左边背后的，就是李公公。左厢右厢盘膝坐着的，便是王公大臣，他们得到赏识听戏，比赐福寿字更算荣耀呢。"心雄别的都不注意，单是目注着李莲英的面目，牢牢记着，再闭目想了个大概，李莲英的影像已深印在他的脑里了。

内廷演戏，另外有一种规矩，后台贴着黄纸，上面大书：

奉

懿旨演《封神全传》

先有内务府司员二人，在后台等闹过了场，戴了朝冠，穿了补服，缓步走出来，分左右立在前台，等演完了，方才退下。老佛爷赏给串戏的银两，随着角色的高下，分别多少。那天张黑得了十两，算是第二等；谭叫天是第一等，得了二十两。最少的三四钱都有。大家领了赏，都到台前叩头谢赏。演了六个钟头才收场，心雄依旧带了行头，跟着张黑走出颐和园来。那时夕阳在山，楼台欲睡，一花一木给暮色笼罩着，另有一种美态。心雄很有些流连忘返光景，张黑道："这京城附近，还有一个好去处，唤作什刹海，到了夏天，万顷荷花，一池清气，游人荟集，热闹非常，比这里还有趣。"心雄道："惭愧得很，我到了京城好多天，什么地方都没有去玩儿过。"张黑道："等我闲了，和你玩儿几天去。"心雄道："很好很好。"当下出了园门，分别远去。

后事如何，下回分解。

评曰：义和拳只聂士成始终目为乱民，衮衮诸公，莫不迷信，故独木难支大厦。心雄濯污泥而不染，可谓难能可贵矣。

谋刺李莲英，临时变计，读者必为扼腕叹息，然尔时下手，必致失败，心雄毕竟有识。

张黑亦可喜人物也，捕周木德事，说来活跃之上，宜痛饮不已，仿佛酸秀才背得意窗稿。

第八回

什刹海卖浆女遭劫
丁字沽红姑娘逞妖

　　话说什刹海在地安门外附近，住着一家满人，倒是贝子底子。人家因他喜欢渔色，称他花贝子。仗着是王室，平日一味横行，民家妇女，稍有姿色，他总要千方百计地弄到手才歇，因此年轻女子，不敢到什刹海去。离开什刹海一里多路，有一家姓冯的老夫妇，卖豆腐浆为业，年纪都在六十以外，膝下有一个十七岁的女儿，唤作润珠，生得俊俏无匹，老夫妇爱之如掌上珠。伊要衣穿，伊要胭脂粉黛搽，老夫妇总是节衣缩食地供给伊。美人儿得了妆饰，越显得美丽，真像一枝含苞未放的鲜花。那天是六月十八日，伊随着母亲刘氏到亲戚人家去做佛会，傍晚还家，走过什刹海，见满地的荷花，开得亭亭玉立，清香从微风中慢慢地吹过来，不禁挽住了伊们俩的脚跟。润珠更是依恋不舍，立在池边呆呆地对着荷花出神。忽听一声呼哨，急忙回过头去，见对面一座酒楼上，立着一个少年，肩头削脑，一望而知是个泼皮，两只眼睛射住了，眨都不眨。心上知道不妙，急忙拉着刘氏的衣袖，离开什刹海去。

　　这少年就是花贝子，他正在酒楼上赏花饮酒，见了润珠，蝉衣云鬓，出落得十分飘逸，自问生了两颗眼珠以来，从没见过这般可喜娘儿，神魂颠倒，不肯放过。见润珠移步欲行，他就走下

51

酒楼，远远地跟在背后。见伊们到了家里，认清了门户，才还家去。派人打听底细，知道是卖豆腐的女儿，他就快活得了不得。以为这种人家的女儿，只消把白银送过去，不怕他不迷花眼笑地把花一般的人儿送上门来。当下就派人去唤冯老头儿来，向他说贝子爷要娶他的女儿做妾。谁知道冯老头儿古怪脾气，并不把贝子爷的尊姓放在眼里，答道："老汉只有此女，但求嫁得一个清白子弟，温饱无虞就够了，做了贵人的姨太太，从此像石沉大海一般，不易见面，岂不委屈了伊？"花贝子听了，甚是恼怒，便大声道："老头子不知好歹，今天你不答应，不要将来懊悔！"冯老头儿转身就走，还到家里，告诉了老妻。那刘氏也不愿意，说道："那些大户人家讨姨太太，比买一个泥娃娃还轻松，今天高兴，捧在怀里，明天不高兴，就丢在门角里了。"

第二天朝晨，润珠晓妆方罢，忽地有五七个家人模样的，手执铁尺木棍，闯进门来，见了润珠，抢了就走。冯老头儿和刘氏正在灶下，听见了声音，急忙赶出来，要夺还润珠。一个家人把铁尺向他头上敲了一下，冯老头儿痛得眼前金苍蝇乱飞，一阵昏眩，便倒在地上。刘氏狂喊捉强盗，左右邻舍听见了，提着门闩灰扒赶来，到了门口，五七个家人塞住了，不许上前。一个浓眉大眼的喝道："我们家里走失了姨太太，奉贝子爷的命前来追寻，不干你们的事！"那些邻舍见不是强盗，又听他说什么贝子爷，心想大来头，不要惹闲是非，都各自去讫不管。五七个家人，拥着哭哭啼啼的润珠走了。冯老头儿痛得爬都爬不起来，只喊着骂着。刘氏追出了大门，眼望着一块心头肉给人割了去，阵阵心酸，哭得人事不知，便倒在道旁，和冯老头儿一酬一答地哭骂。那时西面有一匹马儿嘚嘚地行来，上面坐着一个英爽的少年，走过刘氏身边，见伊哭得悲痛非常，便下马来问道何事啼哭。刘氏便一五一十把方才的事告诉备细。少年道："老婆婆不要伤心，我有办法把你的女儿找来。"刘氏道："说得好容易的话，你可知道那花贝子门户重叠，不易进去，又有许多狐群狗党。你赤手空拳，就是走了进去，也难得出来呢。"少年笑道："你且等三天看。"刘氏似信非信地点点头。少年跳上马背，扬鞭而去，也不知道是何人物。

　　到了第三天的早晨，刘氏正在煎药给冯老头儿吃，忽地一阵敲门声，刘氏急去开门，见润珠和前天骑马的少年进来了，这一喜真是做梦。少年道："人虽找到了，可是这里不能久住，你们还得赶快搬家，否则难保那厮不再来寻事。"刘氏要问少年姓名住址，少年只微微地一笑道："萍水相逢，何必挂齿，后会有期，我去了。"说毕，一转身如飞地走了。刘氏只得远远念佛道谢，还近身来，问润珠如何给那少年救出来的，润珠道："那天到了花贝子的家里，一会儿软劝，一会儿硬逼，我只是抵死不从。总算万幸，没有使那厮近身。到了昨天的夜半，我正在床上和衣而睡，左右转侧不能入梦的当儿，忽见那少年撬窗而进，问我可是前天被擒来的女子。我只答应一个'是'字，他就像老鹰抓小鸡似的把我挟在胁下，跳出窗外，连纵带跃地行去。熟门熟路，竟像熟人一般。那墙儿壁儿，当作门槛跨过，一些儿不觉得累赘。到了外边，全无阻挡，一直到这里。我也不知道他是谁，怎么知道我是被他们抢去的。他家千门万户，有好多的房间，他怎么知道我住在哪一间呢？他怎样地进出，怎样没有看见和觉得的人呢？他的本领真真厉害，竟和剑仙一般。"刘氏又把前天在门外哭泣，遇见了少年，他允许自己去找来的话告诉了润珠。润珠也感激得无话可说，只是拜天。冯老头儿见女儿完璧归赵，心上一喜，痛也忘了大半，便商量搬家的事。过了两天，当真全家搬到卢沟桥去住了。

　　且说那少年是谁？读者大约也料到是他。他是何人，不是万心雄是谁？原来他自从听见了张黑说过什刹海风景很好，他趁着闲暇，骑马前去。那天也从什刹海回来，从刘氏那里听见了花贝子抢劫润珠的事，勃然大怒，还到衙门里，和慕仁、继武说起，都代抱不平，可是因着贝子很有些声势，不敢惹他。心雄在第二天，到贝子家的周围相定了进出的门户。第三天晚上，提了宝剑，跳进了贝子的家里。先抓住了一个家人，问得了贝子和润珠所在，他就撬窗跳进贝子的卧室，把宝剑向贝子一晃道："你敢出声，就送你归阴。"那贝子睡眼蒙眬中，瞧见雪亮的剑光，已吓得上下牙齿相打，只喊着"大王饶命"。心雄喝道："不许喊！"说时，左手扭住了贝子的胸脯，右手把剑向贝子的两眼剜去。贝子只喊得出一个啊字，左右两眼已离眼眶而坠。心雄道："你只是这两颗贼眼作祟，我替你剜了去，你可以安谧些了。"贝子只得忍着痛，不敢出声，任着心雄跳出窗去。心雄仍把窗掩上，再去找润珠，找到了挟着就走。送伊家里，已是大天白亮。还到衙门，把宝剑拭净，重行睡觉，连慕仁、继武都没有知道这回事。

那花贝子直等到天亮，才敢唤人，大家见这副模样，便想报官。倒是花贝子明白，阻住他们道："这厮本领高强，不好惹的，你们瞧门窗未动，来去自由，京城里哪一个及得他来？传了出去，反引起人们的讪笑，落了丑，不如放了他，省事些。"因此就隐忍未发，后来花贝子毕竟伤重身死，也是他一生横行的报应。

撇过不提。且说这京城里，自从有了义和拳闹得乌烟瘴气，那些满人平日养尊处优，全不理会什么国家大事，中法、中日两次大创以后，才如梦方醒，觉得中国以外，还有外国，外国更是可虑。听见义和拳扶清灭洋，正中下怀，便认定是富贵荣华的保障，一个个虚心结纳，有几个索性拜大师兄做徒弟，在家散发念咒，忙作一团。后来渐渐给太后知道了，并不禁止，反以为是爱国的义举，将来可以仗着他们报仇雪耻，永保江山的。恰巧直隶总督裕禄在天津也深信义和拳，力保张德成、曹福田一辈人都是忠肝义胆的，大可重用，两人都是赏给头品顶戴花翎、黄马褂。

那些徒党见如此得势，更是趾高气扬，连宫里的人走着了魔似的。他们看惯了戏台上的《封神榜》《西游记》，把哪吒三太子、孙悟空一辈子崇拜得了不得，现在听说信了义和拳，可以得到他们的神灵依附，何等得意。起初还只是男子相信，后来连女子也有练拳的了。

那时天津有一个娼妓，唤作红姑娘的，和那些大师兄都有往来。伊居然异想天开，也要练习义和拳。一天，曹福田到伊的家里，红姑娘把意思说出来，福田笑道："你有多大本领，要想做唐赛儿么？"红姑娘做着媚眼道："你们不要小觑我们女子，唐朝的武则天做过皇帝，如今宫里的老佛爷，不是一个女子么？"福田道："你倒有这般大志，也罢，姑且带你去试试看。"

过了几天，福田引着红姑娘到团里，一样地拜神念咒。伊秉性乖巧，所以一学就会，又因着伊一副媚骨，把几个首领迷得六体投地，竟推伊做大师姐，和大师兄分庭抗礼。伊也引诱了几十个年轻妇女，把妖法传授，大家穿着红衣红裤，挽着双丫髻，左手持着一盏红灯，右手持着一块红巾和红漆折叠扇。到了晚上，把折叠扇对着自己狂扇，那身体会渐渐升起来，竟和腾云驾雾一般，把灯掷下来，说是天神下降了。其实也只他们自己人如此说，谁也没有眼见过。那天津一带，传布得很快，大家称伊红灯照，在门外挂着红灯，便可以接着红灯照，得伊保护。后来有人拆穿说只是立在屋面上，黑夜里瞧不清楚，又是受了神话的影响，便以为真是升空了。红姑娘白天传妖法，晚上和些大师兄鬼混，闹得起劲，男女混杂一起，荒淫无度。对着那些党徒，只是说和仙佛相会，受秘密缘法，实在只是纵欲淫乱。福田见势力已厚，便把天津一带的教堂先烧起来，他们说火种都是红灯照从天上降下来的，所以一烧就会着。有人瞧见他们带了火油，在傍晚偷偷向教堂的墙壁上浇灌，所以到了夜分，只消掷上一个火把，就拉拉杂杂地烧起来了。

那裕总督见烧了教堂，外国人没奈何他们，也以为这是屈服外国人的妙法，非但不禁止他们，并且奖励他们。因此更是无法无天，连洋货店都要焚毁。路上有人穿了白衣走过，他们就把他的白衣剥去，说他是三毛子。他们趁着乱七八糟的当儿，奸淫妇女，劫掠货物，无所不为。就是辇毂之下，也是横行无忌，因着刚毅、荣禄、毓贤许多满官，没有一个不是附和义和拳的。只怕着聂士成。那时有一个赵舒翘，他从江苏巡抚入京，也竭力保举义和拳忠勇有神术，倘然用以剿灭洋人，必然望风而靡。太后更是深信不疑。义和拳聚集在都下的，多至五六万人，坛场遍地皆是。

说起那赵舒翘，本是一个不学无术的人，因着刚毅之力，做到江苏巡抚。他在任上，也是一味蛮干，不过苏州一带却很感激他。因为那时有一辈巢湖人，贩卖私盐，专在乡镇上聚赌抽头。那些无知愚民都和他们往来，起初只是赌钱，输了便向他们借贷。他们放银收利，利息特别的大。有唤作见面一对合的，最是诧异，譬如初一向他们借十块钱，到了初二碰见了，没有还，到初三就得还二十块钱。因此有许多人倾家荡产，卖男鬻女，还是还不清他的债，唯有一死了事。一般人因他们凶恶无情，称他们作盐枭，意思是比他们作枭獍一般的残忍。那些盐枭还要勾结地痞土棍，引诱大户人家子弟聚赌。他们的赌局也是不可究诘的，十个人去赌，总是有九个输的。地方官怕他们党羽众多，不敢问讯；地方上公正绅士，更是敢怒而不敢言。那时赵舒翘到任，接到了不少的控案，他就雷厉风行地下札子，到各县捉拿首要，按律严治。争奈各县不敢动手，把公文按着不办，盐枭更是恣肆。舒翘倒也很有毅力，便督促委员，派亲兵到各县去坐提。

单说苏州府属的吴江县，濒临太湖，盐枭散布得最多。委员奉了命，带了亲兵到吴江县，那吴江县知县便老实不客气地说出苦衷来。说是除非赵大人亲自提兵到四乡去访拿，或者有些效力，否则县里捕快，十九都和盐枭联络。今天通了风，给他远走高飞。明天去捉，自然扑了空。委员还到苏州，禀复舒翘。舒翘赫然大怒道："这些幺魔小丑，不能扫除，我还有颜面做方面大员么？"当下便带了十几只枪船，满载了兵士，亲自下乡。在平望镇上先自捉住了几个，各乡闻风，就销声匿迹，顿时安靖了许多。盐枭中间有一个首领，绰号海里奔的，很是强悍，识得水性，能够在水里潜伏着三昼夜不死。那吴江县湖泊环列，港汊纷歧，他更得了便宜，所以东窜西奔，再也捉不住他。舒翘便下令，招募识水性的人做向导，那时就有一个人来投效了。

后事如何，下回分解。

评曰：红灯照之秘密，有非官书所及者，足补史乘之缺。国家将亡，必有妖孽，爱新觉罗之斩祀，义和拳与有力焉。

花贝子者，清季一般满人之代表也。心雄剑刿其目，大快人意，而润珠随起随灭，似无关宏旨，不知后文，尚有用处？

写心雄救润珠事，一半从润珠口述，一半从心雄方面补写，并不相犯，并不重复，却觉错综可喜。

赵舒翘剿盐枭，与后来纵容义和拳，功罪顿殊，作者两存之，所谓信赏必罚，有《春秋》微旨也。

第九回

除盐枭水战海里奔
装嫁娘血溅大师姐

话说赵舒翘因着要捉拿海里奔，招募勇士。那时太湖边上有一个少年姓李名无功，自小在太湖边打鸟捕鱼，早年丧父母，终鲜兄弟，所以浪荡着没有依靠，可是本性疾恶如仇，专好替人打不平。他也见过盐枭横行可杀，只是赤手空拳，也奈何他们不得。听见赵巡抚招募识水性的勇士，他就抛弃了鸟枪渔网，前来投效。舒翘当面试他一下，他在水里翻腾上下，比蛟龙还灵活。试他武艺，也很高强，便吩咐他到乡间去找寻海里奔。那海里奔的声名很大，乡间妇孺皆知，并且都受过他的苦，所以他的行踪，很肯说出来。

一天，到了同里镇，打听得他在同里湖边上屯村的大庙里躲着，无功便坐着枪船找去。到了屯村，再暗暗问讯，知道海里奔果然在大庙里。那大庙已很荒废，只有十余间破屋，还可以住人，其余都成瓦砾之场。无功先前已从捉住的盐枭口供里得知海里奔的面貌模样，所以一直闯进了佛殿，便见坐在香烛台边的一个和尚，就是那人。他冷不提防，奔过来，伸手想抓。那海里奔也是眼快手快的，眼前有人过来，心知不妙，也不辩说，把和尚衣脱去，连纵带跃地逃出佛殿去。无功急切没有抓住，只得紧紧追赶，一口气追到大庙的门外，还是追不着，却见他向门前河里

58

一跳，一个大漩涡，就不见了。无功也如法炮制，跳下河去，随着海里奔游去。那海里奔自负擅水性的，只向大湖里游去。无功用力地追，约莫追了两里多路，已扯住了他的衣角。海里奔拼命地向下一沉，那时水势向前，无功就在他的身上滑了过去。无功看看前面不见，赶起来向四下张望，并没有水花，急忙钻下水去，四面找寻，好容易找着了，就在身边摸出一把叉子来，向海里奔的腿上刺去。海里奔着了痛就划不动了，给无功拦腰抱住，浮出水面，却正是在同里湖的中心。枪船歇在屯村的市梢，招呼不到，只得挟着他还屯村去。那海里奔十分刁诈，他故意不用一些儿气力，反乘着水势阻挡无功，幸亏无功水里游泳的功夫很深。他往时在太湖里，遇着大鱼漏网，他竟入水去追捉的。所以他拖着海里奔，游到屯村，毫不觉得费力。捉到枪船边，然后吩咐弟兄们把铁链锁住他的手脚，连夜赶还平望镇去见舒翘。舒翘不胜欢喜，立刻把海里奔正法枭首示众，把无功递补了亲兵伍长。

自从海里奔伏诛以后，那些盐枭更是惊慌，有的改邪归正，有的逃向太湖里去，另寻门路，有的还老家去。只是那些作恶多端的，给人告发指点，脚步慢一点儿，就做了刀下之鬼。舒翘见大体平复，还苏州去。不到一年，刚毅因他能干，保举内用，升做刑部尚书，兼顺天府府尹，他就卸巡抚的任进京。在离开苏州的一天，各乡镇的农夫，都执着香，坐着船来送，一直到常州才还转，同声歌颂他的功德。谁知他到京里，因着要迎合刚毅，便迷信义和拳，和他们一起胡闹。无功见了很是难过，他知道只有聂士成是反对义和拳的，他很想去投效，只碍着舒翘知遇之恩，不便撇开他去，只得暂时留着。

那时候义和拳的蔓延，一天厉害一天，早引起了外国人的嫉视，英法美俄日德意奥八国联合派兵舰到塘沽来，推着德国瓦德西做联军统帅，攻打天津。那些义和拳还是不服，说是我们不怕枪炮的，挺着刀迎敌。可怜血肉之躯，一无掩护，如何抵挡得住枪子炮弹？一排排地倒下来，却还是一排一排地上去送死。在临死的时候，还念着梨山老母咧。谁知梨山老母没有来，倒来了个黄莲圣母。那黄莲圣母也是红姑娘串的戏，伊和曹福田商量，到乡间去拉了个女巫来装妖作怪地坐着大船到天津，停泊在北门外。大船的四周，裹着红绸，船头上竖着两面大黄旗，大书"黄莲圣母"，舱里焚了一大炉的檀香，烟雾腾腾里坐着一个老妪，就是圣母。左右坐了三四个妇女，都称仙姑，说是有神术，可以治病救伤。那些受伤的拳匪，扶到岸边，纳头便拜，圣母吩咐撮香灰敷在创口，别的方法一些儿没有。可笑创口溃烂，弄到不可收拾，还是说信不坚，所以不得神佑。福田去告知裕总督，裕总督也以为是天神下降，用八人肩舆接圣母到衙门里来，穿着朝服，对伊行三跪九叩首的大礼，排齐了仪仗，送伊到侯家埝的神堂住着。那圣母坐在神龛里，垂着黄幔，香烛供奉，远近愚夫愚妇都来礼拜。红姑娘名为圣母的信徒，实则利用伊敛钱纵欲。

那时八国联军已预备攻城，天津的绅商吓得无以为计，都到总督衙门里来，请裕总督千万不要开战。裕总督自己不肯做主，吩咐他们去和福田商量。福田还是耀武扬威地在天津城里横行，全没知道联军的厉害。绅商们见他请他不要杀洋人，他道："我奉玉帝饬旨，率领天兵天将，剿尽洋人，我何敢违天命？"绅商们哀求道："洋人枪炮厉害，一弹飞来，房屋全毁，危城攻下，必定糜烂，请体上天好生之德，不要惹是招非。"福田大怒道："你们都是三毛子，甘心做汉奸，左右与我推出去斩首示众！"绅商们叩头求饶，总算收回成命，从此也就不敢再说。

且说拳匪一部分在京城里，给聂士成的武毅军捉的捉、赶的赶，气焰顿时挫了不少。心雄是深知拳匪的内幕的，所以他瞧见了拳匪，画神捏鬼，别的人不敢上前，他总扑上去，拳打脚踢，全不放在眼里。那些拳匪见着他的影子都怕了，便由张德成向刚毅哭诉。刚毅到宫里去向太后说："聂士成违背圣旨，专和义民作对，请太后降旨警戒他。"太后依奏，命武毅军开出京城，聂士成奉旨开拔，驻扎在落垡。心雄道："在京城里有那些愚暗的大臣迷信神权，不能称心适意地捕捉，如今出了京城，我们可以痛剿了！"士成点头称是。那时拳匪把铁路拆毁、电杆烧断，心雄带了一小队的武毅军前去阻止。拳匪不肯依他的话，他就挥动清风剑，见匪就杀。拳匪愈聚愈多，约有三千多人，把心雄围得像铁桶一般。心雄用力杀开一条血路，还到营里，和慕仁、继武多带队伍，重行反攻，把拳匪杀得七零八落。福田得知，急忙告知德成，命他向刚毅设法，把武毅军调回。刚毅去奏知太后，太后又降旨调武毅军回杨村。路过天津，正遇着一拳拳匪持刀向士成奔来，心雄骑马后卫，急忙挥剑来迎，慕仁、继武翼护着士成。

到总督衙门，士成对裕总督说道："大人纵容匪众如此，恐有后悔。"裕总督道："提督此言差矣，太后尚且要用他们去抵敌洋兵，如何反说他们是匪类呢？"士成道："那些人毫无智识，全是胡闹。我在京城里捉到许多拳匪，实地试验，他们的神术一些儿没有成效。现在教堂焚毁了，教士杀死了，铁路拆断了，电杆烧去了。听说八国联军已到塘沽，再不制止，万一给联军攻下了天津，京师震动，大局便不堪设想了！"裕总督道："义民自有抵挡，不必劳提督过虑。"士成见他执迷不悟，料定忠言难入，不如远走去保护京师要紧。当下辞别了裕总督，领着武毅军移驻杨村。

福田见武毅军勇猛难敌，很是忧虑，每天总有几十个徒党给武毅军杀死的，他便和红姑娘商量，红姑娘道："太后并不命他来打我们，他如何违抗朝旨呢？"福田道："他算是施行直隶提督的职权，当我们是匪类，他有保护地方治安的题目，所以朝廷也未便治他的罪。"红姑娘道："我们什么都不怕，这纸糊的老虎把洋人也吓退了，怎么他偏不怕？"福田道："他那边有一个得力的人，唤作万心雄，起初也在我们团里的。因着宗旨不合，他就走了，去投士成。我们的秘密，心雄都明白的，所以他不怕我们。这人不除，我们必无噍类。"红姑娘道："我们能够设法把他杀死了就好啦。"福田道："谈何容易，他是千佛山云上和尚的徒弟，武艺十分高强，二三十个不能近他的身，如何好杀死他？听说他

61

在台湾把杀人不眨眼的生番也压服得服服帖帖呢！我想这人不宜力敌，只可智取。"红姑娘道："有何妙计？"福田道："计倒是有一个的，只差少一个人。"红姑娘道："不要说一个人，就是要一千一万个人，也是一呼而集。"福田道："万人易得，一将难求。"红姑娘道："你要怎样的一个人呢？"福田道："最好有一个年轻貌美的女子，如此这般地前去，等到他中了计，就不难致他的死命了。"红姑娘道："我倒愿意去的，不过像我的面貌够得上么？"福田大喜道："你肯出马，保管成功！那么就请动身。"

那红姑娘年纪虽已三十岁，搽了胭脂，涂了粉，还只像二十多岁的人。伊换了一身艳丽的衣服，装作新嫁娘的模样，另外拣了一个年轻的拳匪，充伊的丈夫，赶了一辆骡车，向杨村走去。将近武毅军营盘的当儿，后面有十几个拳匪追来，红姑娘便放声大哭，那假丈夫弃了骡车，向营盘里乱窜。守卫的拦住了问话，假丈夫道："我们新夫妇从丈母娘家还来，给拳匪瞧见了，要抢我的妻子，现在已经追过来了。"守卫的进去报告，那时心雄正在拂拭宝剑，听见了便提了宝剑赶出来，对那假丈夫道："你在前打路。"假丈夫引着心雄到大路口，那骡车已打翻在路旁，几个拳匪正拉着红姑娘要走，心雄大声喝道："休得无礼！"挥剑杀去，那些拳匪就抱头鼠窜而去。心雄追赶了一阵，还转身来，见红姑娘还是蜷伏在骡车旁，哀哀啼哭，却不见那假丈夫。心雄问红姑娘为甚还不赶路，红姑娘带哭带说道："丈夫又给他们绑去了。"心雄道："我在前追赶时，你的丈夫还在这里，如何会给他们绑去呢？"红姑娘道："你走不多时，另有几个强徒来拉丈夫去的。"心雄道："男子汉绑了去也不妨事的。你家在哪里，可认得路径？独自去还可好？"红姑娘哭道："我一个单身女客，这么局面，如何敢赶路？"心雄想了一想道："也罢，送佛送到西方，我索性送你还家去吧！"红姑娘拭泪道谢，重行上车。心雄整理了车儿骡儿，扬鞭赶车，依着红姑娘所指方向行去。

约莫走了一里多路，红姑娘又哭起来了，心雄回过头来，问伊何事啼哭，红姑娘紧蹙双眉，只是不说。心雄只得停了车，到车厢里。红姑娘就伸手过来，钩住了心雄的脖子道："肚子痛。"心雄道："这里是荒野之处，没有人家，如何是好？"红姑娘道："我自小有这毛病，只消有人给我在肚上揉几下就会好的。"心雄面孔不禁红起来了，心想虽是无人经过，到底不好意思在陌生的年轻女子的肚子上揉弄的。红姑娘那时已把外衣解开，露出里面一个猩红的肚兜和雪白的肉，把心雄的右手拉过来，要他揉。心雄正在犹豫，忽地红姑娘伸手过来，把他腰里的宝剑抽出来，心雄急忙按住道："你要这物何用？"红姑娘只不答话，还在抽剑。心雄瞥见那红肚兜里面有一张黄纸角，心上一愣，伸手去一掣，见是一张符，才知道伊也是义和拳匪，把前后事迹约略想了一想，知道上了伊的当了，急忙拔剑在手，喝道："妖妇敢用奸计引诱我么？"红姑娘见已破露，便立起来高喊道："出来出来。"那时远远有二三十个拳匪，都从树林里蹿出来，一个个手执武器。心雄怒从心起，恶向胆生，先把红姑娘当胸一剑，刺了个洞穿。红姑娘血花四溅，当真名与实符了。心雄跳下车来，和拳匪们相斗，一把宝剑，使得像银蛇一般，把十几把短刀、十几根短棍，挑拨得东倒西歪。正在恶斗，忽听得砰的一声，有一弹飞来，心雄急忙闪避，却中了一个拳匪。

后事如何，下回分解。

评曰：无功水战海里奔，不过一楔子耳，就已写得绚烂可观，后文因循岛与心雄同擒岛主，才入正传，故另用一番笔墨。

义和拳之恶心雄久矣，红姑娘设计诱之，不过见端而已。车厢媚态，乐而不淫，若非黄纸露角，心雄几乎为恻隐所误，从知女祸之烈也。

第十回

义和团纷扰天津城
聂将军尽忠八里台

　　话说心雄和拳匪们恶斗，忽飞来一弹，打倒一个，心上很是奇异，接着又是砰砰的几响，拳匪就像骨牌似的一个个倒下来，其余的拳匪，也莫名其妙，只得四下奔逃。心雄照着枪声望去，见有一个少年，骑着一匹高头骏马，颤巍巍立在那里，不知是何等人物。那少年已在那里纵辔而来，到了心雄跟前，下马相见，各自通了姓名。原来少年就是李无功，他随着赵舒翘到了北京，眼见那些官儿醉生梦死，都着了扶清灭洋的迷。舒翘也是相信拳匪得什么似的，他屡次劝舒翘不要纵容拳匪，争奈非但不依，反而有些憎厌他。他说盐枭虽是可恶，不过为民间癣疥之疾，拳匪乃是腹心之患。舒翘哪里肯听他的话，因此他闷闷不乐。前几天他到天津去访友，闲着无事，出来打猎。时方初夏，也没有什么可打，正在树林里徘徊休息，听见嘈杂的声音，看见那些拳匪的装束，知道又在闹事，便觑准了几个，放了几枪，等他们走散了，才来见心雄。起初以为心雄是过路客商，听了心雄的话，才知道也是行伍同志，并且在他平日心折的聂士成部下。心雄约略把身世说了些出来，无功更是心折，便也把心事说了出来。心雄道："既然无功兄和主人意见不投，何不改事新主？我们的聂提督，心术纯正，眼光远大，绝非朝内诸臣可比，要不是他竭力地剿除，京津一带更要扰乱得不堪设想。现在听说外国已派兵舰到塘沽，倘然和议不成，不久就有大祸。无功兄既然和我们志同道合，正好在一起共事，说不定可以稍补时艰。"无功道："好是好的，不过我还没有向赵尚书辞过，不别而行，似乎有伤友谊。"心雄道："既然不能见重，弃了何伤?"无功想了一想，便说："我明天进京勾当了，再来相烦汲引。"心雄见他甚是坚决，也不便固阻，两人握手分别。

　　心雄便把骡子解下来，骑着还营，把前后的事告知慕仁、继武。慕仁道："拳匪计诈百出，我们倒不能不防呢。"正在闲话，里面有家人出来传话道："大人请三位说话。"三人随着家人到里面见了士成。士成命他们坐下了，说道："朝廷真是糊涂，为了联军到来，不谋补救，反用拳匪去抵挡。听说天津已给联军包围，看来不久要攻下的。这里是京津要道，我们的责任十分重大。依朝廷的意思，最好我们和拳匪联合，共挡联军。可是我却大不为然，联军固然应该抵挡，拳匪却万万不可用。不知三位的意见如何? 请大家讨论。"慕仁道："大人的意思很是光明正大，我们平时也说过，抵挡外兵，自知未必能取胜，只是诸葛武侯说得好，鞠躬尽瘁，死而后已。至于拳匪乌合之众，用了也是无益有害的。在这个时代，还要迷信神权，岂不为天下后世所笑呢!"士成仰天大笑道："慕仁言足以愧煞一辈王公大臣!"心雄道："我们在这里兵力不厚，也只好唯力是视，胜败且置之度外，不过一方面还得向各处去求援助，否则杨村不守，京师就岌岌可危了。"士成叹道："这件事很为难，朝廷既不肯向各省征师，我如何好擅作主张? 况且天津放着那个顽固不化的裕大人，就是要他接济军火饷糈，也不容易呢。"大家听了，只有互相嗟叹。坐了一会儿，退出来，悉心布置防守的事。按下漫提。

　　且说红姑娘送了性命以后，拳匪逃还去见福田。福田听了，不胜愤怒，便把武毅军恨得不共戴天，吩咐党徒见了武军，不要

65

放过。因此两下遇见，总得拼一个你死我活，不肯两立。一天，士成在落垡地方追剿拳匪，给拳匪团团围住。他杀到东，就有拳匪从东面抄过来；他杀到西，拳匪也会从西面抄过来，因此不能冲出重围。正在危机万分的当儿，心雄从外面扫开血路，杀进围来，招呼了士成，合力杀出去。那时拳匪像湖水给分水犀牛游过，向左右退却，任着士成、心雄从容而去。到了杨村，士成道："今天要不是你来，很有些危险，只不知道那些拳匪如何如此灵敏，在外面的能够西抄东袭地追我。"心雄笑道："拳匪专用诡计，我本来也不知大人被围，因着望见电杆上立着一个拳匪，手里执着红旗，在那里东挥西指。我疑心他们又要烧电杆了，赶过去，爬上电杆，把那人杀死，向下一看，才知拳匪围攻大人。这电杆上的拳匪就是他们的耳目，他从上面望见大人向东，他把红旗东指，下面的拳匪看了红旗，便照着所指的方向追去，所以大人杀不出来了。"士成笑道："想不到他们也有这计较。"

那时外兵已从塘沽上岸，来攻杨村，士成严阵以待，常用奇计把外兵大败，外兵竟不敢前进。裕总督得信，大为得意，便入奏报捷说义和拳如何神勇，外兵如何败绩，把士成的战功都据为己有。朝廷信以为真，赏下一万银两，武毅军一个大钱也轮不到。但是士成并不灰心，心雄、慕仁、继武也常用好言安慰士兵，勉励他们，为国效忠，将来自有功罪分明的一日。武毅军平时素有训练，所以只依着上官的意旨努力作战，穿的衣服也是对襟短袖，紧束得很是活泼，所以往来跳跃，十分骁勇。谁知那些拳匪，还是妒忌他，反说士成和外人私通，所以外兵不和他战，只向义和拳攻打，武毅军又助着外兵来杀义和拳。义和拳一腔忠义，竟无从发泄。裕总督把这些话奏知朝廷，就说他的兵士连服装都和外兵相似，更见得他甘心媚外了。朝廷听信他的话，下旨责备士成，不许伤害义民，否则要严重治罪了。士成叹道："上不能见谅于朝廷，下又见逼于拳匪，外受洋人的压迫，内无有力的援助，我早晚终是一死，非死也不能表明我的心迹啊！"因此他向老母妻女处断家务，拼命对敌，和外兵战了十几次，没有一次不把外兵打败的。后来朝旨命他攻打天津租界。那天津租界驻扎了不少的外兵，把土囊沙袋堆在要路口，当作城堡，架着枪炮坚守。士成指挥武毅军不时侵袭，外兵几乎支撑不住了，他们本来不识中国字的，因此也识了一个聂字，见了聂字旗，就坚守不出，连枪炮都不敢放了。他们对中国人说，我们从来没见过这么勇猛的兵士，大概中国除掉刘永福以外，就算聂士成是英雄了，像西洋兵，只有古代罗马或者还有这些英雄呢。

　　一天他正向外兵挑战，忽报留在杨村公馆里的老母妻女都给拳匪劫去了。士成便分兵一队，命心雄带了武毅军向杨村追寻。到了公馆里，果然不见一人，向左右邻舍探听，才知都向西北逃去。心雄便留兵士在杨村相候，独自一人，骑了马，猛力加鞭，向西北追去。追了一个钟头光景，果然前面有一丛人在那里急匆匆地奔走，他不作一声，把两腿向马腹上用力地一夹，那马箭一般地直射过去。不多时，已追上了。心雄见他们都是徒步，也就跳下马来，挺剑在手，上前把最后的一个扭住了，挥剑斩下了头，提起来大声道："你们好好地放下了人，万事全休，不然的话，这人就是你们的榜样。"那些拳匪见血淋淋一个人头，先自害怕，中间也有人认得是心雄的，便说"这人不好惹的，我们走吧"，就撒下了士成的老母妻女，四散逃生。心雄也不追赶，便把马让给士成的妻女骑着，他背了士成的老母，在后面跟从。

　　到了杨村，分拨二十多个兵在公馆里保护，他还身到天津，见武毅军多半散去，只剩二三百人，簇拥着士成追赶拳匪。士成见心雄来了，便问老母如何。心雄道："已追回来，安顿在公馆里，请大人放心。"士成道："自你走了，有一部分兵士忽然变心，说我反了，开枪反击，我的左足已中了枪弹。我死无憾，只是我的一家老小，便仗你们几位老友照顾了。"说毕，指挥兵士向拳匪扫击，一直追到八里台。心雄也追上来了，拉住了士成的马辔道："大人既受了伤，还得还营将息，过了今天有明天，我们整顿了兵马，再和他们算账不迟。"士成提刀怒目道："你是我的知己，难道不知我的心事么？今天我非杀尽拳匪，不还营了。"心雄知道他已饱受刺激，血气喷涌，不可遏住，只得任他前去，在后掩杀照顾。见他左足上的血已渗透了缎靴，他毫不理会，只顾向前挥动大刀，见着拳匪就杀。那时拳匪也拼命了，像潮水般涌上来。慕仁、继武在后赶来，对心雄道："这些拳匪有洋枪的，大人匹马深入，很是危险。"心雄道："争奈阻挡不住，如何是好？我们紧追上去，翼护他吧！"三人便联络着在士成的左右卫突扫击，拳匪的头像西瓜般一个个地砍下来，血花像正月的花筒一般，东也喷起来，西也射起来，溅得四人的衣服上都是斑斑驳驳。忽地砰砰起了几响枪声，一颗枪弹从士成的肩上掠过，擦去一块青缎。接着又是一弹，给心雄的清风剑当的一声挡去。第三弹又来，慕仁用朴刀下拨，没有拨着，已中了士成的腹部。士成用左手掩住，依旧挥刀杀去。第四弹、第五弹又陆续射来，也是将星欲坠，竟会一颗颗射中了士成的身体。士成支撑不住，倒下马来。心雄、慕仁、继武急忙一齐下马去扶他，见士成胸前汩汩地冒出血来，面色惨白，还张大了眼睛，大呼杀贼。心雄把士成扶上了马背，吩咐慕仁、继武指挥武毅军后退。他抱了士成，策马突围，赶还杨村。

到了公馆里，士成已气绝身亡，把他的衣服解开，见一片模糊，肚肠也迸出来了。老母妻女哭得死去活来，急忙买棺成殓。随后慕仁、继武也来了，收兵完毕，检点一过，还剩一千三百余人。心雄便请幕府师爷来做遗奏，连夜送到京里去，一面报知裕总督。后来朝廷要赐恤，刚毅竭力地阻挡，因此反而下诏，责他误国丧身，实堪痛恨，姑念前功，准予恤典。可怜聂将军血面朝天，耿怀入地，还不能得到死后的哀荣。那时有一位诗人黄公度感他的忠义，悯他的遭际，作了一首《聂将军歌》，甚是悲壮，在下曾经读得烂熟，现在背录出来，也教读者知道聂将军实是中国稀有的英雄！

聂将军，名高天下闻，虬髯虎眉面色赭，河朔将帅无人不爱君。燕南忽报妖民起，白昼横刀走都市，欲杀一龙二虎三百羊，是何鼠子乃敢尔？将军令解大小围，公然张拳去相抵，空骈冒刃口喃喃，炮声一到骈头死。

忽然总督文，戒汝贪功勋。复得亲王令，责汝何暴横。明晨义民到，不许无理闹。夕得相公书，问讯事何如，皆言此团忠义民，志灭番鬼扶清人。复言神拳斫不死，自天下降天之神。国人争道天魔舞，将军默默泪如雨。呼天欲诉天不闻，此身未知死谁手，又复死何时？

大沽昨报炮台失，诏令前军做前敌，不闻他军来，但见聂字旌旗人复出。雷声眈眈起，起处无处觅。一炮空中来，敌人对案不能食；一炮足底轰，敌人绕床不得息。朝飞弹雨红，暮卷枪云黑，百马横冲刀雪色，周旋进退来夹击。黄龙旗下有此军，西人东人惊动色。敌军方诧督战谁，中旨翻疑战不力。

此时众团民，方与将军仇。阿师黄马褂，车前鸣八骑。大兄翠雀翎，衣冠如沐猴。亦有红灯照，巾帼赢兜鍪。昨日拜赐金，满车高瓯篓。京中大官来，神前同叩头。诏书五六行，许我为同仇。奖我兴甲兵，勉我修割矛。将军顾轻我，将军知此否？军中流言各哗噪，做官不如做贼好。诸将窃语心胆寒，从贼容易从军难。人人趋叩将军辕，不愿操兵愿打拳。将军气涌遍传檄，从此杀敌先杀贼。

将军日午罢战归，红尘一骑乘风驰。跪称将军出战

69

时，闯门众多喽啰儿。排情击案拖旌旗，嘈嘈杂杂纷指挥。将军之女将军妻，芒笼绳缚兼鞭笞，驱迫泥行如犬鸡，此时生死未可知。恐遭毒手不可迟，将军将军宜急追。将军追贼正驰电，道逢一军路横贯。齐声大呼聂军反，火光已射将军面。将军左足方中箭，将军右臂几花弹。是兵是贼纷莫辨，黄尘滚滚酣野战。将军麾军方寸乱，将军部曲已云散。将军仰天泣数行，众狂仇我谓我狂，十年训练求自强，连珠之炮后门枪，秃襟小袖毷毷装，番身汉心庸何伤？执此诬我谇口张，通天之罪死难偿。我何面目对我皇？外有虎豹内豺狼。嗷嗷犬吠牙强梁，一身众敌何可当。今日除死无可望，非战之罪乃天亡。

天苍苍，野苍苍，八里台作战场。赤日行空飞沙黄，今日披发归大荒，左右挽扶出里疮。一弹掠肩血滂滂，一弹洞胸胸流肠。将军危坐死不僵，白衣朱冠黑两裆。几人泣送将军丧，从此津城无人防。将军母，年八十，白发萧骚何处泣？将军妻，是封君，其存其没家莫闻，麻衣草履色憔悴。路人道是将军子，欲从马革裹父尸，万骨如山堆战垒。

后事如何，下回分解。

评曰：士成不见谅于清廷，复见忌于拳匪，以之御外侮，事何能济？八里台之役，死于谇诬，更使抱恨终天。遭遇之恶，未有如士成者也。

心雄所以辄左，其命也夫？此失林之鸟，彷徨无依，而后来无数文字，都因此生发。盖十回以前为一段落，十回以后，又开新局面也。

第十一回

巧施谋匪魁成嚼火
闹醋劲土娼倏掀风

　　话说万心雄和丁慕仁、朱继武同办聂将军的身后事物，忙了多天，才把遗族安排妥帖。那时清廷有旨，派马玉昆接管武毅军。心雄对慕仁、继武道："我的命运，可说不济已极，到处都不利的。我已厌倦这种生活了，两位不妨助着新提督为国捍敌，我要到北京去了。"慕仁道："我也不高兴在这里受闲气了，那新来的提督，一定和裕总督一鼻孔出气的，和我们的宗旨完全相背，如何可以共事？所以我早已打定主意，预备回老家去。"便对继武说，"继武兄和我们的地位有些不同，令先祖已经去世，你也是个将门之子，正好平步青云，荣宗耀祖啊！"继武踌躇道："论情理我也应该离去的，只是无家可归，恐怕浪荡成了无赖，只好暂时守株待兔呢。不过你们两位都远走高飞，我独木不成林地留在这里，未免太寂寞无聊吧！"心雄道："你为人随和，不比我们赋性孤僻，一朝生，两朝熟，保管新旧同事水乳交融啊！"继武只是闷闷不乐，心雄、慕仁用尽功夫，屡次地劝他，好久才定心些。

　　一天马玉昆来检阅武毅军，知道心雄、慕仁、继武三人平时很为士成所器重，所以也另眼相看，招他们去，好言安慰。心雄、慕仁都推着离家已久，必须还去探望一回，过了一两月再来投效。玉昆也揣知两人的意思，只约略挽留一下，便准他们请假还籍。继武因着无路可走，仍在部下当差，当夜就治酒替两人饯行，不免各有依依难舍之情。第二天，心雄和慕仁同向继武告别，到了三岔路口，心雄再和慕仁分手，从此东飞伯西飞燕，不知道何时再聚，在下要紧写天津大事，只能把两人暂且按下。

　　且说自从聂将军阵亡以后，再也没有第二人和拳匪作对，拳匪的势焰更张，外兵也知道除掉聂将军以外，也没有第二人可以对敌，因此便用全力攻打天津城。裕总督深信拳匪神勇，毫无恐怖。那些拳匪起初还和中了酒一般，拼命地迎战，可是血肉之躯如何敌得过钢铁之弹？一排上前，却一个个倒下。第二天坚闭城门，要想固守，可是多数拳匪已知孤城不久陷落，不如早寻生路，便分头抢劫。那几家大商铺，都被劫掠一空。走到一家洋行里，瞧见铁箱，说是地雷，扛着要走，掌柜的道："中间藏着银钱，不信可以开视。"拳匪听了，正中下怀，便说："我们扛到衙门里验看去。"到了半路，打开了铁箱，把银钱俵分而散。又在一家钟表店，瞧见一个皮人，捏了一下，吱吱地响起来了，拳匪诧异道："妖怪妖怪！"用力地捏，可是一捏一响，真像有灵性知觉的。拳匪举刀猛斫，却斫落了自己的手指，晕倒在地。其余的拳匪就在纷乱中间，把店里的金表银表席卷而去。有几家做外国生意的店铺，都向张德成、曹福田两匪首出钱请求保护，唤作保险。保险以后，拳匪就不敢动手。后来保险的店多了，两派的党羽各生妒忌之心，我偏要抢你保险的店，你也特地来抢我保险的店，结果保险成了无效。

　　六月十七的晚上，已有外兵改装混进了天津城，登上城楼，和守城的坐在一起，可笑拳匪全不觉得。那外兵就在城上做暗号，因此外兵的枪子炮弹拼命地放进城内。守城的像骨牌似的倒下来，连街上也是子弹纷飞。老百姓吓得不敢出门，大家赶到张德成的门口，唤德成出来设法抵挡。德成出来对大众说道："我有神术，只消把咒语念动，包管火门闭，枪炮塞，你们不要惊恐。"说着慢慢地踱出门来，向东一望，向西一望，道："行军要取吉利，我们出德胜门去！"大众问他哪一门算是德胜门，德成道："是北门。"大众已猜着他的意思，要滑脚了。因为外边正在攻南门，倘然要去抵敌，应当出南门，不应当背道而行的啊！便有人向他责问。德成忽然变色道："我掐指细算，我的公馆有人在放火。"大众哗然道："我们离开公馆没有多少时候，如何会有人放火？只消派人去探视一遭就够了，何必劳大师兄的驾？"德成道："不是这里的公馆，是独流镇的老家。"大众大骂道："我们本来安居乐业，都是轻信你的话，可以升官发财，跟从你到这里，一点儿没有得到好处。现在大难临头，不替我们想法，倒想脱身逃走么？"那时大众摩拳擦掌，有欲得甘心的光景。德成知道不妙，急忙改口道："我不是想脱身，我和你们有福同享，有难同当，决不自己先求安谧的！既然你们不让我走，我就回公馆去，再想妙法。"大众便拥着他折回南门。那时有一队拳匪，抢了许多东西，要出北门逃散，德成就混在他们的人丛里，一起逃去。大众见德成已走，便去找曹福田，谁知福田也早逃出城去。拳匪见首领都已走散，更无斗志。十八日的早晨，外兵就攻进城来，一时火光烛天，哭声震地，直闹了三天，才见平靖。

且说德成随着拳匪出城，一直向西奔逃，到了杨柳青镇，又聚集了拳匪一千多人，向镇上绅商索取银钱米粮，设立坛场，仍旧耀武扬威。镇上绅商急忙去求他远离，送了许多空枪粮食，再吓他道："前天已有外兵来过，听说他们还去要调动大兵前来，大师兄还是别寻险要之地固守，这杨柳青镇是个滑地，守不住的。"德成听了，也有些心虚，当真引了拳匪坐了船，再向西行。到了一个大镇，唤作王家口的，停泊下来，知道镇上有一家富户姓刘，是个粮户，很有些钱。以前德成做过船户，曾替姓刘的载运米粮，所以熟悉底蕴，便到姓刘的家里要他捐五千串大钱。姓刘的一面款待他，一面向他讨情，起先答应一百串，后来加到一千串，德成还是不肯，拂袖而走。还到船里，正要指挥拳匪前去抢劫，那镇上另有一个盐商姓王的听见了，急忙到古庙里来，请德成到他家里去歇息，说道："姓刘的是我好朋友，我去向他说，没有不答应的，否则我也得凑成五千串送给大师兄。"德成很满意，只是要坐轿子。姓王的派人去雇一顶小轿来，德成怒道："我在制台衙门里出入，总是坐八人抬的绿呢大轿，怎么今天教我坐这么的小轿？你们不怕亵渎天神么？"姓王的没有法想，只得到关帝庙里去，借关帝坐的宪轿来，德成才肯上轿。到得王家，姓王的临时端整丰盛酒肴，并请姓刘的也来陪席。酒不数巡，姓王的正要说话，忽然德成立起来，把满席的酒肴一掀，完全翻倒在地，大声道："我在天津，从来没有吃过这么粗劣的菜蔬，把来给弟兄们吃，他们也不要吃的。我吃了，对得住天神么？"说着便带了拳匪就走。姓刘的姓王的，都吓得目瞪口呆。

那时有一个少年，挺身而出道："我看张德成已恶贯满盈，还不觉悟，到此妄作威福。依我的意思，不如乘此机会，把他杀死，除了后患。"姓刘的对他看了一眼，并不认识，便问："你是何人，敢出大言？"姓王的道："此人姓李名无功，刚在四天前到我家来。他本在赵舒翘那里当差，因着舒翘纵容拳匪，在北京城里已闹得不成局面，他劝之不听，愤然出走，想到聂士成那里去找朋友。到了这里，打听得士成已经战死，朋友想已星散，天津也给外兵攻下，无处归宿。我见他彷徨歧路，却是器宇不凡，因此留他在家里。此人很有武艺，并且也有些谋略，不是寻常勇夫可比。或者有一言可取，且听他说来。"无功道："现在德成已还古庙，我们不如假扮一人做奸细去献给他。等他出来，我就上前擒住。我是识水性的，把他搋到水里去，包管可以把他沉死。"姓刘的还是踌躇着，姓王的拍手道："妙计妙计。"姓刘的道："依我看来，十分不妥，一来他的党羽很多，急切难以得手；二来杀了他，怎样去处置他的党羽？"无功笑道："他们已是斗败的雄鸡，绝无多大能耐。德成给我擒住，这里只消呐一声喊，他们就不敢抵抗了。自古说得好，蛇无头不行啊！"姓王的道："决意如此，不然的话，我们也得受他们的蹂躏，与其束手待毙，何如先发制人？"当下便指派家丁和镇上的庄丁各执武器，随着无功前去。

　　到了河边，无功喊道："我们捉住了一个奸细，请大师兄出来审问。"德成正在吃冷饼，听见了，含了一口的饼，走出舱来。那时无功已跳上船头，扭住了德成，挟在胁下，向河里跳去。岸上的人一齐呐喊，那拳匪认为有千军万马在着，便纷纷下水逃命。那时无功已把德成灌饱了一肚皮的泥水，重又挟起登岸。德成嘴里说不出话来，只趴在地上叩首。无功向背上拔出短刀来，对德成冷笑道："我久闻你有神术，能避刀剑，今天倒要试试呢！"说毕，把刀向他胸前刺去，顿时血如泉涌，便唤大众一齐动手，诸刀齐下，不多一刻，已成了一堆血酱。再向船上瞧去，拳匪已一个也没有留剩，大概沉死的有一半，逃生的也有一半。大众欢声雷动，拥着无功还王家，重行烫酒治菜，推无功首座，畅饮到夜半方散。

　　且说天津城陷落以后，还有那住在侯家堠神堂里的黄莲圣母，得了消息，也急忙带了两个仙姑，逃出城去。只是以船为家，不敢上岸，向四乡走避，这里住三天，那里住四天。走了一个多月，到一个小镇上停泊，忽然岸上赶来十几个短衣的汉子，走上船来，举着武器吆喝道："快些拿钱出来！"黄莲圣母见中间有一个汉子，曾经到神堂里来对伊磕过响头的，知道这些强盗都是拳匪化身，放了一半的心，也大声道："你们不生眼睛的？可认识我是谁？"那些汉子道："不管你是谁，我们只要的是钱。"黄莲圣母道："我是你们的祖师黄莲圣母，今天如此无礼，不怕天罚么？"那些汉子道："我们听得外国统领正在访拿你，碰得正巧，带你去领赏吧！"说着就七手八脚把黄莲圣母捆缚起来。同船的一个仙姑见不是路，跳下河去，舍身给鱼儿大嚼。还有一个仙姑，已逃不掉，也给他们捆住，带扛带拖地送到天津去。上外国统领衙门，倒真的得了一笔赏钱。这圣母和仙姑，结果如何，在下没有知道，只好略而不详。

那些拳匪有武器的，散而为盗，红灯照摇身一变成了娼妓。从此天津一带，妖氛扫清，便移到京城里去了。本来京城里的拳匪常给聂士成捕捉，并不十分猖獗，自从聂军调到杨村，京城里只有附和的人，并无反对的人，拳匪就愈聚愈多。加着那时有一个提督董福祥也和拳匪一般见识，他对西太后说过大话道："我董福祥别的不能夸口，单是杀洋人，却很拿手。"因此西太后很是信任他，可是他的部下都是没有纪律的，十分蛮野，竟和义和拳一般地奸淫掳掠，无所不为。

那前门外煤市街王皮胡同一带都是土娟的住处，回兵常到那里闲逛。有一家姊妹二人，大的唤作大桃，小的唤作小桃，姿色虽是平庸，手段却很灵活，因着那些拳匪也要来胡闹的，所以用尽功夫和回兵交结。回兵到来，白把身体供给他们取乐，却一个大钱也不拿，回兵倒有些不好意思，便常住在院里保护伊们。那些拳匪见有回兵在着，果然不敢啰唣。一天，哄进十几个拳匪来，头上扎着黄巾，身上穿黄衣，额上写佛字，手里握短刀，拉着大桃小桃调戏。那回兵因寡不敌众，敢怒不敢言，眼看他们拉拉扯扯到后边房里去取乐，其余的拳匪，高坐在客堂里，大言不惭。过了一刻，大桃小桃泪眦溶然追着拳匪要钱，拳匪拍拍腰包道："没有没有。"大桃小桃还是不放，他们就捶台拍桌地大闹。回兵实在看不过了，便走出来说话，拳匪恼羞成怒，伸拳要打，回兵道："你们都是神仙，如何到这么龌龊地方来？倘然给你们大师兄知道，可不饶呢！"拳匪听了，便装作降神，眨白了两眼，喃喃地说神道鬼："玉帝有命，这两个三毛子，甚是可恶，捆去请大师兄惩罚。"一个回兵知道不妙，急忙从人丛里一溜烟逃跑出去，还有一个回兵却逃不掉，给拳匪拉着出走。

后事如何，下回分解。

评曰：德成之死，在文字言可谓余韵绕梁，在情节言，乃是无功安排一着落也。

在铁马金戈中，插入二桃，使文势有顿挫，譬如作画，崇山峻岭中，须点缀平泉茅屋也。

拳匪模样分作数起描写，妙有剪裁。

第十二回

车驾仓皇万重丧胆
宫闱冷笑一剑寒心

话说先前从妓院里溜出来的回兵，到营里唤了几十个伙伴，各自带了武器赶来，在半路就碰见了拳匪，两下恶斗了一场，却斗不过他们，武器都给他们夺去。回兵在妓院里听见他们说过是在马家堡坛下的，便从别路抄到马家堡去，要求见大师兄。那大师兄听了回兵的话，火辣辣地说道："我们坛下的义民，都是循规蹈矩的，你们不要看错了，冤枉好人。"回兵道："倘然冤枉，情愿受罚。万一果是你们坛下的人做的事，如何办法？"大师兄道："我给你们赔罪。"说时，那一群拳匪，正兴冲冲地走还来，有的擎着抢来的武器邀功，有的指天画地地夸张他的奋勇。大师兄见了呆若木鸡，没有话说，回兵逼着他下跪。大师兄恐怕惹怒了他们，引起了恶感，甚是可虑，只得下跪，吩咐拳匪把武器奉还回兵，回兵这才呼啸而去。

那时从各地调到京城里来守卫的兵，很是不少，中间良莠不齐，有的竟和拳匪一般的行径，在城里冷僻地方抢劫银钱，是不算一回事。就中有一个唤作刘十九的，年纪只有十九岁，甚是骁勇。他在天津失陷以后，还在乡间设坛聚众。那乡人也有知道入坛是有杀身之祸的，不去附和。刘十九便按户威逼，见有庄丁，强制他入坛，倘然不从，他举刀就杀，因此也聚集了三千多人。

他说我们不久可以克复天津，但是只向四乡勒索银钱粮食，并不进攻。

这光景给天津的外兵知道了，先由日本兵五十人来刺探，一个个蛇行而前，快要到坛边了，有一个小孩先瞧见了，便大声狂呼道："洋鬼子来了！"刘十九听见了，急忙吹动大螺蛳，击起马口铁鼓来，便有拳匪一大队冲出来，打前张着大黄旗，写着"替天行道"四个大字，把独轮车载着枪枪，分左右两翼摆开。这枪枪可以连续射放，所以又唤作雁排枪。刘十九头戴武生巾，和戏台上扮演武生的帽儿一般无二，颤巍巍绒球高耸，亮晶晶玻镜四镶，额上勒红绸，脑后垂红带。簇拥着他的也是奇形怪状，十分好看。他骑的马也缠绕着红布，手提长柄大刀，指挥拳匪上前迎敌。那五十个日本兵一齐放枪，拳匪都应声而倒，其余的便不敢上前。那时刘十九随手把退下来的一个拳匪劈倒，喝道："你们后退，看此榜样！"大众见了，只得拼命杀上去。日本兵第二次排枪又放，刘十九下令退却，等日本兵追过来，左右两翼的雁排枪扫射过来，把日本兵的归路截断，然后再鼓动众匪，回身反攻。日本兵死了一半，只脚快的从别路逃生。刘十九大得其意，把已死的日本兵割下头来，结在竹竿上，掮着四乡去夸耀他的战功，并向乡人索取犒赏，说是洋鬼子全吓退了，你们尽管放心高卧吧。

谁知隔不到两日，日本兵又引着印度兵大队来攻，四下兜抄，刘十九领拳匪照着老法应付。争奈这回来攻的枪械高明得多，人数又众，所以拳匪一排排地饮弹而亡。刘十九还要催促拳匪上前，那些拳匪也知道上前只是做炮灰，所以偷跑的偷跑，躲避的躲避，在阵上已没有多少人。刘十九见大势已去，只得拍马突围而出，一径向京城奔来。到了京城里，和京城里的大师兄结交，道是天津虽失，四周义民还有几千百万，不久可以夺还。自己奉了玉帝饬旨，来助着京城，因此赶来。大师兄便引他去见董福祥。董福祥见了，不胜欢喜，说道："我刚从宫里出来，预备到东交民巷去烧各国的公使馆，使那些洋鬼子失了头目，丧他们的胆。"刘十九道："妙极妙极！这公使馆只有几十个守兵，我们围而攻之，正如瓮中捉鳖，包管都要束手就缚。那时朝廷便好向外国提出条约，不许他们到中国来设学传教，岂不干净？"

福祥便在第二天到宫里去，奏知西太后。西太后那时正同七总管死了爷——六神无主，听见那些王公大臣把扶清灭洋说得天花乱坠，自然十分相信，便下旨准备围攻使馆。一面先下书各国公使，说是各国联军攻陷天津，夺取大沽炮台，已失了国际交谊，请各公使在二十四点钟内启程归国。那些公使惊惶得很，便推德国公使克林德男爵，向总理衙门商量离京的事，坐着大轿到东单牌楼相近，忽地左手触动枪机，砰的一声，一个子弹从轿子里穿出去，正落在附近比利时公使馆的门口。护兵以为是拳匪来攻打了，便擎枪向大轿还击。正在纷乱的当儿，有一队拳匪到来，给护兵抓住了一个，便说是他打死德国公使的凶手。那些拳匪更把外人恨得咬牙切齿，拼命地向使馆围攻。可是使馆护兵很有能耐，在各要口建筑防御工程，死守不战，因此攻了一个多月，还是攻不破，各国不过死掉一百多人，回兵和拳匪倒死得不少。

那时联军已从天津打到北仓，马玉昆迎着大战，战了三日三夜，败得七零八落。继武也只逃出一个身体，想到北京找心雄去，却没有知道心雄的下落，住在一家客店里，慢慢地打听。那裕总督在北仓见一败如灰，就举刀自刎。这个消息传到京城，西太后吓得魂不附体，便想起李鸿章和外国素有交情，急忙下旨，命他做全权大臣，向联军议和，一面吩咐董福祥停攻使馆。但是联军已攻下通州，逼近京城，董福祥领兵去抵挡，又吃了一个败仗。七月二十日那天，黎明时候，京城给联军攻下。董福祥带着残部向西逃去，沿路劫掠，一时也分不清是匪是兵。那天早朝，竟没有一人上朝，西太后便在半夜部聚细软，和光绪帝穿着单衣，徒步出宫。天明到西华门，方找着了几辆车，向西行去。妃嫔宫娥，多半留在宫里，没有随去。珍妃素来不得西太后宠爱，临走连信都不通知伊，伊知道了十分怨愤，便投井而死。王公大臣也是各走各路，只有几个胆大些的，还敢住在京城里。外兵到了京城，四下劫掠，那些拳匪便摇身一变，成了汉奸，反而做外兵的向导。后来知道西太后和光绪帝都走了，便闯进宫里去，见宫里陈设的宝玉金珠锦绣绫绢，称心适意的拿着就走。

那个联军统帅瓦德西，也纵容着外兵，不加管束，听说皇宫富丽，他就把仪鸾殿做行辕。他想中国的宫殿，便是做梦也难得走到的，现在居然高坐堂皇，得意可知。只嫌着军书旁午，试觉寂寞，想起从前在德国的时候，曾经认识那中国公使夫人傅彩云的，料想现在总在京里，便派人去打听。到了第二天，那傅彩云已是花枝招展般走上仪鸾殿来。瓦德西不胜欢喜，便问："夫人如何一请即来，不怕公使闹醋劲的么？"彩云泫然道："统帅有所不知，自从我随公使还国以后，不幸的事接二连三而来。大太太又是妒忌成性的，公使在着，还不敢欺侮，前年公使病故了，大太太便借端把我驱逐出门。我没有法想，只得在京城里重理旧业，所以现在已不是公使夫人傅彩云，却是无所依归的赛金花了。"瓦德西听了，甚是感动，便抚着伊的背道："分别了好多年，你还是这么花容月貌，可是我却白发鬖鬖，完全老态了。"赛金花道："这话未确吧，我自己也觉得老了不少，将军却老而弥健呢！"瓦德西道："这里甚是寂寞，你可伴我住几天么？"赛金花不响，只低着头弄衣角。瓦德西涎着脸道："肯答应么？这里平时是禁地，你们大概也不容易到的，那么住几天也不枉此生了。"赛金花道："这个自然，连梦都没有做过呢！"

瓦德西挽着伊的右臂，一边说笑，一边在各地闲逛，见宫殿崔嵬空空洞洞，难得有人声，仿佛到了罗马。故宫有几处宫人所

81

住的，衣服鞋袜都杂乱抛弃在地上了。赛金花叹气道："想不到也有今日，伊们自出娘胎，没有受过这惊吓，胆小的恐怕急都要急死咧！"走到一所更宏大更壮丽的皇宫，上面天花板无色髹漆，四壁都挂着嵌宝的屏轴，柱上蟠着龙，门帘都是黄缎绣着五爪金龙。瓦德西把右边的一间门帘掀起，便有一阵异香热腾腾地从里面吹出来，回头对赛金花道："这里大约是太后的卧室了，我们进去瞧瞧。"

两人踏进门槛，见地板上铺着很厚的地毯，窗儿都关着。这时天气很热，在这屋子里，更是气闷。赛金花道："热得快要昏了，我们出去吧。"瓦德西挽住了不放道："我要细细观察太后的起居咧！"说着把前面两扇雕花嵌无色玻璃的和合窗推开，用窗闩撑住，光线也亮了许多，微微有些风吹进来。瓦德西拉着赛金花并肩坐在一只大椅里，指点着里面的套房道："这里面大约是太后龙床所在了。"赛金花笑道："有龙床便怎样，没有龙床便怎样？"瓦德西道："我想我从德国到这里，几千里的远，不是一件容易的事，能够和你同坐在这神圣不可侵犯的地方，怎么不得意呢？既然有此机会，有此姻缘，自然不能轻易放过。所以我想今天和你在太后的宫里，借太后的龙床，度一个甜蜜之夜，你愿意不愿意？"赛金花那时倒有些忐忑不安，不敢表示。瓦德西立起身来，走近几步，把套房的门轻轻一推，却并没上锁。门儿开了，香气更浓，也辨不出是什么香，向赛金花招招手道："来，来，来！"赛金花只得走去，瓦德西等伊走进了套房，把门儿砰的一声关上了，不知道在那里干些什么事，在下也无从悬揣。过了许久时候，赛金花香汗淫淫，娇喘细细，倚在瓦德西的臂弯里，慢慢地出来，默默无声。只有房间里十几只形形色色的自鸣钟的钟摆，像落雨地响着。这天赛金花就没有出宫。

这么过了几天，已有消息泄露到宫外，街坊上议论纷纷，早传到住在客栈里的心雄耳边。他听了愤怒非常，便一口气赶到禁城里，向四下相看了一番，还到客栈里，吃了夜饭，假寐片刻。约莫敲过了二更，他带了清风剑，结束定当，一径向禁城走去。那时的禁城已大非昔比，只剩那些外兵喝醉了酒，跌跌撞撞地乱闯。夜色如死，孤城欲睡，所以他掉臂游行，一无阻挡。进了禁城，拉住了一个太监模样的人问他道："你可知道联军的统帅住在哪里？"那人不敢说，只睁大了眼向他呆瞪。心雄道："你说了，放你走路，只不许向人多说。要是你不说，我就一拳打死你。"那人战战兢兢地答道："我说我说。在那边靠东的大殿里，不过你也不容易进去，一重重的守卫都挺着快枪，插着雪亮的刺刀，你要留心。"心雄放了他，依话走去。到了那里，固然有两个高大的外兵，挺枪分左右而立。他便闪身到左边的墙角，一个鲤鱼跳龙门势，把身子向上一耸，两手早把出檐椽子攀住，又使一个鹞子翻身势，跳上屋面，放轻了脚步，从侧面的墙上一进一进地走去。那屋面都是琉璃瓦，很滑，好几次几乎跌下来，幸亏他手脚快，身体灵动，还不至失足。就是失足，也支撑得住。这么走过了四进，方见一所大殿，里面两明一暗，靠左的一间光线更亮，心想他们大概在这里了。他就轻轻地跳下来，从窗眼里望进去，见有十几个外兵，在那里弄纸牌，不像有统帅在里面，便闪到靠右的那间去，声息全无。他就重又跳上屋面，向四下张望，见西北角上楼台重叠，那边也有灯光，便从屋后跳下来，走过一片广场。前面一并五间大屋，都点得通明，靠左一间和合窗开了两扇。他踮起了脚尖向内看时，见一个虬髯高准的汉子正和一个中国女子对坐着说笑，他想一定是瓦德西和赛金花了，但是这时候不好下手，只得掩在窗外等着。远远听得打过了三更，旁边屋子里的灯光次第地熄灭了，门儿掩上了，这里两人还在说说笑笑，十分起劲。他不耐烦了，从背上解下了清风剑，转过身来，从中间走进去，把黄缎门帘掀起，跨大了脚步，向前走去，挺着宝剑，向瓦德西刺去。

后事如何，下回分解。

评曰：写刘十九即所以写拳匪之真相，与日兵之战，即庚子一役之缩影也。

赛金花与瓦德西一事，记之者多矣，顾无有如此书之蕴藉者，若即若离，有帷灯剑匣之妙。

宫闱陈设，虽尽等身之纸不能尽，然作者能以最经济之文学手段，将最精彩处约略写来，恰到好处，所谓增之一分嫌多，减之一分嫌少也！

第十三回

紫禁城虚投宝剑
长松山力敌大刀

　　话说心雄挺剑向瓦德西刺去，赛金花吓得发抖，要喊也喊不出。毕竟瓦德西有些急智，忙从裤袋里摸出警笛来，吁咧咧吹着。那时外面就有五七个外兵，都提着枪赶进来。心雄知道太性急了，不能成事了，不如快走，他就把和合窗用力一推，豁的一声，窗儿跌出去了。他也乘势像燕子般从窗盘里跳出去，依旧走过了广场，跳上屋顶，一进一进地走出去。下边外兵向着上面乒乒乒乓地放枪，心雄把清风剑四面分拨，叮叮当当，那些枪子都拨落在地，一颗也没有射中。到了最前的一进，跳下来，一口气奔出禁城，后面外兵还是紧紧追赶。争奈他脚步很快，他们穿了皮鞋，急切哪里追得着？他出了禁城，更是放心托胆，还到客栈，神不知鬼不觉地向床上睡去。心上甚是懊悔，太觉急骤，没有等到他们就寝了下手，以后他们戒备一定更加严密，这事看来难以成功了。那些外兵追了一程，已瞧不见踪迹，只得回去复命。那瓦德西惊魂甫定，也知道这事自己有亏纪律，传出去很不好听。并且他也听见有人说过，中国的剑侠甚是厉害，在不知不觉中间，会送掉性命的。本来只当它是希腊神话一类，不甚相信，这回也觉得所传非虚，否则这么深宫之内，他如何能来去随便，不是真有飞檐走壁之能么？因此他知道中国人不是好惹的。

当夜在惊恐中过去，到了明天，送赛金花出宫，从此他就不做妄想了。

且说心雄自从此次失败以后，每日在街坊上闲逛，闷闷不乐。一天走到大栅栏，见几家大店铺都挂着外国旗，更是气恼。忽听前面人声嘈杂，定睛看时，见有一队人儿，头上戴着红缨凉帽，顶下插着花翎，身上穿着补服，却背着小车，一步一踮地走来，小车上满装着菜蔬什物。两边有几个外兵押着，一脸子怒气，执着皮鞭催赶。等他们走近身来，见那些人都不是苦力，大约是京官，额上的汗和眼眶里的泪，滴在一起，甚是狼狈。大热天赤日当空，更是难挨，心雄看不过了，把手向左右伸开，拦住去路道："且住。"那外兵赶过来，提着皮鞭，向心雄劈头打来，心雄收转两手，左右接住，折作三四段。外兵见了，甚是纳罕，心想：这皮鞭很韧，如何折得断呢？要摸出腰间的刺刀来时，心雄也把背上的清风剑挺在手里，一面招呼那些官员快些走开，一面猛力向外兵杀去。外兵各执刺刀招架，心雄把清风剑使得呼呼作响，外兵一个也近不得身。他们只是把刺刀向心雄上下乱刺，一些儿没有刀法，怎敌心雄的剑术高超。外兵见杀不进去，反觉得眼前剑光闪烁，忽而在头上，忽而在胸前，忽而在腰间，忽而在胁下，好像有十七八把剑刺过来，一时哪里应付得来？一个先着了慌，臂上早着了一下，单薄的军衣连血淋淋的肉一齐连带着飞去了一片，痛得倒在地上。其余的外兵，也渐渐乱了手脚。心雄一步紧一步地逼过去，一个外兵额上也着了一剑，捧着转身就走。他们欺着那些官员孱弱无能，所以没有带枪，便有一个外兵偷偷地跑还去，招呼伙伴带枪来厮杀。心雄见官员完全走散了，便不再恶战，把剑一摆，大踏步折向左边小巷里走去。外兵怕他勇武，一个也不敢追赶，只睁圆了蓝眼，望着他转弯抹角走得不见影踪。等伙伴来时，心雄已走得不知去向了。只得自己拖着小车还营去。告诉官长，官长便去禀知统帅瓦德西，细问心雄的面貌形状，外兵说了大概略。瓦德西心里已明白，就是前夜来行刺的那个，急忙下令，向四下侦缉。

心雄还到客栈里，知道外兵一定不肯罢休，住在京城里不得安稳，不如出走。但是此身已如流水漂萍，一无着落，到哪里去才好？听得有人说台湾巡抚唐景崧正在桂林预备起兵勤王，他想不如再去找旧主人吧！他便付清了房金，悄然离京，一路上晓行夜宿，也不须絮聒。到了天津，忽然想起师父云上和尚，他能知未来，以前的经过，早有玄机微露，以后不知如何遭际，他一定有些知道，不如先去见他，再定行止，因此便折而西行。

到了静海县在客店里投宿，那掌柜向他细细盘问，对他甚是怀疑。心雄着恼道："我也是山东人，当过差，有什么可疑？"掌柜赔笑道："客人不要动气，因着这里静海县，出过一个拳匪首领曹福田，现在官府要捉拿这人，恐怕他潜行归乡，所以吩咐我们对着来往客商，必须留意盘查。否则，容留了或是放过，都要处罪的。"心雄道："我是有家有室的规矩人，并有以前官厅委札护照，谅来可以相信了。"掌柜道："这也是上面的公事，我们的干系，不得不如此，请贵客原谅。"心雄道："那么请你检查吧。"说时从身边摸出一个布包来，里面都是台湾唐巡抚、天津聂提督手下当差的公文。掌柜看了拱手道："原来出过一番气力的，此次要到哪里去？"心雄道："我想回家乡堂邑县去。"掌柜道："这几天路上很不安静，那些拳匪败了下来，三五成群，专一打家劫舍。前天有一行人是在京城里做官的，经过这里东门城外，给一群强盗把行李抢得精完滑挞，还绑了一个小孩子去，要一万两银去取赎，他们气得说不出话来。报到县里，知县大老爷派捕快去跟缉，你想哪里捉得到？"心雄道："这伙强盗住在什么地方的？"掌柜笑道："这不是笑话么？他们随聚随散，哪里有一定的住处呢？"心雄道："那么他们绑了孩子去，要人去取赎，没有地点，如何交付呢？"掌柜道："交付银两的地点是有的，捕快在那里守了两天两夜，不见一个鬼影儿，可知是胡说。"心雄道："那一行人也住在这里么？"掌柜指着后院庭心里洗衣服的妇人道："这位奶奶，就是孩子的母亲。"心雄望了一望，道："我问了许多闲话，把自己的正事忘了，请你给我找一间干净明亮的房间吧。"掌柜引着他走到后院，把靠东的厢屋开给他看，心雄点点头道："很好，就是这里吧。"

　　掌柜出去了，心雄到庭心里问那妇人道："奶奶，你家的孩子有些消息么？"妇人抬起头来，对心雄上下相了一遍，含着两眶眼泪道："没有，可怜那孩子只有十四岁，哪里吃得起苦。我们姓金的三代单传，四房只有这一个孩子。在京城里恐怕有飞来横祸，所以拼命地逃出来，谁知反遭着不幸。"说时眼泪簌簌地落下来了。心雄道："奶奶且自宽心，他们只是要钱。"妇人道："他们要一万两银子，我家卖完了田地房屋，也凑不到这一半的钱啊！"心雄道："那些强盗所约交付银两的地方在哪里？"妇人道："在北门外牛头山上土地庙里。县里派人去，不见什么人。"心雄道："他们绑孩子以后，是不是向北门走去的？"妇人道："不，好像是向南走的。"心雄安慰伊道："这些强盗等了你们几天？没有人去接洽，也知道不是好买卖，说不定会把孩子送还你们的。"妇人叹了一口气道："不见得吧，我们也是急得要还江南去了，由着孩子听天命吧！"

　　心雄走了出来，到一家饭庄上吃了一个饱。那时天色尚早，就问了讯，走出南门，见一条大路，有两三里长，全无弯曲。走完了大路，有三条小路，他毫无目的便拣了靠左最狭小崎岖的路走去。约莫又走了两三里，便是一丛杂树，枝叶扶疏，把滚热的太阳遮蔽得一丝不漏。他也走得出汗了，便到树林里席地而坐。忽听得脚步声，定睛看时，却是一个捉野柴的，在那里拾断树枝，渐渐走近身来。心雄便问他道："这里是什么地方？"那捉柴的答道："是长松林。那边唤作长松山，你可是进城去的？"心雄道："不，我是从城里出来，要翻过山后去呢。"捉柴的道："我劝你还是还城里去吧。"心雄道："我有要紧事，非过山去不可。"捉柴的道："我是好意。听你口音，不像是本地人，所以你会冒冒失失地走到这里来的。"心雄笑道："我两脚不知道走过多远的路，怕什么？"捉柴的低声道："不是远近的话，那长松山上新到了一群强盗，凡是打从那里过的，有行李的抢行李，没有行李的拉去入伙；要是不依，杀了做肉馅包子吃。你想还去得么？"心雄道："那么你倒敢到这里来的？"捉柴的道："他们知道我是个穷鬼，并且是本地人，做强盗的也有规矩，唤作兔儿不啮窠边草，所以山前山后的人家，开了门睡觉，都可以的。"心雄道："这山上有多少强盗？"捉柴的道："不知道，大概也有一二百个。就中有一个唤作刘十九的，年纪最轻，本领最大。听说他刚从京城里来，他打败过外国兵，使得一手好刀法。使得急时，水都泼不进去的，休想近身。还有一个女强盗，大家称伊三妹子，弓箭也是了不得的。"心雄听得出神，竟忘了时候，立起来，走出树林，看那太阳已渐渐向西落下去，心想：就在今天去勾当了吧。说着向捉柴的拱拱手道："多谢指引，我便还城去了。"

他假作走还去，绕过了树林，果见有一座小山，刚才给树林遮住了，没有看见，料想这山不会高峻的。依着山路，曲折走去，不多时就到了山下，望见山上有三四处房屋，黄墙黑瓦，大约是庙宇。四下树木也不少，他只拣着荒僻山径登山，先走到了一座凉亭，上面正坐着一个人，在那里哼着京调。心雄趁他冷不防备，走过去抓住了背领，把那人拎起数尺，喝道："我有话问你，你须得回答清楚，要是有半句支吾，我就把你掷下山去！你可有几条性命够送？"那人急道："你说你说。"心雄道："这山上可有一个刘十九么？"那人道："有，有，在上面中间的关王殿里住着。"心雄道："还有三妹子呢？"那人道："这个我可不知道了。"心雄把那人提空了向山下一掷道："不知道，也要给你知道呢！"那人便骨碌碌从山石嶙峋中滚跌下去，大概也是九死一生了。

心雄走出凉亭，再上山去，不到半里就见一座庙宇。他从背上拔出清风剑挺在手里，推门而进，闯过了金刚殿，跨过门槛，里面正走出一个女子来，头上插了几朵血红的凤仙花，身上穿了一件没领大袖的夏布衫、单叉裤儿，赤着脚，趿了一双拖鞋，随随便便地走来，看年纪不过三十左右。心雄道："你可就是三妹子？"那女子端详了一会儿，也不答话，转身还殿上去了。心雄紧紧地追赶，到了殿里，那女子已提了三节棍出来，对着心雄劈头就是一棍。心雄早已准备，把清风剑一挡，那棍没有打下来。女子接着又把棍儿向下部扫来，心雄把身子向上一耸，让棍儿在地上打一个转，他早已跳在那女子的背后了。那女子转身过来，又是一棍向心雄腰间打来。心雄把剑觑准了，用力一劈，三节棍便少了一节。那女子有些心慌了，向殿后退去。心雄哪里肯放，也追过殿去。那女子向殿后的佛龛上一跳，到了龛顶，想把墙上的弓箭拿下来，心雄便扳住了佛龛。这么一推一扯，豁啦啦一阵声响，宛如墙坍壁倒，那女子已随着佛龛一起倒在地上。那女子正想爬起来，心雄毫不客气，已把脚对准把女子的胸部踏住，喝道："我且问你，前天在东门外抢来的姓金的孩子在哪里？"那女子急道："在厨房里捆缚着。"心雄道："我这回单是来救孩子的，不情愿多开杀戒。你倘然立个誓，以后改邪归正，我就饶你的性命。"那女子哀求道："我情愿拜你为师，听你指挥。"心雄又好气又好笑道："我哪里要你这样的徒弟？"说到这里，正把脚收还，忽听见一声大喝道："三妹子，你不要灭自己的威风！"早见一个少年提着长柄大刀从殿后赶来，后面还有十几个强盗，执刀的也有，持棒的也有，七长八短，来势很凶。心雄对着那女子道："这是他们害你的。"说着，仍把脚向那女子胸部踏去，只听见略吱一声，那女子哼得半个"啊"字，已香魂一缕，离玉体而

90

去爪哇国了。

心雄振一振精神，走前了两步，把清风剑一摆，看那少年杀气满脸，心知就是刘十九。那刘十九也很爽快，自己背着履历道："我刘十九，在北京天津不知道杀死了几千百人，难道还不够，要你来凑数么？"心雄道："好，我就替几千百人报仇！"挥动宝剑，和刘十九的大刀，一上一下、一前一后、一进一退、一迎一拒地斗着。那些强盗好似在那里看戏，一个个呆住了，不敢上前。心雄的剑直逼着刘十九刺去，刘十九的大刀拨开了剑，向心雄劈来。等到刘十九的大刀劈来，心雄也收下剑，把大刀架住。这么地斗了六七十合，各无胜负。心雄兴起，便用出他的真功夫来，身子向下一蹲，打着矮步，从刘十九的大刀下面钻进去，一把剑猛向刘十九的腹部刺去。刘十九只顾着上面，没有留心他却从下面刺来，急忙退下，剑锋已刺进了腹部，血都冒出来了。

后事如何，下回分解。

评曰：心雄一刺李莲英不成，再刺瓦德西又不成，读者必为之辄唤奈何。然张子房博浪沙之椎，已夺嬴秦之魄，正不必以成败绳之也。

结束刘十九，凭空添一三妹子，文势骨突，文笔绚烂。

将唐景崧约略一透，回顾第五回，死灰复燃，然随手撇开，有兔起鹘落之势。

第十四回

落寞孤行趵突泉遇侠
游戏三昧泺口镇捉妖

话说刘十九的腹部受了心雄的一剑，立脚不住，倒下地来。心雄从他的手里夺下大刀来，把刘十九当作青菜萝卜般乱切了一阵，顿时血肉模糊，腥气扑鼻。那十几个喽啰，早已吓得脚打屁股，拼命地逃出庙门去。心雄只拉住了一个，那人哭道："大王饶命，我家里还有九十多岁的老娘咧！"心雄笑道："我只要除去首恶，不问胁从，你且放心。你们绑来的人，都安顿在哪里？"那人道："只有两个，一个是孩子，在厨房里；一个是老头子，在后面草屋里。"心雄便命引路，先到草屋里救出老者来，老者已须发斑白，甚是龙钟。心雄暗暗好笑，他们只请着了这么的财神，自然晦气临门了。问他姓名住址，老者说："是保定人，到静海来卖布的。卖了一百多两银子还去，经过这山下，给他们拉上来的。他们要我写信到家里去，拿五千两银子来赎，可怜我家里连五十两银子也凑不出来呢！这几天没有好吃，没有好睡，快要生病了呢！"说着，老泪簌簌地落下来。心雄道："你且跟我来。"

三人走到厨房里，见孩子也在着，替他解了绳束。灶里热腾腾还没有熄火，把镬盖掀开，一镬的饭已经熟了，心雄吩咐那喽啰盛了四碗饭，在厨里搬出几碗菜蔬，大家就在厨房里饱餐一顿。看看天气已晚，心雄道："今天来不及下山，我们就在这里过一夜吧！"问那喽啰道，"刘十九和三妹子的卧室在哪里？"那喽啰点了一盏油灯，领心雄走去。在关帝庙的左边有一间耳房，里面三张床，倒也被褥完全，一只破皮箱撬去了锁，却有几包碎银、一支手枪。心雄把手枪放在身边，把碎银子撮了一把给那喽啰。那喽啰谢了又谢。余下的心雄也塞着袋里，唤老者和孩子过来，都在耳房里睡着。一宿无话。

到了明天那喽啰又去烧了一顿饭，大家吃了。心雄把余下的碎银给了老者。老者道："我得了性命，已是万幸，这些银子还是你拿了吧！"心雄道："这是你的血本，恐怕还不到一百两呢！"老者这才收下，向他叩头道谢。心雄道："我们好下山了。"四人出了庙门，老者和孩子欢天喜地地走下山去。到了山下，老者辞别心雄而去不提。那喽啰心上也要走，却不敢说，走出了树林，立住了，一脸子的踌躇疑惧。心雄道："我倒忘了，你走你的路吧。"那喽啰如奉大赦，趴在地上，叩了几个头，拔脚就走。心雄和孩子照着来路，走回南门，到了客店里，掌柜的见了大惊道："你们从哪里来的？"心雄只是笑，也不答话，一径领那孩子到后院去见姓金的奶奶。他们一家团聚，自然喜不自胜。

心雄走出来向掌柜招招手，到自己的房里，把上项事说了备细。掌柜失惊道："县里忙了好几天，一个苍蝇也没有捉到，怎么你不费吹灰之力，已把他们杀个干净了呢？"心雄道："我明天就要赶路的，怕给县里知道了，平添许多麻烦，所以请你不要声张出去。"掌柜道："这个有些困难，我虽可以不说，万一给他们知道了，便要向我查问，那时你走了，我如何交代呢？"心雄想了一想道："等我走了，你可领着姓金的去报县，倘然县里要查究谁人去杀强盗的，你只推说不知道。好在姓金的孩子，我已叮嘱他，不要说老实的话，只说那夜突然走来一人把他救出来，送到客店门口就走，也不知道是从哪里来、到哪里去的。"掌柜道：

93

"你到县里去报告，包管有一份赏赐的。"心雄笑道："谁喜欢这个？我平生做事，不受报酬的。"掌柜道："你真是一位侠客了。"那时姓金的京官也来了，对着心雄唱一个肥喏谢他，随后有他的仆人端上酒菜来，请心雄上座。京官拉着掌柜相陪，掌柜推着外边要人照料，不便久坐，喝了一杯酒就走。心雄吃一个畅快，仆人收拾干净，京官又坐了一刻，告辞而去。心雄也叮嘱他明天报县，千万不要说出自己来，京官答应了。心雄睡到天色微明，就收拾行李，会了钞，出店而去。到了辰牌时分，掌柜引着京官到县里去报告知县。知县听了，甚是惊异，亲自领了护勇、衙役、捕快，出南门到长松山去踏勘，把刘十九、三妹子的尸首收殓埋葬销案。京官也就离此南下不提。

且说心雄到了济南，上千佛山去见云上和尚，谁知云上和尚上杭州去了却留下一封信，说是等心雄到来，给他细看。他把信拆开，只有一张小笺，上面有四句七言诗：

> 国中遍地生荆棘，海外漫天起浪涛。此去扶余堪暂
> 住，归来湖上饮醇醪。

心雄看了一些儿不明白，想了好久，只懂得第一句，大约是说国内已无用武之地。第二句好像要他到海外去，别寻新地。第三句第四句更觉模糊。只得把诗笺放好，还下山来。闲着无事，想到趵突泉去听大鼓解闷。走进广场，见有一个商人扭住了一个少年痛打，那少年并不还手，也不呼痛。心雄甚是不平，上前解劝，那商人道："这人欠了我三个月的房金，一个大钱不给走了。今天碰见了问他讨，他还是没有，所以恨极了打他。"心雄道："大概他真的没钱啊！"商人道："怎说没钱？有人告诉我，他天天吃得烂醉，常到趵突泉来听大鼓，三钱五钱银子肯花，他专心欺我呢！"心雄把那少年相了一相，见他衣衫虽是褴褛，眉目清

秀，器宇不凡，不像是个光棍，便问那少年欠他多少。那少年道："八两。"心雄从身边摸出一锭银子来，给商人道："你拿了去吧。不过做生意的，以和善为主。哪一个人没有瘟疠的时候，何必如此动蛮呢？"商人见了银子，无名火已退个干净，和颜悦声地接受了，道谢而去。

少年对着心雄拱拱手道："萍水相逢，怎好破钞？"心雄道："这算得什么？有无相通，朋友之谊。我看你是定有什么不得意的心事，所以如此落拓不羁啊。"少年道："这里不是说话之所，我和你到酒店里细谈吧。"心雄就随着他到临近一家酒店里坐下。少年等酒来了，旋了一满杯，敬给心雄道："我看老兄也不是寻常人，还得先请教尊姓大名，哪里人氏？"心雄约略把经历说些出来，少年道："到底是个同道！"心雄道："老弟也是在行伍中当过差么？"少年道："非也，非也，我姓柳名小雅，我的父亲单名一个南字，他得着异人传授的剑术，在长江一带干了不少任侠的事。他为了世道日非，人心不古，厌弃红尘，便到四川去入山为僧。吩咐我不许寻他，将来自有相见之日，并且叮嘱我到山东访问千佛山的云上和尚，求他指示一个入世门径。我为了母亲在堂，不便远离，今年母亲染疫身亡，所以便遵着父命到济南来。谁知到了千佛山，那云上和尚到杭州去了，扑了一个空，甚是心灰。一时可没有栖托之所，只在济南闲荡，想到杭州去找云上和尚，却又没有旅费。至于几两银子的房金是有的，为着付了房金，以后的生活之需就没有着落，所以便欠了不付。"

心雄道："云上和尚就是我的师父，怎么和尊公相识？"小雅道："那年黄河水灾，河南地方无以为生的人都聚着为盗，小太行山上有一伙强盗，甚是厉害。官府没法捕捉，百姓受足了苦，无可告诉。家严恰巧从关外来，路过那里，山上的强盗认他也是个有钱的客商，把他的行李抢了去。他动了怒，赶上山去，把为首的强盗杀死，只饶着一个汉子未杀。那汉子也是云上和尚的徒弟，便领着家严去见他。那时云上和尚还在洛阳相国寺里做住持，两下谈得十分投契。云上和尚劝家严也皈依我佛，家严不从。他说：'你不是功名利禄中人，徒然白费心思气力，何苦呢？'后来家严在江湖上奔走了好几年，一些儿没有结果，反而结了许多闲冤家。社会上没有真是非，把他和大盗一般看待，他愤极了，就想着云上和尚的话，确有知人之明，决意弃家求道。知道云上和尚不但是武艺出众，并且有先知预言之能，所以明我到他那里来问个入世方针的。"心雄道："我也正同丈二和尚，摸不着头路呢！"说时，把诗笺摸出来，给小雅看。小雅看了也不明白，还了心雄道："我看还是去找他吧！"

　　心雄道："我本想到桂林去找旧主，既然师父有遍地荆棘之言，恐怕去也徒然了。只是老实告诉你，到杭州有许多周折，身边盘缠不够了。"小雅道："我有法子想，包管三天以内，有人把大宗银子送来给我们花用。"心雄笑道："我们难道也走这条道儿么？不妥不妥。"小雅道："我打听得城东有一家土财主，平时重利盘剥，所积的都是不义之财，我们去向他拿一点儿，大约也不算过分吧！"心雄道："我从来没有做过这等事。师父也对我说过，这等事做滑了手，便起了贪多务得之念。起初还能辨别来源的好坏，后来就要见财起意，人欲战不过天良了。我是叨长几年，在你面上说规矩话，实在我们非至万不得已，决不能和强盗一般行径的。"小雅道："这话固然不差，不过除掉此法，哪里去找钱呢？"心雄道："我在千佛山上，瞧见一张揭帖说是浝口新出了一个妖怪，甚是凶恶，专在昏夜到人家捉女孩子去，也不知道是如何消纳？浝口的人家，聚集了一笔银子，招寻捉妖怪的异人。我想这倒是名利双全的事，大可做得。"小雅道："我们又不是从龙虎山上来的，怎样好去捉妖怪呢？"心雄道："我想现在文明世界，如何还有妖怪？这一定是什么匪类，假扮妖怪，把女孩儿捉去，贩卖给人家的勾当。我们何妨先去探听探听，再定办法?"小雅笑道："有趣有趣，我们明天就去。"

当夜在客栈住了一夜，天亮了两人问了路径，到泺口来。那泺口是黄河边上一个小镇，也有几百家住户，做河工的居大半，也有捕鱼为业的。两人到了那里，果见墙上贴着揭帖，上面写着："如有异人，存心救世，助捉妖怪，请到保正家接洽。"两人问明了保正的所在，一径到他家里。那保正是个五十多岁的单身，没有儿女，所以他敢写这揭帖，不怕妖怪来寻衅的。保正见了两人，问明来历，便把妖怪的行径说出来道："这事还是两月以前才发现的。据说生着红须，面目狰狞可怕，门不开，窗不动，他会进屋子里来捉人。他只要女孩子，六七岁的最喜欢。我们镇上前后失掉女孩子有八九个了。四下访寻，没有踪迹，大概都给他吃去了。"心雄道："这几天他来过么？"保正道："自从我贴了揭帖以后，有十天没见他出现了。"心雄道："你且把我们来到这里的事隐去，不要向人说知，只替我们去找一两个女孩子来，我们好引诱他来。"保正摇摇头道："镇上的人，怕得他什么似的，有女孩子的早已寄到别处去，谁敢留在家里？万一做了引子，又给他捉了去，我哪里对得起人呢？"心雄道："这个容易，你去拣两个面目秀逸的男孩子，把他们装成了女孩子，就行了。"保正想了一想道："我有两个外孙，可以招他们来，不过你们也不可向他说穿，说穿了他们要吓走的。"心雄道："这个自然。"保正便出门而去，不多时领了两个孩子来。心雄到镇上去买了些胭脂花粉，替他们涂在面上，真像了女孩子。心雄吩咐小雅道："我和你各自领了一个，到镇上去走一遭。有人问起，只说是从外地来访寻亲戚的。"

这天晚上还来，都住在保正家里，却一些儿没有动静。第二天又领着出去，在黄河边上闲逛了半天，仍旧还到保正家里。到了三更时分，庭心里扑的一声，像掉下一件东西来，那时心雄还没有睡，听见了，轻轻把小雅推醒。两人蹑手蹑脚地走出房来，

97

躲在客堂中间的桌子下面。隔不多时，见有一个黑影在窗外移动，接着有一阵异香透进来。心雄急忙把预备的解迷药塞在鼻管里，也分给小雅一些，照样地塞了。接着窗儿开了，走进一个人来，虽然在黑暗里，瞧得出长须乱发，真和妖怪仿佛。看他携了香，走进房去，摸索了好一会儿，挟着一个孩子出来了。这时心雄和小雅已从桌子下钻出身来，心雄举起左脚，把那人手里的香踢下地来，就踏灭了。小雅也从那人胁下夺下了孩子，对准那人的背上，猛力的一拳，那人也不回手，拼命地向屋外窜去。两人紧紧地追着，那人跳过墙去，两人也随着跳出去，一路追赶。直追到黄河边，见他向河边一只大船上跳去，船上有人在着，撑篙的撑篙，划桨的划桨，快要离岸了。心雄急忙跳过去，总算手脚快，早给他跳上船去，小雅已来不及，只立在岸上呆瞧。

后事如何，下回分解。

评曰：心雄之遇小雅，有风尘巨眼，而小雅之落拓不羁，若际会风云，必一缓带轻裘之儒将也。

云上和尚平生梗概，皆散见于诸侠口述中，又是一种笔法，此处不过一鳞一爪而已。

社会无真是非，其言沉痛之至矣。即读武侠小说者，何尝有正法眼藏，盖侠与盗，相差一间而已。于此见作武侠小说者，实难于其他小说也。

捉妖，非科学也，作者以游戏之笔出之，所以破除迷信，有功世道人心不少。

第十五回

客地喜逢红鼓女
边关怒打骄镖师

话说心雄跳到船上，先把撑篙的一脚踢向河心去，随手把竹篙折为两段，拿着有铁尖的一段当武器，向那人打来。那人从船里摸出一把朴刀来迎战。心雄心想：这厮须得留着，要向他讨人咧！便上下左右，把断竹篙乱晃，晃得他眼花缭乱，应接不暇。那朴刀也是上下左右地乱挡，挡了一会儿，手儿一松，给心雄的断篙呼的一声，摔到河里去了。那人更慌了手脚，吩咐把桨的快划，把桨的用力划到河心，那人就向河心一跳。心雄别的都不怕，只怕着水战，他生长在北方，从来不耐水性的，这回可有些为难了。正在踌躇，忽听又是一阵水声，好像又有一人跳下水去了。心想：这更糟了。他便提着断篙去逼那把桨的划还岸边去。把桨的不依，给心雄一把胸膛，提起来向河心一掷，一个大水花，把桨的已沉入水中。那时他觉得太鲁莽了，他一定也耐得水性的，我对付一人还忧不够，如何反替他添了帮手呢？船儿失了支持，便在河面上打转，心雄头也转得晕了，急忙坐下，等他们的动静。只见水里浪花四溅，像有几条大鱼在那里翻筋斗，却不见一个上来。甚是疑惑，心想：这么呆等，到天亮也等不出什么来的，不如把船划还岸边去再说。他就把桨用力地划，划了好久，还离开岸很远。忽地船身一侧，早爬上一个人来。心雄停了

99

桨，从背上拔出清风剑来，要劈那人。那人急喊道："是我呢，快些助我一臂，已捉住了一个，你把他拉起来，我还要去捉那一个咧！"原来那人是小雅，他在长江里熟练过游泳的，他见船儿到了河心，知道贼人存心不善，恐怕心雄受他的欺，所以也跳下河去，把先前下水的捉住，拉到船边，交给心雄。心雄把他拖起来，一顿拳头打得他豆腐喊不出，喊嗬嗬，随手在他身上撕下了几条布条儿，把他的手脚缚住。那时船儿又侧动了，小雅把桨的那个也捉了上船，逼他划近岸去。

心雄、小雅各拖着一个上岸，就在岸边放下，心雄向劫女孩子的贼先问道："你以前劫去的女孩子在哪里，快些说出来，便饶你的狗命。"那贼道："都卖给人家了。"心雄道："你要是不实说，明天送你到官府里去，怕不是一顿结实的打，到底还得供出实在来。"那贼道："实在都卖去了。我家无恒产，哪里养得起这些孩子？不过买孩子的人家，我还指得出来。"小雅道："这件事很麻烦的，我们也没有许多闲工夫去替他理这账目，不如把他送到官府去干净。"心雄想了一想道："也好。"说着各自拖着一个到保正家里。保正还熟睡未醒。敲了十下的门，才把他惊醒，出来开门，见水淋淋的两件东西，不禁一吓。心雄道："红发红须的妖怪，给我们捉住了。"保正便让他们进来，在灯下瞧见那贼，满脸的血，保正道："这贼已杀死了么？"小雅道："不，这不是血，就是染须发上的红颜色，着了水，化成了这模样。"保正也笑起来了。

那时天色微明，保正去烧了饭出来，请两人吃了，说道："惭愧得很，你们怎样不开门、不开窗地出去捉贼，我一点儿不觉得呢。"小雅道："你那外孙已到了他手里了，给我夺了下来，他没有喊你么？"保正道："起初我似乎听得外房有声音，后来闻着一阵香味，就昏昏地睡去了。"小雅道："就是这贼的迷人香啊！"保正去看他两个外孙，也睡得甜熟，出来笑道："老小老小，真是一般无二的。他们经过了这么的惊动，还睡得着呢！"心雄道："停会儿你们把这两个贼解县去，我们有事要赶路的。"保正道："两位替小镇除害，十分感激，请留一天，让镇上的人尽一点孝敬。"心雄道："这倒不必客气。"保正道："那么我们凑集的酬金，请两位拿去吧！"说着从里面捧出一包碎银来，估量起来，大约也有一百多两。心雄对小雅道："这里的人家并不是富户，他们的钱得来也非容易，我们受一半吧！"小雅道："不差。"保正道："这个不对的，我们为了这贼，日不安食，夜不安眠，现在两位替我们除去了，已是一百二十个幸运，这一点儿孝敬，也忒菲薄了。"心雄只是推辞，终究取了一半，和小雅向保正告辞而去。这里由着保正唤人把两人解县。县官推问了以前所劫女孩子的着落，派衙役带同家属，按供前去领还，把两贼处罪完案不提。

　　且说心雄、小雅得了一笔银子，还到济南，预备买了些干粮，然后往杭州去找寻云上和尚。到了晚上，小雅要去趵突泉听大鼓，心雄笑道："你着了哪一个姑娘的魔了么？把房金结交完了，还不肯放下这一片痴心。"小雅道："前天新到了一个角儿，名唤黑牡丹，真是玉貌珠喉。我在别地方没有遇见过。"心雄听见黑牡丹三字，心上一愣，问道："这黑牡丹怎生模样？"小雅以为心雄也给他说动了，便故意像说平话的开相一般，把黑牡丹的眼睛怎样黑而活，皮肤怎样白而细，手儿怎样灵，身儿怎样软，喉咙怎样响亮，舌儿怎样圆转，说得出神入化。谁知心雄想起了十年旧事，所以倒也想去瞧瞧，便随着小雅兴冲冲地到趵突泉去。见那趵突泉旁边一间敞轩门口，高挂着一块红纸金字的大牌，上面写着：

特请梨花大鼓名角黑牡丹唱《水浒全传》

踏进屋去，黑压压已坐满了听客，堂倌过来招呼，在边上排了两个座儿，两人坐下，向台上望时，那黑牡丹已玉树亭亭地立在上面，右手执着鼓槌，左手执着两片半月形的铜简，叮叮当当，咚咚嗒嗒，参差错落地敲得十分和娴。正唱着闹江州，宋公明装疯吃屎一段，激昂慷慨，在女孩儿娇滴滴的歌喉中，唱出失意英雄的心事来，另有一番回肠荡气的精神。心雄听了，更是感慨不已，心想："伊已唱红了，成了名角，我怎样呢？十年间奔走南北，经过了许多惊风骇浪，到现在依旧像无羁之马，不知道以后如何归宿，对着伊很是惭愧。"看那小雅，侧着头，睁着眼，张着嘴，听得正是出神。忽然一声清脆刚劲的铜简，一记沉着浑厚的皮鼓，黑牡丹已弯了一弯腰，退下去了。跟包走下台来收钱，走到小雅身边，小雅向身边一摸，没有零钱，只剩添口保送给他的几块碎银，他就摸了一块给他。那跟包接了道谢不迭，收遍了钱还去，向黑牡丹说几句话，又把手向小雅一指，倒弄得小雅难为情起来了。

那黑牡丹望了一望，微微地一笑，顿了一顿，忽地袅袅婷婷走过来。那时屋子里几百道眼光，随着伊射过来，见伊走到小雅身边，对小雅点点头，又进了一步，走到心雄跟前，立住了，相了一相，问道："爷台尊姓可是万么？"心雄倒吓了一跳，定一定神，答道："是的。"黑牡丹道："一别十年，万爷可得意么？公馆在哪里，少停我来请安。"心雄道："别客气，我从北京来，要到杭州去，明天就要动身，不必劳驾了。"黑牡丹坚执要问住处，心雄只得把客栈地址说了，黑牡丹点点头去了。大家见了这光景，真是又羡又妒，羡的是这么红的姑娘，偏和他亲热；妒的是哪里来的外路人，倒有这艳福！连小雅也不明白，怎么他们会一见如故呢？心雄道："我们在这里，给大众注意了，怪不好意思的，我们走吧！"便付了茶钱出来。

小雅问他如何认识黑牡丹的，心雄把前十年在堂邑县的事说

102

了，小雅这才恍然大悟。两人到了客栈，天色已晚，心雄要到外边去吃饭，小雅道："黑牡丹要来找你的，失了约，有负伊的雅意，不如就在这里吃吧。"心雄道："我正怕麻烦，要想避去伊啊！"小雅道："在你恩不望报，在伊却牢记在心呢！"说时外面走进几个人来，抬着一席酒肴，问这里是万爷的住处么。小雅早替他答应道："是的是的，你们哪里来的?"那些人回道："是黑姑娘送来给万爷消遣的，伊立刻就来，请先用吧。"说着七手八脚地搬出来，摆满了一张方桌。心雄给赏钱，那些人谢了出去。当真接着黑牡丹也来了，对着心雄敛衽行礼。心雄道："何必又要你破钞呢?"黑牡丹一边旋酒敬着两人，一边拉凳子打横陪坐，向小雅问了姓名，就唠唠叨叨把自己十年来得意的话儿，背得流水一般熟。心雄也把几件大事说了，黑牡丹道："像万爷这么的才干，将来总要飞黄腾达的，自古说的，蛟龙不雨困潢池，万爷且自宽怀。今天相逢在这里，也算得奇缘了，请畅饮一杯。"三人各干了一杯。黑牡丹道："万爷这回到杭州去，有几天耽搁?"心雄道："说不定，要遇见了云上师父，才定行止。"黑牡丹道："那么一路费用，恐怕不够，我停会儿派人送一点儿零碎银子，来给万爷赏脚夫买酒喝吧。"心雄连忙摇手道："不用不用，我们两人已有五六十两银子，尽够花了。"黑牡丹道："万爷素性慷慨，随处要救济穷困，这一点儿哪里够? 我和母亲两人用得很省，这几年靠福，也积了些钱，请不必客气。"心雄见伊甚是诚心，也不再推却。那时多饮了几杯，便觉牢骚满腹，说道："姑娘不弃，当我是个朋友，我倒有一句忠告，从来说得好，人老珠黄不值钱，姑娘应当趁此红时，放出眼光来，在风尘中物色一位人物来，托付终身。你母亲也得了依靠，你也得了归宿。"黑牡丹面上飞起了两朵红云，定一定心道："万爷金玉之言，铭诸肺腑！"又敬了一巡酒，立起来道："还有两家乡绅人家邀去堂会，不能奉陪了，请宽饮一杯吧！"心雄也不强留，送伊出房而去。

还来和小雅又饮了几杯，各有酒意，唤茶房来收拾杯盘，闭门安寝。

到了明天，掌柜的捧着一包银子走来道："这是黑牡丹送来的程仪。"心雄掂一掂分量，约莫有二百多两，便从身边摸出一两多碎银来，吩咐给那送来的人，掌柜的去了。小雅道："我们正愁着盘缠不足，这分明是雪中送炭了。"心雄道："我们用伊的钱，未免有些惭愧吧。"小雅道："唱大鼓的，卖嘴不卖身，也是很正当的钱啊！"心雄笑道："比较你前天想走的那些路高明些。"小雅也笑起来了。两人就在这天收拾行李，雇车南去。按下漫提。

如今要说那局促于马玉昆辕下的朱继武了。他在那里新结交了一位同事，是奉天人，常在中俄边界往来，说起关外物产丰富，要是有了资本，招工屯垦，一来可以开发地利，二来可以救济许多无业游民。只可惜那边十分荒寒，不是身体坚实的，不容易抵抗。继武听了，甚是心动，因想在此当差，毫无意味，那行伍中的升迁和文官一样的黑暗，要是不得长官欢心，一辈子到头白斑斑，还只是一个老兵。眼见他们蝇营狗苟，龌龊不堪，实在气恼，更兼那马玉昆远不及聂士成那么爱才礼贤，心雄、慕仁又远离而去，更觉得寂寂寡欢。自从两宫西巡以后，武毅军奉令入卫京师，到了京城里，只是按兵不动，名为勤王，实在也不敢和外国交战。不多时议和了，国家损失得不可计数，他听见了，灰心得很，便和那朋友商量要出关去。那朋友写了一封信给奉天的一个财主，姓张名齐东。他说："那人是贩皮货的，每年到各地去收买皮货，走过那些崇山峻岭、险穴森林必须用着保镖相护。你到了那里，一定可以宾主相得的。"

继武拿了信，向马玉昆请了长假到丰田去见张齐东，却巧齐东已在半月前到黑龙江去了。那里有一个镖师绰号满天飞郑福庆，自负有万夫不当之勇，在齐东身边已六七年了，要是齐东走远路，到哈尔滨一带去，他才同行，否则那些太平地方只派一个徒弟去走一遭。他见了继武年纪很轻，身干小，早已不放在眼里了，看了一看信，便说："老弟你来得真不巧，要是敝东在这里，一席之地总可以容留的。我又不便替他做主，不过你不远千里而来，不好空着手还去。这样吧，我送你十两银子，请你另寻门路吧！等敝东还来，倘然用得着你时，我再设法写信给你。"继武听了，气得几乎要怒发冲冠，心想：这厮眼高于顶，如此无礼，如何耐得？便立起身子来告辞道："这倒不必破钞，我这回来，并不单纯是寻啖饭之地，也因着敝友说起关外货弃于地，亟待开发，我只有力气，没有钱，所以想帮助有钱的用一番气力，利人利己啊！至于碰不见贵东，是我无缘，他日有缘，总可相见。费老兄的心，代向贵东说起我来拜访过他就是啦！"福庆冷笑道："讲到气力，这里扛得起千斤之重的，只算是三等角色，不知老弟能扛多少重？"继武知道他是个粗人，全不明白他话中有因，便老实不客气地讥讽他道："老兄误会了，我说的气力并不是蛮力，君子养浩然之气，丈夫有不屈之勇，我想贵东往来边徼，未必专用那些粗人的。"

福庆也懂得继武在那里暗暗骂他，他就恼羞成怒起来，大声道："我一片好心，恐怕你路费短少，慷慨济助，你倒出言不逊，你给我滚出去，我们这里用不着这么游勇散兵的！"继武给他骂作游勇散兵，这三丈无名火便按捺不住了，跳起身来，握紧了两个拳头道："你不要狗眼看人低，我见过的人也不少，没见过你这样仗势欺人的混蛋！"福庆也给他撩起火来，两人就在大厅上打起来了。福庆自恃身体高大，使一个饿虎扑羊势，向继武扑来。继武闪过一边，等他扑了空，使一个金刚扫地势，向福庆的下三路打来。福庆也让过了，又使了一个泰山压顶势，想把继武一拳打倒。哪知继武的拳法甚是高妙，他在台湾常和番人角力，手脚灵活，约像猿猴一般，东钻西伏，弄得福庆上下前后，照顾不迭。斗了五十合，已斗得眼花缭乱，继武一声喊道"着"，一个海底捞月势，一拳已打中了福庆的小腹。还是继武留情，不然可以中他致命之处。可是福庆已受不了，捧着肚皮喊哎哟哎哟蹲倒在地上，面如土色。

后事如何，下回分解。

评曰：心雄为水贼所窘，读者亦为之捏一把汗，及至"是我呢"，如闻其声，如见其人，于是心头之石放下矣，不必再读下文，已知非水贼也。

黑牡丹已相隔十余回，忽在此处重逢，觉簇簇生新，眼前有异样光彩，若仅目为送盘缠而来者，笨伯矣。

小雅在诸侠中，别有其特性，于黑牡丹若即若离，有如神光离合，笔墨亦八面玲珑。

继武之受福庆奚落，所以为后文伏线，而得意人对待失意人，古今中外同是一番面目，亦宇宙之奇观也。

第十六回

明月夜失马得良朋
乱山间流弹落佳果

　　话说继武把福庆打坏了，便走过去搀他起来问道："你看气力如何？"福庆心想："自己在这里常时自命无敌，现在失败了，将来如何见齐东？好在今天旁边一个人也没有，不如和他结纳了，遮盖面子，以后再想方法排除他就是了。"当下勉强撑住了身体，苦笑道："老哥哪里学来的拳法，高明得很！老实说，我没抵桩你有这么本领，所以忽略了些。"继武道："请你养息几天，再来较量较量也使得。"福庆道："好了好了，我们都是在江湖上走动的，这叫作不打不成相识。我很佩服你年少英俊，愿意和你做一个朋友，不知道你意下如何？"继武道："我虽经历不多，凡事尚知谦让，要不是你一味托大，我决不冒昧动武的。既然你并不介意，自然一笑而解了。我劝你以后还得用些涵养功夫才是，后会有期，我要去了。"福庆急忙拉住道："去不得，去不得，一来你这么的本领，敝东知道一定竭诚敬礼，将来借重的地方正多；二来我也不肯交臂失却一个益友的。敝东不久就要还来，请你在这里暂住几天，等他来了，再定行止，如何？"继武心想："这人未必心服我，我何苦在此讨厌呢？"便决意要走。福庆道："我也有话劝你了，我们在江湖上走惯的，什么地方不碰见对手，一言不合，两下动武，等到分了高低，就一笑无事。怎

107

么你胸襟如此狭窄，把这件事放在心上呢？倘然你疑心于我，现在就请你拳打脚踢，把我结果了性命，你也可以平气了。"继武给他这么一激，倒有些不好意思就走，只得暂时留下。福庆立刻去吩咐厨下端整酒肴，替继武洗尘。继武见他如此亲热，也把起初疑他的心放开，把真心和他结交。福庆也是十分恭敬地款待。

　　倏忽已过了半个多月，齐东还来了，福庆把继武介绍过了，并且竭力地称赞他的本领高强。齐东是深信福庆的，福庆平时不肯轻易说人好处的，现在把继武说得如此厉害，自然也另眼相看。便说："下一个月我要到南口去采办皮货，这一回路程很远，我想请福庆和我同去，留着继武在这里替我看家可好？"福庆道："不是我贪懒，我以为继武老弟本领不在我下，这回还得请他去，来得安稳。我只把镖旗端正了，那些小伙儿见了镖旗，大概没有事了。只愁着什么蒙古马贼或是哥萨克骑兵，倒要防备防备的，料想继武老弟尽够对付。这里还有十几个弟兄们可以带去，助助威。"继武见他如此说法，明知是故意把难题目教他做，他想："我初到这里，一点儿颜色没有给他们看，自然要给他们轻视，不如趁此机会，显显我的身手，也教他们心悦诚服。并且关外要塞，正想去瞻仰瞻仰，也增多些见识。"因此便打定主见，不再推辞，答道："福庆兄何等资望不去，倒唤廖化做先锋么？"齐东道："这倒不必客气，我们常年在边塞走动，大家都要轮到的，这回就是劳你的驾吧！"继武答应了，便由齐东拿出钱来，买办远行应用的器具物件。那马匹是现成养着，继武去试了几匹，拣定了一匹黑白花马。到了八月十五那夜，齐东办了丰盛酒肴，请大家赏月。酒过数巡，齐东道："后天我们要动身了。"福庆道："那么请老东和继武弟干此一杯，我算借花献佛，替两位送行，祝颂两位一路平安，满载而归。"齐东和继武举杯一饮而尽。那时月光如电，照到筵席上来，齐东道："今夜月色甚好，我们出去走走可好？"福庆道："很好，我们骑马去吧。这里北门外是皇陵所在，平时不许走过的。今夜令节，他们大概也要庆赏中秋，或者守卫也松懈一点，我们正好去瞻仰一番。"齐东连声道好。

三人便到马厩里，各自选了一匹骑着，向北门走去。一路上熙来攘往，走月亮的甚是热闹。出了北门，渐见冷静，皓月当头，金风拂面，万籁无声，只有十二条马蹄在地上橐橐地起落响着。不多时已近皇陵，果然没有阻挡。福庆道："我们下了马吧，不要给他们瞧见了，受他们的闲话。"三人跳下马来，把马拴在路旁大树上，向皇陵走去。走不到一箭之路，忽听得后面有马嘶声，齐东道："不好，我们的马不受惊吓不会叫的，不要给人偷了去，我们还去吧！"福庆道："在这奉天城一带，谁不认识这几匹马是我家的，谁敢在老虎头上拍苍蝇呢？"继武道："人心难测，不可不防，况且这里是城外，说不定有过路人见了马，不见有人，顺手牵了去的。"齐东道："正是，我们还是去看一遭，放心些。"三人转身走还去，果然那大树边空地三匹马都不见了，福庆也哑口无言，继武道："请老东先自还去，我和你分头寻去。"齐东道："夜色苍茫，一时也难寻，不如还家去。到了明天，骑马来寻，来得容易些。"继武道："没多时候，大约离去不远。过了一夜，他们早已远走高飞，哪里还寻得着？福庆兄和老东先自走还去，我独自一人去追寻就是啦。"齐东道："你身边武器端整了没有？"继武道："有几个铁弹在着，一二十个人够对付了。"说着便趁着月光，细看马蹄的痕迹，似乎是向西而去的，便和两人分别，向西走去。

那向西的大路甚是宽大，可以五匹马并行，料定这路是不差的，他放开脚步向前奔去。约莫走了两里多路，有一丛森林，拦住去路。月光给树叶遮没了，黑暗得可怕，要看地上的脚迹，却一些儿也看不出。向森林里张望，也没有什么动静，慢慢地走进去，约莫有二三十丈深，走完了，依旧是月明如昼，又是一条大路。那时马蹄杂沓的痕迹，也显露在地面，便再向前奔去，隐约听得前面有嘚嘚嘚嘚的声音，很像是马的脚步。他加紧了几步追去，果然有五六匹马，上面都骑着人，在那里走着。继武摸出一颗铁弹，觑准了最后的一匹马的后腿上啪的一声掷过去，见马儿突然地一跳，早把马上的人颠翻在地，前面几匹马都立定了。继武接着又把第二第三弹掷过去，都打中了马腿，马上的人已有了准备，把马扣住，只颠了几颠，没有颠下来。那时继武并不追过去，只把铁弹连一接二地掷去，这第三次的铁弹，不打马了，都向马上的人打去。那些人着了弹，一个个倒下马来，各挺着短刀迎上前来。

继武摸摸身边，只剩四颗铁弹，又没有旁的武器，不能浪用了，可是赤手空拳，如何抵挡？瞥见路旁有几株小树，他蹿过去攀住了一株五六尺长的，用力一扳，豁的一声，已齐根扳断，随手把丫杈细枝一根根地折去，成了一根木杆儿，抡动迎来。那些人已看在眼里，心上不约而同地在那里纳罕，心想只有《水浒传》上有倒拔垂杨的鲁智深，怎么今天也遇见这么大气力的人，倒要小心才是。那时共有五人，便车轮似的一个一个和继武对打。这个打得乏了，退下来，那一个上前，轮到第五个，先前的四个又围拢来，一齐动手，继武使动木杆儿，风声呼呼，甚是有力，他们一刀也劈不近身。足足斗了一个时辰光景，五个人倒有些手疲足软，看那继武还是精神抖擞，一些儿没有破绽，便有一个乖觉的，先自退下去，跨上了马奔去。这里剩下四个人，依旧勉强支撑。

继武见一个走了，也知道是到贼窝里去报信的，万一引了大队人马来，可就难以招架了，因此用一用狠劲，把木杆儿像扫帚般向四下猛扫。早有两个脚踝上扫着了一个木杆，立脚不住，倒在地下。继武赶上前去，一个一木杆，打得缩作一团，也不知道是死是活。还有两个便伏地求饶，继武只夺了一把短刀，不去睬他们，自己认了自己那匹黑白花马，跨上背去，余下还有五匹，他就一起把缰绳挽在手里，鞭了几下，兜转马头，如飞地还去。穿过了森林，向北门走来，可是那时已过了半夜，城门早已关了，喊又喊不应。

正在踌躇，见后面马蹄声怒起，想是贼党已兴师动众而来，既无退路，又有追兵，如何是好？他便把带着走的五匹马拴在城下树上，拍动那坐下的黑白花马，把一颗铁弹握在手里，立定了，等他们前来。相距不到十丈之遥，继武正要觑准了一个，把铁弹掷过去，那边呐喊道："小英雄不要动武，我们头领来见你咧！"继武将信将疑，且慢发弹，仍旧挺着短刀准备，见他们纷纷跳下马来，齐到继武马前拱手道："请小英雄下马来相见。"继武见他们都把武器倒插在背上，懂得这规矩，不是来寻衅的，便放心跳下马来。为首的一个长大汉子拱手道："弟兄们有眼不识泰山，多多冒犯，请英雄恕罪。"继武道："我不认得你是谁啊！"那人道："北地上的人都唤我作镇关东秦宁，实在很是惭愧，哪里当得起这称呼，不过在关东一带贩马糊口。方才弟兄们来报告，说是得了三匹马，给你夺还去，反失了三匹，真合着笑话说的，偷鸡不着蚀了米。他们自知难敌，要我亲自出马，我细细盘问一过，知道你不是寻常之辈，恐怕我也难于取胜，因此劝了他们一番。他们说既是好汉，我们何不与他结交，也多了一个朋友。我听了正中下怀，只不知英雄何方人士，我在奉天一带，已有十多年的经历，各地有本领的人，也大约知道些，却没有听见人说起过像你这么的一个人。"

继武把身世约略说了，秦宁道："你和盖常山万心雄同过事的，怪不得有这么的本领。那你这几个铁弹，也是从云上和尚那里学来的了？"继武道："不，云上和尚没有见过面，这是我先祖教我的。"秦宁道："那云上和尚是我的师伯，他发得一手好铁弹，所以这么说。时候还早，请到寒舍去领一杯。到了天明，我和你同上贵东那里去负荆请罪。"继武道："他们等我的消息很急，倘然天明不去，说不定要大动干戈，又来惊扰，那时倒不好调停了。"秦宁道："容易容易，我派一个弟兄，等城门开了，先把贵东和郑镖师的两匹马送去，说你不久要还来了。他们见了马，自然不会再啰唆了。"继武知道不好固辞，只得答应了，把三匹马还了秦宁，把齐东、福庆的马交给了一个马贩，自己跨上了黑白花马，随着他们走去。秦宁和他并骑而行，一路上各述生平，甚是投契。继武觉得秦宁的胸襟，比福庆光明磊落得多，和他结交，也不算辱没。

　　一行人到了一个村庄前停住了，各自下马，自有马贩把马牵去喂料。秦宁携着继武的手，走进庄门，一直到厅上，分宾主坐下。那时天色已有些白亮，秦宁吩咐杀鸡宰羊，赶快烧一顿早饭出来。先自饮酒，数巡以后，继武说出后天要到南口去的话。秦宁道："这条路很是难走，一出了居庸关，山路险仄，并且蒙古贼很多。他们都是躲在山坳里，等候客商走过，出其不意，前后夹攻。他们新近买了手枪，什么都不怕了，你此去倒要小心才是。"继武道："他们所带的人，都有些武艺的，谅来还可以对付吧！"秦宁道："前年我从库伦买了十几匹马还来，打从那里过，也碰见了一群蒙古马贼，险些送了性命，可是十几匹马都白白送给他们受用。至今不敢向他们要去，我想过了些时领了大队人马，前去访问。得了下落，向他们讨还来呢。"继武道："那么这回你可以同去。一来声势也壮些，二来大家得了照顾。"秦宁想了一想道："好是好的，不过我这里有能耐的人还不多，单是你我两人，恐怕还不济事吧！"继武道："你未免长他人志气，灭自己威风啊！"秦宁给他一激，倒起劲起来了，说道："好，一准同去。不过贵东那里愿意不愿意带着我同走呢？"继武道："添了帮手，还有什么说呢？"两人吃了几杯酒，便饱餐早饭。等到太阳出来了，秦宁便送继武出庄，约定后天到城里来相会。

　　继武骑了马，还到齐东家里。齐东、福庆都争着细问究竟，

112

继武把上项事说了，并且说起秦宁要结伴同行，齐东自然很高兴。到了那天，秦宁带了七个马贩，带了行李武器，骑马而来。这里也端整好了，一起动身，一行共有二十三人，一路无话。

出了山海关，到北京，那时八国联军已陆续撤退，两宫快要回銮了，因此京城里又换一番局面。他们耽搁一天，仍旧晓行夜宿地赶路。过了昌平州，地势顿然怪异，两面有无数的高山峻岭逼来，只剩一条路好走。那居庸关就在这两山相凑的地方立着。那居庸关有四重门户，第一重唤作南口，又唤作下关，地形已算最低了。从南口到北门，约有一里，户口稀少，人烟寥落。这里虽也有皮货可收，却是不多，并且都是些老羊皮，没有什么细货的。齐东约略收买了十几件，住了两天，出下关北门，更向北去。走了十五里，又见一座小城，便是中关，地形比下关高了许多。再出北门向北，走十五里，便是上关，地形更高。回过头来看下关，好像从屋顶上看那鸡埘。这一条路，狭窄得只容两骑，秦宁道："留心着。"说犹未了，听得砰的一声，一颗枪弹从顶上飞下来，扑的一声，落在一株苹果树上，一颗鲜红如美人娇靥的苹果，给他打下地来了。

后事如何，下回分解。

评曰：从走马看月，引出秦宁，分明为继武觅助手，然在后文秦宁反得继武之助，夺回已失之马。错综变化，章法入妙，写月分作几次写，一次又一次之精神，是丹青妙手。

铁弹将完，大敌在前，不有小树，何以措手？在表面竭力为继武写勇力，在骨子则绝处逢生，文章中之仄中求宽法也。

一结有诗情画意，不图于武侠小说中见之。

第十七回

诡计探情马群出土堡
掉文约法军害扰荒村

　　话说秦宁正在招呼大众留心，已有枪弹飞来，大众便各把马勒住，把手枪握定，向四下张望。说也奇怪，竟一无人影，可是第二次枪声又响，子弹不歪射中了齐东的马头，幸亏从树枝上坠下来，力已减小不少，只擦破了马的额皮。那马微微震了一震，没有跳起来，齐东已吓得伏在马背上打战，说道："我们还还下下下关去去吧！"继武把马赶上几步，和齐东并立着，把齐东扶起道："放心，有我们在这里，怕什么？"招呼秦宁道，"你且护着一行人走上前去，我来断后。"秦宁道："我把他们保护到了八达岭，再来助你。"说着领了一行人扬鞭而去。

　　这里留着继武一人一骑，在四下巡行，却好久没有声息，他也就振辔前进。走不多路，左边又起三四响枪声，子弹都从头上飞过，继武把背上背着的那柄流星锤拔出来，向上分拨，只听得叮叮当当，那子弹都给流星锤打在地上，一颗也没有射着。他的人马又走了一程，看看已近八达岭，路径更狭，水泉在旁流下来，铮铮淙淙，好像敲金戛玉一般。前面有三匹马走来，继武便在较阔的地方把马勒住，让他们走过，见都是蒙古人骑的，并不是马，都是骆驼，所以很迂缓，身体庞大，转折笨重，在狭路上走过，甚是累赘。那骆驼把继武的马一碰，马儿立脚不住，便侧到水沟里去。继武措手不及，也倾跌在水里。那些蒙古人见了哈哈大笑，继武爬起来时，见衣裤都浸湿了，已是恼火，又见蒙古人向他讪笑，更耐不住了，便骑上马背，兜转马头，追着骆驼，提起铜锤，向骆驼的屁股上重重地打了一下。那骆驼受了痛，忘命地把屁股向上一耸，头向下一俯，背上的蒙古人向前一撞，就撞到前面骆驼的背上去了。总算他手脚灵便，便急急忙忙把前面那个蒙古人抱住，两人晃了几晃，没有跌下来。两顶蒙茸的毡帽，都颠下水里去了。继武也哈哈大笑，兜转马头就走。那些蒙古人怒目而视，也不敢怎样。

　　继武到了八达岭，会见了秦宁、齐东一行人，告诉他们刚才和蒙古人相戏的事。秦宁道："这些蒙古人是驯良的商贾，所以不和你计较，倘然是马贼，立刻就要和你打起来。"一行人到了八达岭，回头看那上关、中关、下关，好像三口井，再看北面，地形又渐渐倾斜向下，反较岭南来得平坦。他们翻过岭去，便有几个布帐撑着，帐前铺着毡毯，上面排列了许多货物。齐东便下马来，向他们买了些蘑菇人参之类。又到了一个大布帐里，买了几十件皮统。这天就借着一个布帐住宿。半夜里大风忽起，飞沙走石，到了明天，天上黄漫漫一片，和地上的沙漠一般颜色。太阳只从黄漫漫的沙幕里约略透些黄光下来。大家都蜷伏在帐幕里，不敢出来。齐东道："江南在这几天是秋水共长天一色，这里却是秋沙共黄天一色了。"秦宁道："倘然连吹了三四天的大风，这帐幕要葬在黄沙里了。"这天晚上风小了些，他们便走出帐来，向蒙古人买些食料。继武道："马儿一天没有水喝了，我们翻过岭去，放它们畅饮一回吧！"秦宁道："时候已经不早，不要过了岭去，来不及还来。"继武道："天时难测，万一今天再吹大风，明天不能赶路，马儿不是都要渴死么？"秦宁踌躇了好一会儿道："前天我们从南口来，早给马贼瞧见了，所以连发数枪，要是力量单薄的，就不敢前进，他们好走出来收拾。因着我们有

115

恃无恐，一个人也没伤，依旧前行。他们也知道我们是不好惹的，可是说不定他们还要来寻事，这几天安稳地过去，已是万分侥幸。或者他们疑想我们已向北走去，所以不来追赶。等我们还去的时候，再来截击，也说不定。我们翻过岭去，给他们瞧见了，一定要认作我们已满载而归，绝不放松了。那么我们空费了气力，不如趁此风小沙少的当儿，向北赶路去吧！"齐东道："我想往年口外皮货很多，现在甚是稀少，大约今年出产不丰，也不必再向北去了。我们还去，可以打从绥远，山西的路走进关去，一来可以省掉再过居庸关，二来也换换口味。"秦宁道："此计甚好，不过我这回来原想打听马贼的巢穴，向他们索还前年所失的马匹，现在改变行程，我未免多此一行，所以我想再向北走几天。倘然依旧没有眉目，那就死心塌地了。"齐东道："既然秦兄这等说，我们当然要相伴同去的，那么我们赶路吧！"一行人就拔队启行。

　　到了天色垂暮，忽见有一骑高头细腿的高加索马，如飞地迎面而来，上面坐着一个浓眉大目的汉子，也戴着一顶蒙古毡帽，背上一支快枪，腰间一把倭刀，一路过去。两眼只向这一行人斜睃，走了一程，还是常常回过头来。秦宁道："这厮行径有些可疑。"继武道："他不来惹我们，就是可疑，我们也不便上去寻衅的。"秦宁道："你们也缓缓而行，我还过去追他，看他如何。倘然他不响，我就好好向他问讯，或者他有些知道。万一他因此恼怒，我就和他打起来，那时你便来助我。我想一定可以从这厮的身上得到些消息的。"继武点头答应，看那秦宁拍马转身，向南追去，不多时已不见影儿。

　　这里一行人缓缓地前行，到了一个村庄，虽很荒凉，却都是土屋，虽也是不毛之地，还算有些生气。他们向一家房屋最大的人家借住。且喜有井，马儿都得了饮料。到了黄昏时候，还不见秦宁还来。齐东道："他怎么如此冒失？"继武道："他也是急于

116

报复，便不顾一切了。我想再等一两个时辰，不见他来，我要去探探消息了。"当下吃了夜餐，其余的都推开了行李就寝。继武甚是心焦，便独自带了那匹黑白花马，向南走去。那天虽没有星月，因着沙漠之地，没有树林溪河的周折，尽可以放心托胆地走着。约莫走了五六里路，听得前面有马铃声，细辨起来，还不像是秦宁的马。他就把手枪摸出来，朝天放了一响。这是他和秦宁预定下的暗号，倘然两下相失，只消放一响朝天枪，便使他知道我在这里。他听见了，就得照样放一枪，譬如大洋里的轮船，往来放汽打招呼一般。谁知一枪放过，并没有回声，继武知道不是秦宁了。

正在定睛细看，那人已拍马前来，还是傍晚在路上相遇的那人。继武把手张开，拦住去路道："我要问个讯，我有一个同伴，打从你来的路上走去，好久不见还来，你可曾遇见？"那人道："可是披青缎大氅骑黄马的？"继武道："是的。"那人笑了两笑道："恐怕这时已送到头领那里去了。"继武失惊道："那边我们白天经过的，没有什么人在着！"那人道："你可知道我们的神出鬼没么？今天你幸而遇着我，我是有菩萨心肠的，这一个月没有开过杀戒，所以我不和你计较。要是你碰见了我家头领，你的性命早已送掉了。你还马马虎虎地放朝天枪，不是撩老虎须儿么？"继武装作胆小没能耐的模样，问道："你家头领在哪里？我想去求求他，把我那同伴讨了出来。"那人笑道："你说得好容易，你那同伴自己不识相，要向我们讨还前年所失的马匹。你想时候隔了两年多，就是正当的买卖，这笔账也难算了。况且我们得了货物，随手就要换钱的。我们又不是想造反，养着许多马作甚？"继武道："我本来劝他不要去的，争奈他坚执不依，现在要送掉性命了。可是我们一起出来的，有福同享，有难同当，他既然捉住了，我如何好不去救他呢？"那人道："你倒有这么的义气，我来指给你所在的地方，看你的造化吧！"便把马鞭向东指着道，

"从这里东去二十多里，有一个土城，就是我们头领的住处。"说罢，拍马走了。继武急忙还到村庄上唤起了一行人，告诉他们秦宁被捕的事。他们虽是有些心怯，就不好放着不救。继武道："留着十人在这里保护老东，其余的都随我前去。"说着分派舒齐，一齐骑马而行。

走了二十里光景，果然瞧见有一座土城，城上有几点灯光，人影幢幢，大约是在那里守望的。继武到了城下大喊道："有一个披大氅骑黄马的人，在你们城里，快快放他出来，便和你们无事。不然的话，我们要攻进城来，把你们杀一个玉石不分了。"城上的人也不答话，进去报信，不多时城上已立着十几个大汉，向下喝道："你有几个头送给我们做肉馅馍馍啊？"继武提起了铜锤，向城门猛击几下，只听得豁的一声，门儿破了，一行人都冲进城去。那城上的汉子也走下城来迎击。在黑暗里大家不知道有多少人马，只是叮叮当当嗟嗟嗒嗒，各种武器相碰着作声。继武摸出手枪来，觑准了一个放了一枪，那汉子倒下地来，其余的就纷纷逃避。继武在城里东冲西撞，杀了许多时候，天色已亮，却不见秦宁在哪里。那土城周围只有一里多路，里面房屋也不多，不过像山东直隶一带大村庄所筑的土围子一般。走了一个遍，见死的死，躲的躲，已不见一个蒙古贼了。后来在一个马棚里发现了秦宁的黄马，正要去解下缰绳来，听得有呻吟之声，循声寻去，见马棚的后面有一间矮屋，门儿紧闭着，继武猛力一脚把门踢开，里面蜷伏着一个人，不是秦宁是谁？

继武上前把他身上绳索解下，放他立起来，秦宁道："我这回自知冒失，险些送了性命，多谢你前来搭救，不知你如何会到这里来的？"继武把遇见一骑马贼的事告诉他。秦宁道："我也是听了他的话，才身入巢穴的。"继武道："幸亏我见机骗过了他，才能到此。他也是目空一切，乃有此失。"两人到马棚里把二十多匹马都解了缰绳，牵了走出土城去，把带来的人聚集起来，检点一遍，一个也没有缺少，就整队而还。

到了村庄上，见了齐东，然后一起向绥远走去。到了萨拉齐县，把余下的马匹卖给那些土人，也得了几百两银子。秦宁甚是欢喜，要分一半给继武，继武哪里肯受。秦宁道："这回要不是你助我，我不要说不能得到马匹，连性命也是危险。"继武道："我也用不着这许多钱，还是分给弟兄们吧!"秦宁只得依话分讫。齐东又向市上收买了许多皮货，第二天想从五原到大同，一路入关。一行人出了萨拉齐县城，走了不到十里路，齐东有些头痛，要找一个村庄歇歇。但是这一带都很荒凉，急切又不见人烟，赶了五六里路，才有一个小村。见那村上的人，左右分立路旁，为首的三四个年老的，都戴着红缨帽，穿着外套，甚是恭敬，像是在那里迎候什么官长。

继武先自下马上前问讯，一个短须的答道："今天有县里的班头下乡传案，因此在此恭候。"继武道："什么叫作班头，是知县老爷么?"那人笑道："阁下之言差矣，夫班头者，衙役之领袖，知县大老爷之所差遣，以传命案中之要犯者也。"继武听了好笑起来。那人又道："阁下非此道中人，自然要诧怪了。若在本乡，则司空见惯者也。"继武道："这案犯就在贵村里么?"那人道："若在敝村，还当了得，未有不家破人亡者! 此地不过班头经过之地，饮食起居之供张，已煞费麻烦矣!"继武道："既然不关贵村的事，何必如此供张?"那人道："所以称车害也。"继武又不懂了，问道："什么唤作车害?"那人把手指向鼻上一擦，画了一个圆圈道："车者，班头一行人众之车马也；害者，一路所过村庄供给班头车马之费用也，在村人以为此一年中之大灾，故曰害。"继武道："你们何不拒绝他，或是向知县控诉去?"那人做惊惧状道："阁下何不思之甚也? 班头来，声势煊赫，少不如命，捉将官里去，便是目无王法，罪不在小。"

继武道："我们路过此地，有人身体不快，要在贵村耽搁一天，可有宽大房屋暂借，明天动身，重重酬谢。"男人向一个白须的拱手道："庄长意下如何？"那庄长道："先生是读书人，凡事明白，请你对付吧！"那塾师道："村中只有敝馆东房屋最大，可是班头驾到临，势必要让他安顿人马，此外便没有余屋可让了。"回过头来向继武道，"你们共有多少人马？"继武道："二十多。"塾师道："太多太多，容不下，容不下。"继武道："倘然班头到了，我们再让他不迟。"

塾师想了一想，便走过去，和一个胖汉切切察察地商量了好一会儿，还来对继武道："可以是可以的，不过有约法三章。"继武道："怎样的三章？"塾师道："第一，班头一到，你们就得离村而去。"继武点点头道："可以遵命。"塾师道："第二，倘然你们碰见了他们，千万不可多言，圣人有言，一言足以丧邦，不要因阁下一言之不慎，贻敝村万世之不安。"继武笑了一笑道："可以遵命。"塾师道："第三，现在米珠薪桂，敝村地瘠民贫，如蒙不弃，须偿以银两。"继武道："这个当然，不消说得。"正在说话，忽见一人气急败坏地奔来道："来了来了。"

后事如何，下回分解。

评曰：写漠外风光，别有一种笔墨，使读者如亲历其境。与蒙古人相戏一节，淡描轻画，更见驾重若轻。

继武计赚马贼，得知巢穴所在，可见柔能克刚。

边外之车害，曾见诸笔记，天高皇帝远，民生疾苦有如是者，安得任侠之流，走遍宇内，一一为之平不平欤？

塾师咬文嚼字，可发一噱，世间每有自命通人，于是好弄聪明，结果未有不偾事者，塾师之类也。

第十八回

止需索班头屈正义
告冤枉弱女寻救星

　　话说继武正在和塾师讲那约法三章，忽悠一人很匆忙地奔来说"来了来了"。塾师道："事体变了，前议只好一笔勾销。"继武怒道："不行不行，我们住我们的，他们住他们的，河水不犯井水，有什么妨碍?"说着便去招呼一行人众，走进村去。塾师急得几乎哭出来了，跺脚大喊道："你们如此行径，未免喧宾夺主了。"继武也不瞅睬，只顾领着一行人众去找寻空屋，到了一家大户人家门前，纷纷下马，就在墙门间里把行李什物安放下来，把马匹牵向院子里喂食料。那些村人为着要迎接班头要紧，没有工夫来阻止。不多时他们已把班头接了进来，继武叉了腰，立在门外张看，见打头一个大汉，气概甚是威武，后面拥着几十个护勇和六七个衙役，手里有的背着大刀，有的执着令箭，有的挟着公文，浩浩荡荡地走来。那个塾师对着继武只是愁眉苦脸，不时把两眼睃着继武。

　　到了门口，塾师趋前几步，向班头一拱到地道："请班头原谅，刚才有一批商人，从口外来，经过这里，因着有人染病，商量要在这里暂住一天，他们也很知趣，只住在外边。班头和弟兄们住向里面吧!"班头口虽不说，心上已有些不快，跨进了门，见地上横七竖八地放着许多东西，便喝道："让过些!"那时秦宁正泡了一晚姜汁来，要给齐东喝，却巧和一个护勇相撞，把一碗姜汁拨翻干净。秦宁拉住了护勇理论，那护勇不服，伸拳要打，给秦宁接住了，轻轻一拉，那护勇站不稳，就向前一跌。幸而有墙壁撞住，没有跌下地去，只额上起了一块青中带紫的肉。班头见了大怒，喝道："抓！"护勇们正要动手，这里也立出十几个人来，个个挺胸凸肚，一团杀气。庄长急忙走过来，向两下打躬作揖地劝解，塾师也满口诗云子曰地向班头说情，这才没有打成。

班头到了里面厅堂上，高坐堂皇，十分气概。村人递茶递烟递手巾，忙得不可开交。过了一会儿，摆好了酒席吃饭，只留住衣冠齐整的几人作陪，其余的村人陆续散去。继武闲着没事，慢慢地走进去，立在檐下，背向着里，装着替他的黑白花马刷毛，却用心去听他们的讲话。听得那班头道："这回的命案，在五原城外的盛家堡，往来至少要半个月，真是苦差。"庄长道："一切还要班头大爷照应，我们村上没有多少人家，并且都是怕事得很的，最好另外在五原那里去找四邻吧！"塾师道："这里和五原相距很远，自然不会到这里来要四邻的。"班头道："我到这里已是第二次了，和村上的人很熟，决不欺侮你们的。不过此行所费很多，你们总得自己明白，这叫作使钱买太平啊！"庄长道："这个我们知道。"塾师道："总是量力而行之。"班头道："明天一早我们就要赶路的，今天快预备吧！"庄长道："前天得了信，早已预备。不过今年收成不好，不能比前年了。"班头道："前年记得是一百二十两，今年至少要一百两。"庄长道："这数目太大了，我们哪里拿得出？"班头道："最少我们不够用了，莫怪我们薄情。"庄长道："请大爷照顾些，五十两吧！便是五十两也只好把牛马布匹做抵，凑不出这许多现银来。"班头道："五十两么？亏你说得出的。试想我们十七八个弟兄，每人能得多少？就是我一个大钱也不拿，哪里够分？"庄长顿了一顿道："这样吧，加十两如何？"班头道："六十两么？不行不行。"塾师道："班头且请饮酒，容我们再商量。"塾师便和庄长轻轻地说了一会儿，仍由庄长小心翼翼地说道："我们村上说得起的大户，只有这里一家，可是也只有十几亩荒田，今年收不到二十多斛麦，完了皇粮，一家穿吃也很勉强了。其余的人家，连吃都不够，哪里还谈得到穿？这六十两的数目，还是我大胆地担任下来，不知道能不能分凑成功呢。"班头道："官司是不测的事，也怪不得人。"庄长道："公门里面好修行，我给大爷供一座长生禄位在土地祠里，祝颂你子孙万代。"班头咯咯地笑了一笑道："也罢，我格外施恩，再加十两吧！"庄长道："可是七十两么？那么今天来不及凑成，要明天去分派了。"

继武听了气恼得按捺不住，要想走上去一把拉他下来，打他一个结实，只怕多事，也就不响。到了晚上，那些护勇走到外边来，要向他们借皮统来遮盖，继武不肯，倒是齐东说给他方便一用，谅来不妨。便解开了一捆老羊皮，借给他们各人一件。过了一夜，庄长已把各家派出来的牛马布匹送来，请班头检点。那班头这个看了一看，说值五钱，那个掂了一掂说值一两，总计不过五十两，便对庄长道："不够数目啦！"庄长道："实在已没法张罗了。"那些护勇道："我们就拿这皮统带了去充数吧！"塾师道："这皮统是外边过路商人的东西，怎好相抵呢？"庄长道："我们本来要向他们取过宿的费用，如今两免了可好？"塾师道："那一行人也不是好惹的，我们前去商量一回看如何。"

当下庄长塾师摇摇摆摆地走向外边来，见了齐东，把皮抵作宿费的话说了。齐东诧异道："我们借住尊屋，自然有钱奉偿，不过也没有这么的贵啊！这皮统每一件收来也花上三两银子，带到关外，做一做好，卖到关内去，至少要七两。他们拿去十五件，就得值一百多两呢！"塾师道："这件事有两个讲究，一来那班头坚执要凑成六十两，万一我们不能满足此数，就有飞来横祸，这一村的人受累不浅。你们答应了吧！实在是救了一村的人。二来要是我们不让你们留宿在这里，你们前不把村，后不把店，如何是好？自古说得好，一饭之恩，千金难报，这十几件老羊皮，也不算多啊！"继武道："你们只是怕硬欺软，我偏不怕硬，我去向他说话。"说毕挺身而出。

到了厅上，继武向班头拱了一拱手道："班头大爷的威风，我已领受过了，可是这村上的人，并没有犯罪，供给你们酒食，供给你们牛马，供给你们布匹，也总算尽心竭力了。还要向我们要皮统，这成什么道理？"班头道："你是何人，敢违抗王法么？"继武道："王道不外人情，就是真的违抗王法，也只有以身去抵挡，没有任意敲诈的。"班头听见了敲诈二字，不仅恼羞成怒道："你要是再敢顶撞，便捉住你去充要犯。"继武把他面前一只茶杯劈头掷过去道："打死你这无赖，才是要犯呢！"班头便狂喊道："弟兄们快抓快抓！"那些护勇都挺着武器上前，早给外边一行人捉对儿挡住。继武上前把班头当胸一把抓住，颠倒提起来，要向院子里掷出去。那时秦宁也走上厅来，见这一掷，班头的性命休矣，这祸闯下了，不得脱身，要是走了，害村上的人吃苦，因此急忙赶上去把班头接住道："饶他性命，好商量。"继武缩住了手，把班头的发辫揪住了，问他道："要不是看在秦大哥的分上，早把你送上西天佛国去办阴差了。我且问你，你还要狐假虎威么？"班头哀求道："请你放了我，有话好讲的。"继武把手松了，那时院子里已打得落花流水，几个衙役已是头破血流，几个护勇却还在那里且避且挡。继武大声道："众弟兄且自停手！"大家依话立定，不再厮打。

那庄长和塾师吓得躲在墙门间里，嗦嗦地抖作一团。继武便对班头道："你听着！"班头道："是，是。"继武道："这里村上已端整的布匹，你带了去，牛马留着，让他们工作。昨天晚上借去的皮统还我们，各自走路。不然的话，立刻三拳两脚，结果你的性命。我们抵桩到县里去抵命，你看怎样的方便？"班头道：

"——遵命。"秦宁道："还有一句话，也得向他勾勒。要是我们走了，不许再来报复，下次有事到这里经过，只许拿些食料，不许需索银钱，这话答应不答应?"班头连声答应。继武便唤庄长、塾师过来，两人还是抖着不敢上前。继武走过去，左手一个，右手一个，像提着小孩子一般到厅上，把班头答应的话说了。庄长忙着下跪道谢，那时塾师的魂灵儿已还转来了，定了一定神道："这事固然全仗大力，救了我们敝村一村的人。不过你们走了，再有急难，到哪里去找你们呢? 难道你们是天神天降，可以一召就来么?"秦宁道："只消捎给个信到奉天秦家庄，我们就会来向欺侮你们的人算账的。况且冤有头债有主，今天的事，是我们路见不平干下来的，不干你们村人的事，把你们的村庄洗尽了，也只给人笑话。逢凶即住，遇善即欺啊!"班头道："这个请你们放心，我得了性命，已无他求，哪里再敢报复? 便是报复，天也不容啦!"继武道："好，既然他如此赌誓，你们也好放心了。"

班头便吩咐护勇把借来的皮统交还了，先自取了布匹等物，向庄长们作别而去。那时只庄长出去送行，并不像来时的煊赫热闹了。他们走了，这里也收拾了要行，庄长哪里肯放，坚留着吃了午饭才走。塾师也说："这一点孝敬，你们也不便拒人于千里之外也。"当下就饱餐了一顿。齐东拿住十两碎银来，算是一宿之费，庄长坚不肯受。后来齐东说："把这笔银子派给贫人家，抵偿他们所受车害的损失吧!"庄长把这话向村上的人说了，大家感激得什么似的，都是扶老携幼前来送行。那塾师不住地擦鼻子、画圆圈，赞道："今我始见仁义之师矣!"继武笑得前俯后仰，一行人便也向五原走去。

走了半个月光景，方到奉天，齐东把皮货销售了，着实赚了一笔钱，一份分赏了随去的人，另外送二百两给继武、一百两给秦宁。秦宁领着七个马贩仍还秦家庄去，两下时常往来，甚是热闹。那郑福庆听见继武说出这一次所遭的事，也从心里佩服继武五体投地，自愧不如。一天，继武在街上闲走，见一丛人围着议论纷纷，他挤进去看时，是一个妇人坐在地上，低下了头，在那里哭，面前铺着一张地状。继武知道这是走江湖骗钱的惯技，他就退了出来。有一个人喊道："朱爷，你是热心的人，可肯救伊一救？"继武看那人，原来是秦宁手下的马贩，便笑道："身边没有多带钱，况且这么的事，多得很，我哪里救得许多？"马贩道："伊不但是要钱，伊的丈夫给官府里捉了去，要人去救他出来呢。"继武重又挤进去向地状看去，见上面写着：

> 哀状者，妾高辛氏住居直隶良县尚方村，丈夫高有方，贩布为业，上月十四日从乡间贩布进城，在泰安栈住夜。隔房有京官携带贵重物件，价值数万，夜间被盗劫去。丈夫不合在纷乱中拾取细珠一串，为捕快捉住，疑为盗党，解县刑讯，有口难辩。现在系在狱中冤沉海底，永无出头之日。妾奔走求救，无门可投，知关外多侠义之士，请垂怜弱女，加以援手，使愚夫妇得以完聚，恩同再造。

看完了向那妇人道："你既有冤屈，何不径向县里投状申诉呢？"辛氏见有人问话，喜不自胜，拭干了眼泪，抬起头来向继武端相了一会儿道："英雄倘能救我，今生不能报答，来生也得衔环结草以报大德。"继武道："你且收拾起来，到我家里问个明白再说。"辛氏依话，立起身来，随着继武走去。那些闲人有的说："这妇人得了造化了。"有的说："这事难干得很。人赃并获，哪里还能脱卸呢？"

且说继武领辛氏到了齐东家里，向伊细问那强盗的行径，辛氏道："我没有知道详细，我家丈夫说，这一批强盗甚是厉害，进来时没有声息，出去时也是痕迹全无。县里出了两千两银子的赏格，还是丝毫没有头绪。那县官对我丈夫说：'这案虽是明知你受冤枉，因为有了赃物，不便超豁，除非把案破了，把正犯捉住，供出与你无干，你方得脱然无累啊。'"继武道："这京官所失的东西，有些踪迹么？"辛氏道："据捕快说现在交通便利，得了这大批贵重物件，早已远走高飞去了，所以要到远地去访寻，或者有些线索。"继武道："这事有些为难了。依我的意思，你且还去安心等候，既然县官不至于十分糊涂，大概定可笔下超生的。这一件无头案，就是飞仙剑侠再世，也不易破的。试看你走了这许多路，可曾遇见过一个人来问你的信。"辛氏道："不错，一路行来，只有周济我银钱的人，谁也不问这案情的。英雄肯如此盘问，一定是个有本领的，请你搭救一搭救吧！"说着，双膝跪了下来。继武连忙扶伊起来道："我虽可以替你走一遭，可是十九不会成功的。"辛氏起身道谢道："倘然英雄此去无功，我也死心塌地了。"继武道："那么你独自还去，我另外动身，不便和你同行的。"辛氏谢了又谢，告辞而去。

　　后事如何，下回分解。

　　评曰：继武之威胁班头，非继武之多事，乃由于班头之撩拨，所谓箭在弦上，不得不发也。

　　送班头仅庄长一人，送继武一行人，则村人扶老携幼而来，谁谓世人之恩怨不分耶？

　　高辛氏之隐痛，几为走江湖骗钱惯技所掩，苟非继武之侠名脍炙人口，从此高有方之沉冤永不白矣。

　　继武遇事不肯夸大自负，即其养到功深处，乃后按部就班做去，丝丝入扣，可知彼之谦辞时，已胸有成竹也。

第十九回

入深山空车启艳羡
伏大树神弹弄玄虚

　　话说继武答应了辛氏，便在第二天向齐东告别，只说到京城里去访问亲戚。齐东再三叮咛，要他早些回来，过了冬天还要到松花江去收买海鲜咧。继武就在第三天带了武器碎银，一径向良乡行来，在客店里打听那桩大劫案，都说依然没有眉目。不过有人说："雪浪山新到了一伙强盗，甚是厉害，专一打家劫舍，官府不敢正眼瞧他，报到省里去，省里因着外患正殷，哪里有闲工夫来顾到那些跳梁小丑，因此更是猖獗，这里大劫案多少和他们有些关系吧！"继武道："雪浪山离开这里有多少路途？那边可有什么村落人家？"那些人有的推说不知的，有的猜度起来说大概是人烟稀少、山岭峻险的所在。只有一个赶骡车的说他曾经从雪浪山前五六里地方走过，那边并无人家，只是东一丛西一堆的古木，倘然哪里藏着一两万人，可以使外边一个也看不见。讲到那雪浪山没有到过，远远望去，好像不甚高大，上面有许多房屋，不知是庙宇还是人家。继武道："从这里前去，怎样走法？"那赶骡车的道："不远不远，像我们的骡车，走不到四个时辰，就到了。"继武道："我想上山去探探虚实，只是突然前去，要给他们瞧出破绽来的，那时双拳如何敌四手？最好假装着过路客商，故意从山下经过，倘然不碰见他们，我就观察一个畅。倘然碰见

128

了，我不和他们厮打，当作没有能耐的，任着他们捉去，我那时可以到他们的巢里去刺探详细了。"赶骡车的道："你好傻，人家听见了就变色，不得已要打从那里过，也得设法绕弯儿避过这虎窟，怎么你倒送上门去呢？"继武道："这个道理，你不明白了，叫作不入虎穴，焉得虎子？"赶骡车的道："你能去捉虎子么？恐怕连虎须也不敢拔一根呢！"

继武不和他争辩，只是冷冷地说道："那么你就不敢去了？假使我多给你钱，你肯去不肯去？"赶骡车的摇手道："一个人性命只有一条，送掉了找不还来的。送掉了性命，还用得着钱么？"继武道："不是这等说的，像你赶了一天的骡车，能得多少的钱？我现在给你十倍的钱，那么你不是可以大块肉大碗酒，尽乐几天么？况且那些强盗，也有规矩的，只劫客人，不劫苦力的。你想他们劫你去有何用呢？"赶骡车的不摇手了，只是呆呆地望着地上不响。继武道："你肯依我的话，明天送我到那里去，我给你十两银子。你见了强盗，只管逃开，等他们把我捉去了，你再把骡车赶还来。那时你也不必向人多说，只当没有这回事就是了。"

这时候在旁边听闲话的人，也怂恿他道："小四子，这生意不做，更待何时？"小四子道："到了明天再说吧！"旁边的人哗笑道："小四子要请玉皇大帝的示咧！"小四子红着脸走了。次日一早，就来敲继武的房门道："大爷到底要不要上雪浪山去？"继武披衣而起，开门放他进来，问他："家里老婆可许可你去冒这个险？"小四子道："答应了，不过我的老婆说，银子要先拿的。"继武笑道："这个自然，到底女人家心细，恐怕我给强盗捉了去，你拿不到银子么？太胆小了，我有许多银子留在掌柜那里呢！"说着摸出一块碎银给小四子。小四子接了欢天喜地地跳出去，不多时来说道："车儿已端整好了。"继武吩咐他到市上去买了几只麻袋，里面放着泥土石块，然后坐上车儿，由小四子赶着出城，一路向西。

从辰时走到午时，走进一个村庄，买了些鸡子，借人家茶灶，烧热了果腹。再行到未时，已见阴森森古木参天，日光遮蔽得透不下来。车儿从树林的外面绕过去，见自东至西一条大路，自南至北，只是一条小路。小四子把骡车扣住了，回过头来道："上大路去，便是到宛平县去的；上小路去，大约是上山了。"继武道："我们上山去！"小四子把车拉转来，向北方行去。那路甚是崎岖，一颠一倒，走了好多时候才到山下。小四子又把骡车扣住了，继武道："为什么不走了？"小四子笑道："山上如何行车呢？"继武道："那么你且把骡车停在这里，上山去，见了人便向他问讯，要故意引他到山下瞧见我们的车辆货物，我自有道理。"小四子当真依话，跳下车来，趩上山去，东张西望了好久，不见一个人影儿，他便提高了喉咙，唱起山歌来道：

　　　东山老虎要吃人，西山老虎不答应，一个虎跳翻过
　　去，踏平了东山把老虎吞。

　　唱完了，忽听见一声吆喝，左边树下蹿出一个彪形大汉来，手提着齐眉哨棍，一脸子的横肉，一把抓住了小四子的衣领道："你敢是疯了？说什么东山老虎、西山老虎，这雪浪山连耗子也不敢闹，哪里来的老虎？"小四子跪下哀求道："大王饶命，我只不过是随口乱唱，没有什么意思的！"汉子道："听你说话不像是这里人，来此何干？"小四子道："我是赶骡车的，因着不识路径，要想找一个人问讯，争奈走了半天，不见一个人。望见山上有房屋，料想有人住着，所以走上山来。这山好高！我往常听见樵柴的人说，走得乏了，只消唱山歌，就不觉得了，所以我便乱唱，请大王饶命！"汉子放了手道："你说话没头没脑的，我不是什么梁山上的好汉，怎么称我大王呢？"小四子道："这么说，请你告诉我，往宛平去怎样走法？"汉子道："是你一个人要上宛平

去么？"小四子吞吞吐吐地道："不。"汉子道："你老实说，我便老实告诉你，到底还有别人没有？"小四子道："还有一个人在骡车里。"汉子道："你领我去瞧瞧这骡车怎样大，看明白了，才好告诉你应当走哪一条小路。"小四子慢吞吞领着他到山下，那汉子看了一眼，急忙还上山去，跮起了脚，撮着嘴，打了几个呼哨。不多时从树林里又蹿出八个人来，那汉子把手一挥，便一齐下山，把骡车上的麻袋，背了就走。那汉子把车帘一掀，见继武缩在车座里，甚是畏怯，汉子把他拉了出来，背在背上，大踏步上山走去。小四子躲在一株大榆树背后，总算没有给他们瞧见，等他们走远了，把骡车赶还良乡城里去，也不和人家说起。

且说继武伏在汉子的背上，一声不响，只运用内功重重地压下去，压得那汉子气喘吁吁，三万六千个毛孔里都爆出汗来了。走到半山，实在受不住了，便把继武放下来，咕哝道："看不出你一个瘦鬼，倒有这许多分量。"继武仍旧不响。那时山上有两个人走下来，助着把继武拉拉扯扯地拥上山去。到了一座庙门前，见上面题着山王庙三字，走进庙内，佛像已破旧不堪。到大殿上，见中间坐着三个人，大模大样的，像是头领。那汉子上前摆一摆手道："这瘦鬼看是没有什么血的。"穿着蓝绸长袍的问道："身上搜过没有？"汉子道："没有。"说着转身向继武身上抄查了一遍，一些儿没有值钱的东西。汉子向上说了，穿蓝袍的问继武道："你是个商人么？怎么身边没有钱的？"继武只是不答。吩咐汉子把继武关起来，汉子引着继武到后面一间矮屋里，把他推了进去，拽上了门，加上了锁就走了。继武向矮屋细细地察看，只有左侧有一扇小窗，虽是开着，可是装上铁栅，急切也不容易出去。从这窗里望出去，有一片广场，广场的尽头，有几间平屋，此外都是树木。那广场上常有人走过，切切察察听不出说些什么。

到了晚上，有人送进饭菜来，继武吃了，就蜷伏在板床上睡了。其实他只是假睡，听得四周声息全无，估量大众已都熟睡，便把窗槛上的铁栅一根根扭断了，跳出去，立在广场里，伸了一伸懒腰，向四下望了一望，见广场尽头的平屋里有些灯光，想是有人住着，便走过去。却巧有人出来解手，继武把他拉住道："朋友，我问你，白天在山下抢来的麻袋，放在哪里?"那人把手指着东边的平屋道："在这一间里。你不要去动，明天大王要拆开来，检点了，平分给众兄弟咧!"继武道："我不去动的，你放心吧!"那人道："好，放手了，硬手硬脚的，头颈快给你捭断了。"继武道："我放了你，不许你和人多话的。"那人道："这个自然，大家都是吃一镬子里饭的，多说有什么好处? 前回得了论万的货，我也只到手一只金镯，喝不到两个月的酒呢!"继武道："这回货物倒也不少。"那人道："我听背上来的说，甚是重坠，说不定也值好几千两银子吧!"继武放了手道："去吧!"那人把他看了一看，解手完了，踅还屋子里去，丝毫没有疑心他。继武便到那东边的屋里，门儿关着，上面锁着一把大铁锁。继武把锁捭了下来，把门轻轻地推开了，再把靠广场的窗也开了，放进些亮光来，见屋角里叠着几只麻袋，原封未动，正是他的原物。走过去拣一只麻袋拆开，从里面摸出一把短刀、一包铁弹，其余的泥土石块仍旧放着。出了屋子，一直下山，等到天明，伏在半山一株大枣树上，握定了铁弹，等候他们下山。

且说山上住的大大王姓高名璨，是河南人；二大王姓刘名飞虎，是山西人；三大王姓孔名尚德，都是义和团的余党，自从京津失败以后，穷蹙无归，便叙集了五六十个人，占住了雪浪山，做没本钱的生意。高璨的本领最好，他也做过大师兄，所以那天劫取良乡客店里京官的宝物，全是他的气力。那飞虎就是刘十九的叔父，也能使得一手好大刀，据他说还是关家流派。尚德最没用，却会用心思，大家称他军师。那天一早起来，高璨吩咐喽啰们把麻袋扛出来，检点俵分。喽啰们去不多时，还来道："不好了，门儿开得笔直，一只麻袋已拆开了，里面都是泥土砖石。"尚德道："这瘦鬼可在屋里？快去提来！"两个喽啰去了不就，也来回道："铁栅扭断，人已失踪。"高璨大怒道："这厮好生可恶，大约离山不远，我们分头赶去，把他捉来，斩尸万段。"尚德道："此事还得从长计议，他既然貌不惊人，有如此本领，绝非寻常之辈，恐怕追着了，也打不过他。"飞虎道："他到底只是一人两手，我们一拳一个，也打得他服帖了。"尚德道："恐怕不是这么容易吧！"飞虎道："只想他既然本领高强，为什么不来和我们厮打，却偷偷地走了，分明是他怕我们呢！"尚德道："他只防寡不敌众，所以他来探听虚实，大概现在下山去兴师动众了。"高璨道："如此说来，我们更应速追，等到他调集了人马前来，我们不是把先手棋子让给他了呢！"说着便分拨众喽啰为两队：一队走山前，由飞虎率领；一队走山后，由高璨引导，留着尚德在山镇守。

那走山前的一队，连飞虎共有十五个人，都是体力结实的大汉，各带了武器奔下山来。到了半山，早给继武瞧见了，先发一个铁弹，向中间一个胖汉的大肚子上打去，只听得哎哟一声，胖汉站不稳，一失足躺倒地上。大家七手八脚地扶起他来道："你可是中了暑么？"一个笑道："九十月的天气，哪里会中暑的？"那胖汉挣扎了一会儿，勉强立住，很诧异地说道："刚才分明有一个子弹打过来，着肉很痛，只没有打进肚里去，甚是奇怪。看来不像是从枪里放出来的，否则性命休矣！"当时大家四下去找子弹，那子弹早已骨碌碌滚下山去，在乱草中藏躲，哪里找得着？各仰着头张望，那树枝交互纠缠，也不见什么东西在着。飞虎道："我们且莫管他，走下山去要紧。"他们走不数步，那个胖汉又挺着肚子嚷着痛，蹲作一团。大家围拢来看，他面如土色，只用手指着肚子乱嚷。飞虎走过来，把他的手移开，见肚子上一块紫色，像是受着一块铁器的打击。他也惊奇起来，吩咐大家向树林里寻去。有几个胆小的立着不动，只有四个胆大的，提了武器蹿进树林中去。

不多时，一个个逃出来道："有妖怪，有妖怪！"飞虎问道："什么妖怪？怎生模样？"一个道："我头上吃了一记，好像是一块砖头，但是连树叶都没有落下来，哪里有砖头？"一个道："我肩上也着了一下，痛得很！"一个道："好像有人在我背上打了一拳，至今还有些隐隐作痛呢！"一个道："我眼见有一个黑炭团从前面打过来，幸亏我躲避得快，只打在手上，你们瞧，擦去了一层肉皮，好不厉害！我要去找那黑炭团，谁知那黑炭团似乎是有灵性的，落到地上，滴溜溜地转了几转，直向地下钻去，就不见了，大约是会土遁的。"你说一句，我说一声，把飞虎说得疑神疑鬼，也有些胆小了，定了一定神道："看来这人还是在山上，没有下山，我们还去再从长计议吧！"说着折身还山。走不多路，飞虎忽地向前一踬，全个身体扑倒在地上。

后事如何，下回分解。

评曰：官府纵容盗贼，不敢剪除，委诸外患孔亟，照顾以前许多文字。有羚羊挂角之妙。

"送掉了性命，还用得着钱么？"一语可做贪夫徇财者当头棒喝。玉皇大帝者，调侃闱内之术语也。小四子取决于闱内，必有许多商量，作者偏偏略去，盖虽有许多商量，只是在钱字上打转，正不必絮聒取厌也。

山歌妙有讽刺，与《水浒》中大伙炎炎一歌可以媲美，不知是作者杜撰，抑北地本有此妙籁也？

写铁弹神奇，俱从受者方面着笔，各个不同，灵活之至。

134

第二十回

有绳网三盗设诡谋
争座位两雄斗意气

　　话说飞虎正领着喽啰们还山，也吃着一弹，倒在地上。大家急忙把他扶起，见地上嵌着一颗铁弹，和栗子一般大，浑圆光滑，很是好玩儿。飞虎对着呆怔，这时又有一颗铁弹飞过来，正掷中飞虎的脑袋，只听见扑的一声，接着咕咚一响，飞虎第二次又跌下地来，血也迸出来了。大家吓得慌了手脚，把飞虎像死狗一般拖上山去，见了尚德，把上项事说了。尚德派人去追高璨还来，一面把金疮药拿出来，给飞虎敷在创口。等高璨还山，才见飞虎慢慢地苏醒转来。尚德道："这人一定是异人，绝非我们所能敌，不如下山去向他求饶。倘然他愿意留在这里，我们索性把他推为一山之主。万一他不愿意时，我们送他些宝物，结为朋友，还不失掉我们的面子。"高璨道："我们又不见他的踪迹，如何去向他求饶呢？"尚德道："我自有方法。"说着分拨了十六人，都不带武器，徒手随他下山。到了刚才飞虎受窘的地方，便立住了。尚德向着树上喊道："好汉请下来说话，我们有眼无珠，冒犯了！好汉，如今我们已觉悟了，情愿束手就缚，听凭好汉怎样吩咐，要杀要剐，要解县治罪，悉听尊便。我们死在好汉的手里，万分乐意，绝无异言，请好汉下来吧！"说完了，俯首不响。等了好久，毫无动静，喽啰们暗暗好笑，今天军师真在那里捣鬼了。这时树叶簌簌地响了一阵，大家不禁打了一个寒噤，接着有一把雪亮的短刀，从树上飞到尚德的面前，笔直立在地上。尚德也不敢去拾起来，还是呆立着等候。谁知继武跳过几株树，从后面跳下地来，大声喝道："老子在此，还不叩头！"大家只想他在前面下来，冷不防却在背后，一齐转过身来，见继武两手撑着腰，颤巍巍立着，宛如天神一般。尚德见了便上前施礼道："请好汉上山去，让大众见个礼。"继武道："我本当把你们一一杀死，我想体上天好生之德，只要为民除害，别的可以放松。你们快些收拾收拾，离开此地，别寻正业。"尚德道："一切唯命是听。此地不是说话之所，到了山上再说。"继武把短刀拾起，随着他们一齐走上山去。

到了山王庙，殿上只设一个座头，大众拥着继武坐上去。继武只立在独座的左侧，朗朗地道："你们大概都是好百姓，有了气力，什么事不好做，何苦干此犯法的勾当？现在我来向头领要了钱，分给你们，你们拿了钱就好走路了。"转过头来，向尚德道，"你们把历来抢到的银钱货物，悉数拿出来，我给你们分配。"尚德向高璨商量。高璨心想不依，可是又不敢违拗，只呆住了不动。继武把短刀挺在手里道："大丈夫贵乎当机立断，事既至此，还有什么迟疑，难道你们还有余恋，舍不得撇开这生活么？老实说，我要是横一横心，休说你们这几个人容易勾当，便是再添几倍的人，我也不怕。就是我一人敌不过你们，我到了县里，请了兵马前来，怕不把这雪浪山踏为平地，把山王庙烧成灰烬么？"尚德又和高璨切切察察说了几句话，高璨拱手道："你看我么迟疑不决，我们也是无路可走，才在此胡干的。既然壮士给我们一条生路，我们如何不走，不过这事也非片刻可以办妥的，我想请壮士暂且在山住几天，让我们把许多东西聚出来，请壮士分派，我们无不言听计从。"继武道："好的，那么我限你们在今明两天之内，收拾停当！"当下高璨答应了，便吩咐赶快采办鱼肉，煮成筵席，在大殿上聚饮。继武也不客气，南面而坐，三位大王左右相陪。尚德问继武的姓氏里居，怎样会知道他们在这里的，继武一一说了。尚德道："好汉义薄云霄，甚是佩服。"继武恐怕多饮了酒不方便，见他们劝得甚是殷勤，便假装着已经吃醉，要了住处，和衣拥衾而卧。

且说尚德等继武睡了，便和高璨、飞虎商量道："总算给我们花言巧语骗住了，不过如何下手，须得布置妥帖才好。"飞虎道："刚才听他说在聂士成那里当过差的，我们义和团吃了聂士成的武毅军不少的亏，今天非把他千刀万剐不可。"尚德道："你总是心直口快的，这些话何必说在嘴上，尽可放在心上，等得了手，再向他声罪致讨还不迟呢！"飞虎道："你可知道我家十九侄儿，给一个唤作盖常山万心雄的，杀成肉酱，好不惨痛，我不替他报仇么？"高璨道："这些闲话，且漫说，我们商量动手方法要紧。"尚德道："等他熟睡了，高大哥先自撬窗进去，能够把他一刀结果了最好。倘然给他觉得了，势必起来厮打，那时刘二哥在窗外等候，见他们动了手，跳进去相助。万一敌不过他，必须引他出来，我吩咐弟兄们在门外扳满了绳索，给他演一回走麦城。任着他三头六臂，那时处处网罗，也万难脱身了。我们就在这时候也用乱刀杀死他，便不愁再有变卦了。"飞虎道："好计好计，请孔三弟赶快预备吧！"尚德当真去指挥喽啰们，把绳索扳成了一个大网，张在继武卧室的外间。各处都熄灭了灯火，静悄悄的，万籁无声。敲过了三更，高璨提着开天斧，放出轻身功夫来，神不知鬼不觉地走到继武卧室的窗外，把舌尖舔破了窗纸，听了一会儿，全无声息。飞虎那时也握着单刀，伏在窗外。高璨把斧锋轻轻向下一撬，窗儿就开了，纵身进去，高举着开天斧，拨开帐门，掀起盖被，猛力地斩下去，软绵绵的，一点儿没有反动力，也不见一些挣扎，也不闻一些呻吟，心上甚是奇怪。正在狐疑，要定睛细看，忽觉背上冷飕飕地吹了一阵风来，早有一把雪亮的短刀杀过来了，急忙转身迎敌，肩上已着了一刀，痛得举不起手来，便喊二哥快来。谁知二哥已上黄泉路去了。

原来继武到了房里，想了一想，觉得这三人绝不会就此罢休，说不定夜间有些变动，因此他假睡了一会儿，等人声已静，便从窗里跳了出来，伏在屋上。果然见三人忙着派人扳绳网，暗暗好笑他们白费心思。接着飞虎也来了，伏在窗外，又见高璨舐窗撬窗，等他进去了，便跳下来，趁着飞虎不防，一刀先把他刺死。然后也跳进窗去，蹑足走在高璨的后面，因着高璨伸手灵活，没有杀着，只削去了肩上一片肉。要再下一刀，高璨已向房门口退去。继武道："我不上你的当，你想引我去入网么?"高璨把房门开了，尚德也挺着长枪进来，三人便在房里乱打。

继武见地方狭小，碍手绊脚，不能施展出本领，心想窗外宽舒些，不如跳出去吧！那时把单刀向左右劈了一下，霍地向窗外跳去，高璨也追着跳出来，尚德从房门里走出来，招呼喽啰们都到庭心里，把继武团团围住。继武觉尚德的本领最低，不如先把他结果了，全力去对付高璨。这时尚德持着长枪，向继武刺来，继武蹲下了身子，从下三路杀过去，尚德的长枪一时收不转来，继武的单刀一步紧一步，不多时已把尚德的左腿削去了一截。尚德倒在地上挣扎，高璨急忙抡动开天斧来救，继武从尚德的手里夺下了长枪，向他胸前猛戳，枪杆直穿过他的胸背，插入地中，尚德早没有气了。继武回转身子，把单刀向高璨的开天斧挡住，飞起左腿，对准了高璨的腹上踢去。高璨把身子向上一耸，两脚离了地，继武的脚没有踢着，急忙缩住，把单刀向高璨齐腰斩去。高璨用斧头把单刀拨开，退下几步，使动开天斧，像转轮似的飞过来。继武用乱箭攒心法，把单刀向他乱刺，却一刀也刺不着身。那时众喽啰看得呆了，有的立着不敢近身，有的偶然把朴刀劈过去，给继武的刀锋一挥，那朴刀像风吹落叶似的飞开去了。继武杀得性起，左冲右突，把边上几个喽啰削去了几个头颅，其余的没有削着的，急忙抱头鼠窜而去。这庭心里只剩下已死的尚德躺在地上，眼看着高璨和继武你去我来、我进你退地打成一个不休不歇。

高璨见两个结义弟兄都已送了命，大势已去，自己估量也不是他的敌手，不如早些走路吧！他便把开天斧向继武猛劈了三下，转身就走。继武哪里肯放，紧紧地追去。高璨在山上路径很熟，所以只拣着荒径逃去。继武恐怕上了他的道儿，便摸出一颗铁弹来，向高璨的背上打去，见高璨着了弹，向前一趔，便扑倒在地。继武赶过去，要举刀刺去，忽地转着一个念头：把他们杀完了，还是不能救出良乡县监里的高有方，不如留他的性命，好从他的口里得到些口供，也省掉我许多麻烦。便把单刀插在腰里，一把背脊提起了高璨喝道："我饶你的性命，你给我还山去，把以前的事交代出来。"高璨痛得一跷一拐的，引着继武上山。到了庙里，继武命高璨坐着，去找了一根粗麻绳，把他缚在柱上，四下去找人，在后面厨下水缸边找了个火工，命他到各处去搬东西出来。继武一样一样地问他来历，高璨一一答了。那良乡客店里抢劫来的，只剩几串和珠和金银首饰，大概不到一半了，其余都是在山下向零星过客抢来的。继武去找了一条被单来，把东西包成了一个大包里，命火工背着，向高璨说道："请你在这里等一会儿吧！"和火工大踏步走下山去，径向良乡行来。

到了城里，上县衙门去见知县。那知县姓黄，是个两榜出身，听了继武的话，连连称赞，立刻派捕快衙役仵作到雪浪山去勘验，一面备了酒席款待继武。晚上一行人带了高璨到县，黄知县坐堂，问了口供，明把高璨钉镣收监，放出高有方，备文申府，通知京官前来认赃，领取物品。黄知县见继武武艺出众，要留他在身边，继武因着关外的生活散淡没拘束，所以坚辞着，只住了三天，向黄知县告别而返。想起丁慕仁在山东堂邑县家里，不知道近来做何消遣，现在相去不远，正好去望望他，或者可以知道心雄的踪迹，当下便折向南去。

那天到了王家口，正在一家饭店里吃饭，据着一张大桌，甚是舒服，外面走进一个少年来，大声道："堂倌在哪里？"一个堂倌走过去赔笑道："李爷有何吩咐，可要喝酒么？"那人向继武望了一眼道："我要请客，你给我腾出四张桌子来。"堂倌四下望了一望，低声道："李爷立刻要用么？现在只空着三桌，等那人吃完了，这一桌也空了。"那人道："约莫隔半个时辰。"堂倌道："可以，可以。"那人走了，继武问堂倌道："这人是谁？"堂倌道："姓李名无功，气力大得很，去年拳匪的头领到这里来，给李爷撳在河里，吃了 肚皮的泥水，后来斩成肉酱而死，因此那些拳匪散下来，都到各镇去劫掠索诈，独有我们王家口平安无事。都是李爷的力量，所以我们开了门睡觉都不要紧的。"

继武听了，老不服气，因为他瞧那无功，也不像有多大本领的人，一定他在镇上耀武扬威，所以远近都怕他，我偏要试试他的本领如何，便故意慢慢地吃喝，等到无功领着一群人到来，他还没有立起来。那时也有了些酒意，斜睐着两眼看他们。堂倌走过去，向无功切切察察说了几句。无功只是摇头，脸上凶狠得很，老大不快的神气。堂倌走过来，向继武道："对不起，请你让到那边去坐吧！"继武只是装作没有听见。堂倌动身，把酒壶搬过去了，继武拍案大怒道："一样地花钱，为什么我要让人呢！况且论理也有个先后，先来的自然有好座头，后来的只好等先来的吃舒服了，才好坐下来。你这人也太欺生客了。"堂倌冷笑道："客人好不明白，一样地吃喝，便是到那里，也有桌儿椅儿，何必一定要坐在这里呢？你可知道李爷是不好惹的……"继武不等他说完，又是一记桌子骂道："不好惹便不敢惹了？谁先来惹我，你们知道惹了我，我也不是好惹的啊！"

那时无功走过来了，撑着腰凸着肚道："你不要喝醉了酒，瞎骂人，你怎样的不好惹，倒要请教咧！"继武道："好，好，

140

好，到外面去，见见高低。"无功就是一拳向继武打来，继武把手接着，向后一扯。无功微微地震了一震，急忙立足，把手撒脱，举起右腿，把继武面前的桌子一踢，就踢了一丈多远。那些同来的人都上前解劝，好容易两面按捺住了，便由一个年纪较大的，左右分解，道："为了这一点儿小事，何苦大动干戈?"继武道："我们走江湖的，只认得一个理的，合理的什么都愿意的，今天的事谁曲谁直，请大家评一评。"无功道："要不是你指桑骂槐，我也决不动气的。"解劝的笑道："现在大家都说明白了，请那位客人也和我们一起喝几杯，那就没有什么让不让的话了。"继武从身边摸出碎银来掷给堂倌，掉臂就走。

后事如何，下回分解。

评曰：尚德假降，故作曲折，文势妙有波澜。

刘十九又在本回一逗，周密可喜。

继武心细如发，故未入彀中，三大王之死，固自取其咎也。

继武与无功如此结合，殊出意外，是诚所谓不打不成相识也。

141

第二十一回

王家口畅饮齐心酒
大马集高谈逆耳言

　　话说继武正要从饭店里走出来，李无功赶上前来，一把拉住了衣袖道："慢走。"继武认识要来打他，就立定了，紧握双拳，怒睁圆眼道："好不识相，还要惹老子性起，讨没趣么？"无功道："我且问你姓甚名谁，何方人氏，从哪里来，要到哪里去？"继武冷笑道："我有我的事，你有你的事，各不相关，你管我作甚？"无功道："这里王家口为了拳匪余孽常要经过，见了形迹可疑的，都需要盘问清楚的。"继武道："你说起拳匪，我倒肯告诉你了。我是惯打拳匪的能手，恐怕你们在前见了拳匪的影儿都怕，现在像打落花流水狗了。"无功道："你既是反对拳匪的，和我们正是同志，请留一个名儿可好？"继武见他没有恶意，便说了姓名，并说这回到堂邑县去找朋友。无功道："堂邑县有一位英雄，绰号盖常山的万心雄，可是相识？"继武把他相了一相道："你怎么知道？他是我的好朋友。"无功听了，立刻拉他还进店里去。

　　这时堂倌已把酒席摆好，无功便把继武纳在上座道："险些儿交臂失之，他日江湖上说起今天的事，岂不教人笑话。"继武见他前倨后恭，倒有些不好意思起来，便问贵姓大名，无功也说了。继武道："你和心雄有什么交情？"无功把打猎遇见心雄，助

142

着他杀死红姑娘的事，说个备细。继武拱手道："原来也是我道中人，只不知何事留在这里？"无功又告知他与赵舒翘意见不合，想改投聂士成。到了天津，聂士成已为国捐躯，心雄走得不知去向，便到这里来，有王姓盐商相留，恰好拳匪来索诈，便助着他们捕捉匪首张德成，村上的人都惊为天人，把全镇防守的事相委。今天为了一件事，邀着村上有气力的喝一杯齐心酒，不知道是朱兄来此，多多冒犯。

继武谦逊了一回，问何事要喝齐心酒。无功道："这里王家口大多是贩盐为业，前天有一个村人王二，载了一船的盐出去，被前村大马集的人劫了去，声言要一千两银子取赎。因此村上的人约齐了，商量一个对付方法。我担任了防守之责，不好不替村上的人出一点力，可是事情闹大了，又是反害了村人受累，为了这个缘故，顿教我左右为难。朱兄经验宏富，必有高见，请教请教。"那时有一个老成些的说道："这大马集本来有一个泼皮，绰号小时迁时鸿运，专一抢孀逼醮、重利盘剥，为了他先前做过梁上君子，所以有此雅号。他也到过王家口来，却是阵上失风，空手而返，往常只恨着这村上的人，却奈何我们不得。近来有几个拳匪大师兄，漏网逃到大马集，便和他勾结，居然收徒弟，派职司，成了个强盗局面。听说他们有十几支快枪、两三支手枪，甚是厉害，我们倒要小心才是。"

有一个年纪最轻的听了，倏地立起来道："我们虽都是酒囊饭袋，也把拳匪打退过，连巨魁也给我们处死的。这些鸡群狗党，怕些什么？况且李爷膂力过人，一拳两脚，就足够打死了几个。"继武道："我有一点愚见，供献给诸位，我想凡事能化大为小最好，万一兴师动众，两下冤仇愈结愈深，一时要收束也收束不住了。我想这回到这里来，也算是有缘，既是李兄在此，理当帮忙。我先和李兄到大马集去，找时鸿运理论，倘然他理屈服输，还了我们人船盐货，一笑而开；倘然他不允，我们把些厉害

143

给他看。我们要是敌不过他们，再来调集人马，向他问罪，此策唤作先礼后兵。"众人听了齐声道："好，好。"无功道："我本也想如此，只愁着单身前去，恐要受困，既然朱兄肯出力相助，自然没有顾虑了。"回身过来，举杯向大众道："请大家敬朱爷一杯，谢他的义勇!"大众当真各举起了一满杯的酒，向继武送来。继武一一接了，喝干，大家齐说"朱爷好酒量"。大家猜拳行令，闹到傍晚方散。无功引着继武到王家去，见了王盐商，王盐商也很器重他，留在那里殷勤款待。

到了明天，无功带了单刀，继武带了铜锤铁弹，雇了一只船，向大马集行去。两地相距也有四十多里，船儿走了两三个时辰方到。船儿停泊在荒僻地方相候，两人走到市上去，见人烟寥落，也和王家口不相上下。臀面遇见一个烂腿的乞丐，无功摸了十个大钱给他，问他姓时的住在哪里。乞丐道："你们何事问他?他现在大非昔比了，你们冒冒失失地前去，怕不要吃一顿家伙。"无功道："我们是来投奔他的，怎么还吃家伙呢?"乞丐道："投奔他么，那就不要紧了，他那里招兵买马，积草屯粮，正在用人之际，你们年纪轻，有气力，到那里一定收留的。不像我残废了，要充当一个劈柴挑水的伙夫，都不能呢!这里去，向东转弯，向北走过一丛竹林，一带土墙里面，最高大的房屋，就是了。"两人依话走去，果然有一家大户，门前立着四五个大汉，挺腰凸肚，一脸子的凶势，倒很像什么官署军营，只少手里一支枪，想不到一个小偷，居然如此显赫!

两人到了门口，无功抢上几步，向一个胖汉点点头道："请问时爷可在府上?"胖汉横了眼，把他睃了一个周遍，大声道："有什么事?"无功道："我们从山东来的，闻得时爷在此招贤纳士，所以特来投奔他，相烦通报一声。"胖汉又把两人从头至尾相了一相道："站着。"便慢吞吞走向里边去。好一会儿，才出来道："随我来。"两人暗暗好笑，真所谓软进硬出了。走过了广场，穿过了两进房屋，到了一间厅堂檐前，胖汉把手一指道："上面坐的就是时爷。"两人走上厅堂来，那胖汉转身出去不提。

这里时鸿运尖头削脑，浓眉凹眼，斜拴着身体，坐在一张独座里，大喇喇立都不立起来。无功、继武大踏步走上厅来，向鸿运微微弯了一弯腰道："足下可是小时迁时鸿运？"那鸿运方才听胖汉进来说有两个山东人来投奔，以为是穷极无聊的人呢，所以眼睛放在额角上，摆出头领的架子来，也算是一个下马威。现在见两人出言无状，已是不快，又听他提起小时迁三字，分明在那里挖苦他，他如何不怒，便倏地跳起来道："你们这两个无赖，好不无礼，到了这里，也有一个规矩，如何好胡说白道？"继武早把铜锤握在手里，无功也从背上拔下单刀来道："老实告诉你吧！我们是从王家口来的，向你讨人船盐货，你若说半个不字，休怪单刀、铜锤不生眼睛。"鸿运也从侧里武器架上拔下一把三环大刀来，冷笑道："说得好容易，一千两银子可曾带来？"无功把单刀劈来，继武把铜锤打去，一个说"这里五百两"，一个说"这里也有五百两"。鸿运急忙把大刀拦住道："且慢，大丈夫应当一个对一个，你们两个打我一个，便不算好汉了。我也有弟兄们可以去唤来，七个八个打你们两个，看你们吃得住么？"无功道："尽你唤去，不要说七个八个，就是七十个八十个，也不怕。"鸿运道："好！"他便走到庭柱边，把绳一掣。

不多时左右跳出四个人来，一个使着阔斧，一个使着双铜，一个使着短戟，一个使着朴刀，恶狠狠地向两人杀来。无功掉动单刀，继武挥动铜锤，分头迎敌。一座厅堂，顿时闹哄哄成了戏台，各自默默无声，用心用力地要一个你死我活。使双铜的最是不济，战了二十多合，已不能再战，又是怕死，急忙倒拖双铜，退下厅去。那个使朴刀的，不知怎样没有留神，一把朴刀呼的一声，从他手里飞了出去，直飞到庭心里，扑地落下地来，倒把退下的那个汉子吃了一吓。使朴刀的自然也不敢逗留，退出战团。

只剩下使阔斧的和使短戟的，大头出汗，勉强支撑着继武的铜锤。那鸿运正在用尽平生气力，抵挡无功的单刀，眼见弟兄们两对已退下了一双，心上先自着慌。说也奇怪，大刀的柄儿竟像是甘蔗做的，给无功一刀截作两段。

到底他不是呆汉，急急把左手的断柄大刀和右手的短棍，向地下一掷，拱手道："两位壮士住手，我佩服了，情愿把人船盐货原璧奉还。"无功把单刀收转，那边使阔斧的、使短戟的和继武也各把武器握定。退到庭心里的那个汉子，拾起了朴刀，和使双铜的也走上厅来。鸿运道："两位的尊姓大名，请说了出来，便好称呼。"无功、继武先后说了，鸿运指着使阔斧的道："这位小李逵李长立。"指着使双铜的道，"这位粉面夜叉牛钢。"指着使朴刀的道，"这位金眼蛟常逢乐。"指着使短戟的道，"这位赛吕布栾光。"当下各人都向两人施礼。无功道："既然你们都服输了，快把王二放出来，给还船只货物，我们也要回王家口去了。"鸿运道："两位到此，也得喝一杯去。"无功道："这倒不消。"

鸿运一面唤人把王二从后面土炕里放出来，给还船只货物，让他回去，一面吩咐端酒菜出来，推两人上座，递酒相敬。酒过数巡，鸿运道："目下时势日非，看那满洲人已当不下这家了，我们想聚集了天下豪杰，推翻清室，光复汉土。不知两位可肯相助？"继武道："我听人家说，你们收留了拳匪余党，只在打家劫舍上用功夫，如何倒有此大志？这革命的事，非同小可，清室虽是不济，那忠于清室的人还是不少，万一事机不密，泄露出去，他们用大兵来剿灭，这可受不了啦！"栾光道："李兄有所不知，我们当时原想利用义和团扶清灭洋，后来见团民毫无纪律，已心知不妙，因此便有一部分早早脱离，别寻栖托。现有一群弟兄，在徐州芒砀山聚集，做一个总汇之所，其余的向各地去暗中活动，这里也是和芒砀山通声气的。我们奉了山上的命令，来此收留亡命英雄，将来势力雄厚，四下同时起义，就可以成燎原之

146

势了。"

无功道："你们不说明白，我们哪里得知？不过在初起的时候，第一要笼络民心，我喜直言，像你们把王二绑住了，索千两取赎，大家就把你们看轻了。"鸿运道："这事也有一个原因，我们部下人数一天多一天，单就粮食一项，已煞费张罗，知道王家口贩盐的甚是得利，杀狗给猕猴看，好教村上的人知道我们厉害，多少也来接济些。"无功道："天下有钱的正多着，那些贪官污吏、土豪劣绅，哪一个不是家拥巨资？我们应该向这些人要去。那行商坐贾，都是将本求利，不能去欺侮他的，这么方能得到民心向附。远的说那太平军，近的就说义和团，都因着不得民心，所以结果归于失败。从来说天时地利人和，依我看人和第一，地利第二，天时第三呢！"鸿运道："李兄说的话真是一片大道理，我们茅塞顿开，想我们的宗旨，两位必引为同调的，可肯常常赐教，好教这惊天动地的大事业可以成功？"

继武道："我本有此心，所以到关外去，想先厚聚财货，将来做事便当些。须知道现在的世界，非钱不行，有了钱，鬼也可以使他推磨。这是老话啊！不过我还有一个意见，这义和团时间虽短，面积虽小，已闹得天怒人怨，中间自然不乏有志之士，可是那些罪魁祸首，我们非一一歼除不可。一来可以表明我们的旨趣，完全不是扶清灭洋；二来可以消灭邪党，免得他做害群之马；三来先为民除害，方能得人心依附。听说那曹福田自从天津败走以后，还在静海一带潜伏，这人甚有心计，难保他不死灰复燃。我有一个约，倘然你们能够把他杀死，我们方深信不疑，和你们联结。我到关外去约同志，一起入关，共谋大举。"栾光举起左手道："容易容易，这曹福田烧成了灰，我都认得。这件事包在我的身上，只消给我一个帮手，就足够对付了。"常逢乐道："我去我去。"鸿运拍手道："有两位同去，一定马到成功了。"无功道："我在王家口办团练，很可以借此遮人耳目，所以我只和你们暗送秋波，等有了眉目，便可以率领全班人马，前后联合。"
鸿运道："妙极妙极！"当下各自开怀畅饮。到了巳牌时分，两人
告辞而出，鸿运等送到停船地方，方始还去。

两人原船还到王家口，自有人通知王二，那王二急忙走来叩
谢，并说："大马集已聚集了二三百人，专一向邻近索诈，和我
同绑在土炕里的还有两人，一个要三千两银子取赎，一个要四千
两银子取赎，各自写了信去，还没有回音，恐怕要撕票呢！"继
武道："他们的行径实在不合，所以我们只可貌合神离，不可尽
信他们的冠冕话啊！"无功道："朱兄说得甚是，我还要防他们来
报复咧！"继武道："这个可以放心，谅他们乌合之众，怎及这里
久练之军呢？"无功道："朱兄可肯助我一臂，在此住几个月，把
村上几个能造就的悉心教练，将来或有用处。"继武道："我要打
听心雄的下落，此人志高才大，倘然潦倒江湖，甚是可惜。我想
找到了他，同出关外，打成一个新局面呢！所以我想去访丁慕
仁，他一定知道的。我多离奉天，要给郑福庆弄玄虚的，他妒忌
在心，巴不得我不去呢！我失了这根据地，倒有些不值。"无功
见他如此说，也不再坚留，只留了两天，放他走路。

后事如何，下回分解。

评曰：大马集与王家口薰莸不同器者也，此时苟合，故使读
者怀一疑阵，将来自有分晓。

时鸿运忘却本来面目，反轻视无功、继武，大概小人得志，
一例如此，何足怪哉，何足怪哉！

写六个人庭杀，从容不迫，有指挥若定功夫，笔墨亦轻松玲
珑，所谓嬉笑怒骂，皆成文章，又是一种写法。

天时地利人和，继武颠倒轻重，自是因时制宜之言，此一番
宏论，直抵得钱江万言。

148

第二十二回

一匹布计赚贪妇
满山雪诡访元凶

　　话说时鸿运知道无功本领高强，王家口团练很有成绩，便一心要和他结纳，听得继武说要杀死曹福田，方能表明心迹，认为同志，因此便怂恿常逢乐、栾光到静海县一带去访寻。两人本来是拳匪的党羽，自然认得福田，只恐福田也认出他们，所以化装成商人模样，到了静海县，先在城里各家客店去探访，全无踪迹。常逢乐对栾光道："我们本来太笨了，这县城里耳目众多，他如何敢住？料定他一定潜伏在乡间呢！"栾光道："我想起一个人了，我们在杨村地方，不是有一个矮脚关风的么？这人也是静海县人，或者有些消息。"逢乐道："不差，他和福田也很交好，我们去找他，要从无意中听他的口风，否则打草惊蛇，反而不妙。"栾光便去买了些布匹，算是个布商，命逢乐假装着头痛，不能起来，好使他不疑，独自一人去找关风。

　　那关风住的地方，他还记得，所以一寻就着。敲了几记门，里面有一个妇人出来问是谁，栾光道："这里可是关先生的府上？"妇人道："是的。你找他何事？"栾光道："我有一点儿小东西送他。"妇人便拔闩开门，让栾光进去，引了客堂里，却不见关风，便问："关兄可在府上？"妇人道："他到城外去了。"栾光叹息道："甚是不巧，我正有东西送他，他偏不在。"说着把一匹

149

布翻来覆去地弄着，故意给妇人看。那妇人见那匹布五颜六色，甚是华丽，未免心上起了些艳羡，便说道："丈夫往时到城外去，三四天不还来也有的呢。先生有东西送他，放在这里就是啦！倘有什么话，等他还来，我好传说的。"栾光道："话是有几句的，不过未便向嫂子说。他既然不在这里，我在客店里等他几天，不妨。"那妇人便有些不快。栾光也瞧破了，心想妇人家贪小，不要拂了伊的意，误了大事，便把布双手捧过去道："这一匹是东洋来的，送给嫂子做罩衣穿吧！"那妇人假作推却，满面春风地道："我们也没有什么孝敬先生，倒先劳破费。"栾光道："我和关兄是好朋友，自从杨村分了手，好久没有通信，这回贩卖布匹，难得从这里经过，自然要来望望他的。不知道近来关兄得意么？"

那妇人叹了一口气道："还配得上说得意？他这几年接到一个晦气星在家里，没兴的事，接二连三地推不开，他兀自不改，还和那些狐群狗党往来，不肯向上。"栾光道："难道他前几年吃了苦，还不觉悟么？"那妇人道："可不是么？前天又有一个姓曹的来找他，他好似接到了佛一般的，十分恭敬，家里没有钱了，借了来孝敬他。我看那姓曹的，也不过是个泼皮罢了，罕什么稀？他偏把姓曹的捧到三十三天，说怎样有本领，怎样有作为，皇帝轮不着，宰相总有份的。你想不是发疯么？"栾光道："姓曹的怎生模样？"那妇人道："论他的相貌，倒不差，圆圆的脸，大大的耳朵，方方的额角，高高的鼻子，黑黑的胡须，声音也洪亮，走路也大方，只差颈后生了一搭紫痣，便破了相。"栾光听了，知道就是曹福田，十分欢喜，便故意地和伊搭讪笑道："嫂子倒会相面的。"那妇人道："我听惯人家说，阳痣福，阴痣祸，颈后生痣，有杀身之灾。要不是他相貌生得好，早已死于非命了。"栾光道："这人现在哪里，来找关兄何事？"那妇人道："他们鬼鬼祟祟的，一句也不给我听见的，我也不高兴去管他们，所

150

以他们要干些什么事不明白。我家丈夫常常出城去，就是到他那里去。"栾光道："这人住在城外么？"那妇人道："是的，不过他掩掩遮遮，从来没有说过地名。"栾光心想忙了半天，还是没有着落，不如还去，和逢乐商量再说。想定便起身告辞道："我明天再来候关兄，倘然还来了，只说是杨村的朋友姓栾，现在住在泰来客店。"那妇人答应了，谢了他送布，送他出门。

栾光到了客店里，告诉逢乐福田果在这里，逢乐立刻竖起来道："真的么？正是踏破铁鞋无觅处，得来全不费功夫了。"栾光道："你不要说得如此容易，虽不必踏破铁鞋，可是功夫到底要大费特费呢！"逢乐道："既然有了着落，我和你静悄悄赶去，把他一刀两段，不是大功告成了？"栾光道："虽知道在城外，可是在哪一门的城外，还没有打听到。"逢乐道："好了好了，摇了半天的船，缆还没有解。"栾光道："你且莫性急，我明天再到关风那里去，可能再有些口风探得。"逢乐道："我在这里也得了一个消息，前天到大马集来的朱继武，不是说起盖常山万心雄么？他也到过这里，还上长松山去杀死两个强盗，破了一起大案。大约他是向南去的。"栾光道："这长松山在什么地方？"逢乐道："这个我不知道。"栾光道："说不定福田也在这山上。"逢乐道："我们去走一遭如何？"栾光道："你是霹雳火秦明转世么，全不商量，只管向前莽撞的。"逢乐道："像你这么慢性儿，恐怕到明年还是老守在这里呢！"栾光道："我到关风家里走，把长松山提起，看那妇人如何说法。倘然果在山上，我们敢赶去，就不虚行。否则白费脚步，扑了个空，未免要失望灰心了。"逢乐也就不响了。

到了第二天，栾光又去买了些食物，到关风家里，恰巧关风已还来了，两人相见之下，甚是亲热。栾光只说改业贩布，关风道："做生意将本求利，是很正常的。"栾光叹气道："现在世乱年荒，做买卖的利少风险大，我们是过来人，深知世路艰难，所以也只能小本经济。倘然身边多了钱，露了白，连性命也危险呢!"关风点点头道:"正是。"栾光道:"关兄近来怎样得意?"关风道:"也不过混混而已。"栾光道:"我们当时一批人，散了伙，天南地北，不知道各成何种模样，像我和你，还能相见，已很不容易了。"关风道:"像黄莲圣母、张德成、刘十九，都是了不得的人物，一个一个送了性命，真像做了一场春梦。"栾光道:"不知道曹大师兄还在世不在世呢?"关风呆了一呆道:"可是福田么?"栾光道:"我听人家说到过静海县来，给人赶走了，不知去向。要是他还在着，我们倒还有一线希望。我觉得这人是有能耐的，不比德成，只是吹牛。"关风似笑非笑地说道:"事到如今，恐怕也不济了。"栾光道:"我们散下来的伙伴，无路可走的正多着，只消得了一个信，怎么不如水归壑地赶来呢?"关风道:"像你就不高兴干了。"栾光道:"这倒不能说，我只为了生计所迫，不能不改行，倘然他重整旗鼓，哪有不高兴的道理? 到底那些事来得爽快。"关风道:"这话是真的么?"栾光道:"自然是真的。"关风道:"那么我来老实告诉你，曹大师兄现在南门外长松山上，正和我商量，要召集旧部，另起炉灶。你倘然有意帮助，我们就在此共事可好?"栾光道:"和我同来的还有常逢乐在客店里，我明天和他一起到这里来，相烦引进如何?"关风道:"逢乐也是老朋友，你们尽够得上去见曹大师兄，何须我介绍呢，一准明天前去。不过事情很重大，必须严守秘密，走漏了风声，不是玩儿的!"

栾光答应了，便辞别关风，还客店去，告诉逢乐。逢乐自然欢喜，商量如何下手的方法，到半夜才睡。谁知这夜里下了很大的雪，雪是没有声音的，所以两人全没有知道。等到醒来，见白棉纸的窗上，映得分外明亮，只是没有太阳光。开门看时，雪花就纷纷地扑上脸来，庭心里积得比门槛还高。门儿开了，雪块就滚到脚背上来，仔细看那天上，白漫漫像糨糊一般，虽是这时候雪已止了，恐怕还要落下来。栾光道："真不巧，又落下一天的雪来，今天只好在这里闷一天了。"逢乐道："北方的雪，积了不容易融化，倘然刮了西北风，这雪就凝成了冰块，要到春天才得化水，难道我们等到春天不成？"栾光道："你又性急了，外边冷得头都钻不出去，我们且沽些酒菜生些暖气吧！"逢乐听见喝酒便起劲起来，忙着去唤堂倌过来，买羊羔，买烧鸡，买花生米，买酒，不多时买了来，堆满了一桌子。两人关上了风门，对饮对说，果然暖和了不少。

正喝得醉醺醺的，外面有人唤道："这里是姓栾的住着么？"栾光把风门拉开，见一人披了雪衣，戴了雪兜，满身雪花斑驳，也瞧不出是谁。只答应道："是的，请问尊姓？"那人笑道："栾兄好写意，喝了酒，连我关风都不认识了么？"栾光道："原来是关兄，这么装束，竟瞧不出面目来了。请进来，请进来。外面又在下雪么，冷么？"关风一边把雪兜、雪衣脱下，一边跨进房来，答道："只停了两个时辰，又下雪了，这回下得更大了。你们在屋子里，又是喝酒，自然不知道冷。我的鼻子，恐怕早冻掉了。"栾光指着逢乐道："这位相识么？"关风看了一眼，拱拱手道："阁下是常逢乐常兄么？"逢乐急忙还礼道："关兄久违了，一晌好？"关风道："托福托福。"栾光道："不要文绉绉的，尽着串戏，请坐喝几杯吧！"

三人重行坐下，递杯共饮。关风道："刚才山上有人来邀我去赏雪，我初念两位本想去见曹大师兄的，正是一个好机会，后来见雪下得越大，不要说山路难行，就是我到这里，也滑跌滑挞，好不烦难，所以也就打消了。"逢乐道："这么大雪，山景一定很好，我们正好去赏雪。"关风道："常兄倒如此风雅，可要作几首雪诗咧！"栾光道："现在时候还早，我们走一趟还来，正好吃夜饭呢！"关风道："当真你们有此雅兴，就去就去。"栾光、逢乐便去捎了武器，和关风一起出房。关风道："你们好呆，带了武器干吗?"栾光道:"这么大冷天,又是走山路,还来的时候,一定很晚了,带了可以壮胆些。"关风道:"我倒没有带,横竖有两位做我的保镖了。"

三人出了店门,见雪已止了,路上又白又肥,把七高八低填得其如平如砥。逢乐道:"好像一条大棉絮坐褥。"栾光道:"我看像一片盐场。"关风道:"哪里有这样的洁白,还是糖来得像些。"逢乐道:"古人踏雪寻梅,我们踏雪寻些什么?"关风道:"寻人。"栾光道:"《水浒》上不是有林冲雪夜上梁山么?我们今天的行径,倒有些相像。"关风道:"只做上半截还好,倘然连做下半截,和王伦火并,那就扫兴了。"三人谈谈说说,已出了南门,一条直路宛如玉龙一般。那长松林缀满了雪花,正像江南的棉花,到了收成的时候了。走进树林里,那树上不时有一块一块的积雪坠下来,打在头上。三人都缩了头走着,忽听啪的一声,一只雪鸟落下来,不歪不斜,正打在关风的头上,倒把他一吓,拾起来一看,原来是一只冻僵的小麻雀。关风道:"真是晦气!"随手就撂在雪地上。栾光道:"这有什么晦气?往常有人说,出门听见了老鸦叫,是不利的,其实哪里有这事,何况是麻雀!"三人穿过了长松林,身上已受了不少的雪,各自掸拍干净,慢慢地走上山去。那长松山满满地铺着雪,白得像粉妆玉琢一般,煞是好看,山上足迹全无。见得没有人上下,关风走在前面,栾光便低低向逢乐说道:"我们如何下手?"逢乐道:"这人好不碍手脚,不如先除了他,也干净些。"栾光道:"横竖他的本领有限,并且今天他并没带武器,更不用担忧。"

说到那时,忽见关风仰起了头,向山上喊道:"大师兄到哪里去?我们正要上来见你呢!"上面也有人答话道:"下山打猎去。"关风道:"这时候冷得鸟兽完全躲藏了,打的什么猎来?你还没有端整菜蔬,倒先下请帖,不是成了虚邀么?"那人只是笑,已转了一个弯,走下山来。两人看那人,正是曹福田,便上前施礼。福田道："两位如何也到这里来了？"关风把栾光去访他，怎样说起大师兄，重整旗鼓，他们怎样愿意仍依旧主，助成大事，今天怎样冒雪来见的话，一一说了。福田道："好极好极，酒已端整了，只差下了雪，没有鱼，我想去打几个鸟来，要是没有鸟，就是人也好。"说着咯咯地笑了一阵。关风道："长松林里或者有几只饿坏了的小鸟，我们刚才打从那里来，就掉下了一头小麻雀来。"栾光见福田手里握着一支鸟铳，腰里挂着一只弹囊，别的倒没有什么，就跟在他的背后，故意走得慢些，低低地对逢乐说道："我们就在长松林里下手吧！我对付关风，你对付福田，谁先得了手，谁来相助。"逢乐答应了，默默无声地随着下山。

到了树林里，福田把弹子塞满了鸟铳，正要向树上一个大鸟巢放去，逢乐急忙抢前几步，从背上摸出了那朴刀来，从左面觑准了福田的颈上，用力地一劈，只听得啊的一声。

后事如何，下回分解。

评曰：除拳匪巨憝，即用其党羽，所谓即以其人之道，还治其人之身，何等干净，何等便捷。

妇人贪小，随处可见，借几尺布，杀一元凶，却以轻描淡写写出之，正如烈风雷雨以前，必先以燠暖之天气也。

关风之妻，心计甚工，其词闪烁，若明若暗，令人难以捉摸，且熟于麻衣相法，大是奇事。作者包罗万象，笔下无异一秦皇镜也。

长松山从平地突然而起，文势突兀，文情紧凑，妙在前后两事，相隔未久，而一笔不复。此回更写得生动绚烂者，以有雪为背景也。只在长松山下了结曹福田者，所以避重复也。

关风颇有城府，与栾光对答，处处以退为守，然毕竟入彀，非栾光辞令之妙，乃作者锦心绣口处。

第二十三回

完巨案雪花拳雨
话故事髻绺烟丝

话说常逢乐的朴刀，正向福田的左颈劈去，福田的左眼梢已有些照见，心上甚是惊异，急忙把鸟铳转过方向，把铳机扳动，那弹子就接一连二地射出来。逢乐忙把身子闪过，弹子只着在树上擦过，一粒也没有着身，蹿到后面来，又是一刀，向福田背上劈去。福田转过身来，再扳动铳机，争奈弹子已完，要想重装，又来不及，便把鸟铳倒过来，铳管当作柄儿握在手里，抵挡逢乐的朴刀，喝道："你敢是发疯了！"逢乐道："我们特来寻你，难得你上了我们的当，也见得天网恢恢，疏而不漏了。"福田把鸟铳打过去道："我以前也没有亏待你，你何故如此狼心狗肺？"逢乐也把朴刀撩开鸟铳，向福田中心直刺道："你才是狼心狗肺，搅得四海沸腾，两宫播迁，国家受着重大的耻辱，真是人人得而诛之呢！"福田不再答话，只用力地抵御。那地方上积雪松浮，脚踏滑挞，一个不留神，身子就斜了几斜，几乎跌下去。逢乐乘此机会，飞起右脚，把他手里的鸟铳猛踢，那鸟铳就扑的一声，离开了福田的手，飞到树林里去了。逢乐随手一刀，直刺福田的胸口，用力太猛，福田索性向地里跌了一跤。那刀没有刺着，落了空，逢乐的身子也站不稳，正扑在福田的身上。逢乐把朴刀放在地上，用两手拖住了福田的头颈，成了一个水蛇盘蛙势，紧紧抱着不放，再用膝盖向福田的小腹撞去。福田用尽平生之力，只挣扎起一半的身体，也用两手向逢乐的腰间打来。逢乐一个鲤鱼翻身势，把下半身翻下地去，把两手钩住福田的头颈一拖，再把上半身竖起来。那时候福田已覆卧在逢乐的腿上，逢乐放了右手，捏成了拳头，在福田的背上猛打。福田要想挣脱，可是颈上给逢乐的左手揪住，哪里能够动弹。逢乐把他打了一百多记，已打得他哼哼不绝，然后把下半身腾出来，蹲在地上，福田就着着实实地扑在雪地上。逢乐成了武二郎景阳打虎的模样，打出了性，连福田在第几记上断了气，也没有知道。直等到栾光走来问逢乐怎样了，他才用手去摸摸福田的嘴，已冷得和冻狗肉一般，方知已给他打死了。

　　逢乐立起来还不放心，再用脚踢几踢，已是全身并动，便向栾光道："怎样了？"栾光道："关风又没有带武器，自然不济什么事的。可是他手脚很快，见我的戟从背上拔出来，他已脚里明白，向山上逃去。我急忙追赶，争奈地上积雪很滑，我又不比他路径熟，真是晦气，又给一块大石头绊了一跤。等到我立起身来，他已逃得无影无踪了。"逢乐跳起来道："怎么你竟放他走了！"栾光道："谁放他走的，我赶不上他是真的。"逢乐道："糟了糟了。"栾光道："我们本来只要除掉曹福田，那关风不过是引子罢了，我们饶了他一条狗命，未尝不是好生之德。"逢乐道："你还要说冠冕的话，你可知道，他这个走了，一定要去和余党说知，说不定要来报复，不是从此多事么？"栾光道："现在大功告成，正好早早回去复命，我们又没有把大马集的事告知关风，就是他要报复，天下之大，何处去找寻呢？"逢乐道："那么我们把这尸首抛在这里走吧！"栾光道："我们还去，也得带一点凭证去才好。"逢乐把雪里的朴刀拾起道："割下了头，带还去吧！"栾光道："不行不行，这血淋淋的一颗头，带在身边，岂不讨厌？倘然给人照见了，又添许多麻烦。"逢乐道："我们上山去寻寻看，有什么凭证。"栾光道："山上一定有人在着，我们上山去，少不得又要打一回，何苦呢？"

正在说话，听见林外脚声杂踏，栾光道："不好，已有人来了，我们快走吧！"两人便急忙穿出林来，径还南门。到客店里，算清了账，动身还大马集去，告知鸿运。鸿运就写了一封信给无功。那关风逃了性命，从别路走上山去，告知余党，各带武器下山。到了长松林，两人已走了。他们见踪迹已远，也不再追赶，把福田的尸首拖上山去，买棺成殓。他们失了头领，也就散了伙，只是大家相约，打听得两人在什么地方，必须前往报复，仍旧借关风的家里，做一个通信的机关，这是后话。无功得了鸿运的信，也答了一信，虚与委蛇，两下等继武寻得了心雄，再定办法。

那继武向堂邑县行来，一路上只是不管闲事，到了堂邑县，打听得丁慕仁已到桂林去了，因为他接到心雄一封信，说是台湾的唐总统，奉了清廷的诏书，征兵勤王，他老人家赤胆忠心，又是素恨外人的，所以就在桂林地方，和当地的英雄豪杰，商量集合义师，北上解围救驾。心雄在半路上得了信，已星夜前去，要慕仁去助他。慕仁见是心雄的旧主，自然高兴，所以急忙动身，留一封信在家里，预备有旧友来找他，都请他们到桂林去相助。继武心想这事又空忙了，清廷早和外人议和，还用得着什么勤王兵？那唐总统到底不脱书生之见，真的义师北上，也未必能克奏肤功呢！我还是出关去吧。也就留下一封信，在慕仁家里，告诉他远道来访，不能相遇，现在到奉天去，暗植基础，以为将来之用。你们倘然肯来，不胜欢迎，否则各行其是，只要大家牢守着这个大宗旨，将来自然有异途同归的一日。他写好了信，仍还奉天不提。

且说心雄和小雅从济南动身，向南行去，在大汶口遇见了台湾的旧部。他正奉了唐总统的命，带了书信，要到堂邑去请心雄,此时见了心雄,省了许多手脚。心雄道:"横竖你已到了这里,索性烦你仍到堂邑去走一遭,那边有一位旧友丁慕仁,甚有本领,请他去得益必多。我来写一封信,给你送去。此时同韩信将兵,多多益善啊!"那旧部依他的话,送信到堂邑去请丁慕仁。

心雄和小雅商量到桂林去的途径,小雅道:"我们到了扬州,再打听吧!"心雄道:"依我的意思,云上师父那里必须去走一遭的,否则此身漂泊,没有了一个指迷的南针,前途何堪设想呢!"小雅道:"这倒不要紧的,我们走桂林,也可以从杭州经过的,不过多几天耽搁,还不算什么绕大弯儿。"两人商定了,就此动身南行,一直到清江浦,换船到扬州。那扬州地方在洪杨以前,盐商荟集,大家穷奢极侈,把市面振起得和京城一般。洪杨以后,局势大变,有几家大户已经中落,剩下的豪情胜概,已大不如前,所以也无多留恋。过了一夜,再渡江到镇江,心雄道:"我以前听见师父说过,这里金山寺有一个和尚,法号静空,年纪已七十以外,是个有来历的人,好像在太平军里做过一番事业的。我们既然到了这里,不可失之交臂,应得去拜访他一回,也见了一位失意英雄,不虚生了两眼。"小雅道:"他既然韬光敛影,恐怕我们没头没脑地去见他,他给一个不瞅不睬呢!"心雄道:"我们只说奉了师父之命,特来拜见,大概也不至拒人千里之外吧!"小雅道:"姑且试试也好。"

到了第二天,两人上金山寺去,到了山下已见殿宇参差,像宋元宫画一般,十分壮丽。到了山门口,望见长江横抹在山脚,波涛汹涌,真是壮阔非凡,一边瞻仰,一边走进山门去。在甬道上瞥见了一个和尚,心雄便上前问讯道:"请问这里有一位静空法师么?"那和尚摇摇头道:"没有。"两人再走进大雄宝殿,见有几个和尚正在那里打坐,目观鼻、鼻观心的寂静如死,也不好打搅他们,便转过后殿去,见有一个香火在那里卷纸吹。心雄问道:"请问这里有一位静空法师么?"那香火起初也还说没有,后

159

来忽说："有是有的，不过现在已离开这里了。"心雄道："可知他到哪里去了？"香火道："这个不明白，因着他在这里住了两年，一些儿经忏也不会念，当家师父有些厌恶他了，他就赌气走了。"心雄道："他在这里，可有最相好的法师？"香火道："说来可笑，他的脾气实是奇怪，这里大大小小老老少少，差不多有一百多位师父，可是没有一个同他讲过十句话的。他平时也只坐在禅房里打坐，其实也不像别的师父们的打坐，不知道他在那里转什么念头。你去问他十句话，他在高兴的时候，不过回答你一两句，倘然不高兴，连一声也不响的。你想这种脾气，还有谁和他相好呢？"心雄道："听说这位法师，年纪已很大了，还要到哪里去呢？"香火道："这叫作人老心不老啊！不知你要打听他何事呢？"心雄道："我是他的同乡，这回到江南来，知道他在这里，趁便来望了他，问他可有什么话要带还他的俗家去。"香火道："你当真要知他去向，还是到山下去问一家铁店，那店里也有一个老者，常上山来和他谈天，虽是也没有什么话，看去还算亲热，那静空师父闲着，也常到他的店里去的。这天也是凑巧，我偶然下山走过那里，见他们俩相对着坐在店里，等到我从城里去了一个转身，还上山来，见他们俩还是像参禅似的对坐着。因此我料想他们俩是最亲热了。他到什么地方去，铁匠那里说不定留一句话的。"

　　心雄便和小雅在寺里走了一个周遍，下山来果然见有一家铁店，柜台里坐着一个须长及胸的老者，在那里吸旱烟。那旱烟管粗得像禅杖一般，已是可异。心雄上前拱拱手道："我要问一个讯。"那老者略略欠身道："要问哪一件事？"心雄道："这金山寺里有一位静空法师，老丈可相识的？"那老者道："要问法师，上寺里去问就得啦！"心雄道："我们已去问过，他们说早已离去了。"老者道："既然不在寺里，就完了。"心雄道："他们说这法师和老丈有过往来，或者知道些去向。"老者道："又是谁多说多

160

话了。我是俗家人，和出家人往来，也不过是敷衍应酬，走路谁去管他。"心雄道："我们是济南云上法师派来拜访他的，不得个着落，难以复命了。"老者道："是云上法师么？他现在在哪里？"心雄道："在杭州。"老者道："大概他也上杭州去了。"心雄道："既然上杭州去的，怎么云上法师没有见面呢？"老者道："我也不过听过他常常提起云上法师。他在临走的前几天，还说过要去找云上法师呢！"

心雄对小雅丢了一个眼色，小雅暗暗笑了一笑。心雄再拱拱手道："老丈有工夫请去喝一杯酒，还有几句话要说。"老者道："这倒不必，倘然有话，不妨直说。这里没有别人，他们在做工，不管我们的事的。"心雄、小雅便走进柜台里去，在他对面的一条长凳上坐下，老者唤一个学徒来送了两盅茶。心雄道："这静空法师的来历，老丈想已熟闻了。"老者道："略知一二。他正为了以前的瓜葛，所以怕和人说话。"心雄道："我家云上法师，为了他年老了，想请他去一起住着，设有不测也有了照应。"老者道："我看他虽已上了年纪，精神还是和壮年一般，否则他也不致离开金山寺了。"心雄道："江南一带，认识他的很多，他往来不怕惹眼么？"老者道："到底成了出家人，谁也不留心了。"

心雄道："他以前的膂力，很是出众，不知近来还济事么？"老者道："我虽没有和他较量过，但见他做过一件事，便知道他气力一点儿没有减。"说着把旱烟管向柜台外一指道，"这个铁砧，也有七八百斤重，那天我们收拾东西，只碍着铁砧，要想把它移过一些。店里十几个伙计学徒，合力推移，休想动得分寸，我正要动手，他忽然来了，便有一个伙计道：'静空师太来帮我们的忙了。'他问何事，伙计对他说了，他道：'倘然我给你们移动了，须得请我吃一顿素斋。'伙计道：'可以可以，不过你移不动时，也得回请我们一顿酒肉呢！'他道：'自然如此。'说着卷起了两袖，把两手捧住了铁砧，微微把身子一蹲，轻轻把两臂一

161

撮，那个铁砧就捧了起来。他面不改色，很自然地问道：'放在哪里？'那伙计故意作难他，说向左移过一尺，等到他要放下时，又急忙止住他道：'太过头了。'他就捧着移过一点儿，伙计又说'再向左些'，他又捧向左些。伙计又说'要向右些了'，他又捧向右些。足足捧了有半刻钟光景，他发怒道：'我不要吃你的素斋了。'蓦地把铁砧放了下来，顿时砰的一声，地皮都震动的。你瞧不是已陷下了三四寸么？"心雄十分惊异，便问："寻常铁店用的都是木做的砧，何用这么笨重的铁砧呢？"老者微微笑了一笑道："这其间也有一桩小小的故事，今天索性告诉了吧！"

后事如何，下回分解。

评曰：栾光探福田踪迹，其功已著，故奸除福田，假手逢乐，作者不肯使偏枯也。放走关风，自然读者亦为之扼腕，然不如此，不能生出后来许多文字，读者正应感谢栾光，不必再讥笑彼之不济事耳。

桂林勤王，随起随落，所以为了结唐薇卿地步，而引出石尤岛也。

做一日和尚，必须撞一日钟，住两年而不念一卷经，宜当家之挥之门外矣。然而日日念经，甚至念经念得倒背如流，怎及静空和尚之大功德耶？

一铁砧却写出两人的膂力来，信手拈来，都成妙谛，作者有之。

第二十四回

月黑天昏擒小丑
酒酣耳热数家珍

话说铁店老者对心雄道："二十年前，这长江边来了一个水怪，昼伏夜出，专一捕食猪犬鸡鸭之类，弄得江边几百家小户，不敢高枕。有的到江西龙虎山请张天师的符来，化了没有用；有的到苏州穹窿山请道士来打醮，也是影响全无。因此大家疑神疑鬼，竟有说猪犬鸡鸭吃完了，要吃小孩子的。我听了甚是狐疑，以为妖魔鬼怪，都是迷信之谈，天下哪里真有这等神异，中间一定另有别情。我便在晚上，暗暗走到江边侦探，一天，也是事有凑巧，在一家铁店的门口，远远瞧见有一团黑影，从江上跳起来，很快地走来。我便闪到间壁一条小弄里藏身，探出头去张看，见那黑影已跳上了铁店的屋面，我仍不动，等了一会儿，屋面上有声音了，方才那黑影已从屋面跳下地来了。我那里乘其不备，从小弄里追出去，急切找不到什么掷远的东西，见门口放着一个水砧，便捧了起来，追上几步，用力向前一掷，那黑影竟给我掷中了，伏着不动。那时天气昏暗，走过去也辨不出是人是物，我便发一声喊，唤醒了许多人，睡眼蒙眬地走出来，一时灯火杂举，照见那木砧正压住了一个全身黑衣黑裤的人。我把木砧移开，那人已气息奄奄，身下还有两只鸡，给他压扁了。那时铁店里的女店主也走来了，见了两只鸡，嚷道：'这两只鸡正是我

163

们的，怎么我们没有听见声息呢？'大家齐说："原来是个偷儿，不是什么水怪。'便你一拳我一脚，又把他结结实实孝敬了一顿，自然不能再活了。从此江边就安靖了许多，他们要送东西给我，我都谢绝不要，后来他们合钱买了七百斤的铁，用三十多个人扛了来，放在我的门口道：'你要是再客气，我们也不来扛还去了，就是扛还去，放在哪一家好？'我就等他们走了，捧进门来，可是这么一来，又引起了许多人的少见多怪。替我的铁店题了一个名儿，唤作千斤砧孙铁店。"

心雄道："原来老丈尊姓是孙，还要请教大名。"老者微喟道："不用说吧！"心雄道："说了好教以后记念。"老者道："浮生若梦，何必记念？"说毕，把旱烟管换了一袋，送给心雄，心雄推辞不吸，转让给小雅。那小雅提在手里重沉沉，估量起来，至少也有三十斤，却是紫铜所制，心上不仅纳罕，也推说不吸，还了他。老者道："两位既和云上法师相识，大约也是同道，一晌在哪里得意？"心雄小雅都打了些谎，只说东西奔波，也没干过正当的事业，现在想从军去。老者摇摇头道："从军真乏味儿，试问这么的朝廷，还有发愤图强的希望么？尽你有天大的本领，要是没有提拔，便到头白老死，还是一个弟兄。眼看着混账王八蛋今天升一级，明天记一功，便是肚皮宽展气不死，也得减去十年的寿呢！"心雄道："老丈的话，果然不差，可是我们还在少年，难不成浪荡了一世，对得住平生所学么？"老丈道："两位志不在小，确是佩服，不过现在隐伏乱机，天下从此多事。单就长江一带而言，党会的潜势力，很是厉害，倘然能够把他们联络起来，倒很有些事业可做。"心雄道："以前正因着太散漫了，所以此起彼仆，难于成功，并且那些主持的人，又不是不学无术，还是一肚皮帝王思想，有时喜欢把神道愚民，一旦失败，便同摧枯拉朽了。"老者不住地点头道："所见甚是，可惜老夫多了二十年年纪，否则我也要追随诸位之后呢！"心雄见时候不早，便和小雅告辞而出。

第二天雇了船，沿着运河，一直到杭州。到了杭州，先上灵隐寺去打听云上和尚，却不在那里，又到天竺、云栖、理安、龙井几个大寺里去访问，也没有消息，心雄甚是怅惘。小雅道："看来他又到别处去了。"心雄道："唐总统在桂林渴望我们已久，我们且到那里去吧！"因此便又水陆兼程，一径到了广州城，在万安栈里住下，打听上桂林的路程。见门前簇拥着一丛人，中间立着一个汉子，在那里卖大竹。长的有七八尺，短的也有三四尺，都是粗得有碗口大。他说了许多话，没有一个人去买他，他便把许多大竹扎起来，掮在肩头走了。小雅见他举步轻快，估量这一捆大竹，至少也有一百多斤，此人举起毫不费力，一定有些气力，便喊道："卖大竹的过来。"那汉子听见了，立住了，回过头来一看，小雅向他招招手。他转身走来，把肩上的一捆大竹放下来，问要哪一根。小雅道："这大竹从哪里来的？"那汉子道："从广西桂林截来的。"小雅道："桂林到这里很远，路又难行，你贩这粗笨的东西未免太不合算了。"那汉子道："这大竹不是花钱买来的。"小雅道："这话奇了，不花钱买来的，难道去偷来抢来不成？"那汉子道："你猜着了一半。我到桂林投军不成，要想还来，苦于没有盘费。那桂林的山里，天生成无数的大竹，我向他们要一根，那山上的人说：'只要你拿得动，就是几十根几百根，也尽着你拿。不过有一件，不许用锯来解的。'我就随手折断了五十几根，他们见了，甚是惊异，任着我拿了走。我在路上卖掉了几根，总算吃住靠它应付，谁知偌大一个广州城，倒难得主顾。"

心雄听了也动了怜才之心，便招他到里面。他把大竹放在庭心里，走进了房间，坐下来。心雄道："没有请教贵姓，这回到桂林去投的哪一处的军？"那汉子道："我姓韦，名起白，为了有人说起台湾的唐总统，在桂林起兵勤王，我便想去投他。谁知到了那里，唐总统已去世了。"心雄大惊道："什么话？"韦起白道："已去世了。"心雄不禁滴下几点眼泪来，对小雅道："我真是所如辄左了。"起白见状，甚是奇异，急问心雄和唐总统有何关系。心雄拭干了眼泪，把以前的事原原本本告诉了。起白道："我们可算同是天下沦落人了。"心雄道："韦兄的平生，可能请教些？"起白道："说来话长，我和两位到酒店上去畅谈吧！"心雄道："好，好。"三人就同出万安栈，在附近一家酒楼，沽了几斤酒，做了些菜，一边饮酒，一边谈话。

起白道："说起来甚是惭愧，先祖讳冬暄，还是一个武孝廉，他平生豪迈不羁，又是很有些膂力，常在家里后园里练习武艺。那后园里有一个石鼓，有五百多斤重，他老人家把脚踢得像木头一般轻易。自己知道这是蛮力，没有大用的，要想请一个教师来，得些秘术。可是来了几个，都是虚有其表，全无实力。后来听得香山县前山乡金公济家有一位拳师，诨号烂头何的，甚是出众。本来也是世家子弟，中落以后，便在少林寺醉痴和尚那里学拳。那醉痴和尚有八个高徒，烂头何称第一，学成了走遍南北，没有所遇，便仗着卖药糊口。那金公济的父亲，常常借钱米给他，知道他很有本领。公济又是喜欢弄拳棒的，就请他做了教师，教了五年，烂头何把所有的能耐完全给公济学会了。先祖知道了，便用重礼去请他，他起初不允，说公济是个书生，深知谨慎，他学会了绝不会惹是招非的。先祖也赌誓说：'我也能韬晦的，不从所誓，死于非命。'烂头何见如此决绝，便到我家来。

"先祖学了三年，自负已是不凡。一天喝醉了酒说：'除掉师父，恐怕我也可以独步岭南了。'烂头何冷笑说：'你不要目中无人，就近而言，金公济已不是你所能敌了。'先祖听了，默然不响。到了明天，特地到前山乡去访金公济，谁知烂头何当时默察先祖的神色，已揣知必去较量，便连夜告知公济，并且叮嘱他顾念同门，切不可下毒手，致他死命。因此公济已预先派人在路上相迎，请先祖到金姓的祠堂里。那祠堂里满列着许多武器，先祖说：'久闻足下从何师傅学得武艺，甚是可观，今天特来请教。'公济道：'可以可以，不过倘然失手，冒犯阁下，请勿介怀。这里许多武器，请随便拣一件吧！'先祖练得最熟的是单头长棍，便拿下来，执在手里，说：'请你也拣一件拿手的。'公济在架上取了双头短棍，一齐走到后面广场上，便你一棍来我一棍去，大家使出全身本领来。起初功力悉敌，不分高低，两人的棍高高低低，起落进退，使动得呼呼风声。随着来看热闹的，都倒退在墙边，咋舌无言。先祖在使得起劲的当儿，把身子一蹲，使一个腾蛇钻穴势平举了长棍，猛向公济的脐中直捣。公济急忙把身子一跃，跳到先祖的背后，使一个俊鹘摩空势，把短棍从上面直点先祖的拇指，那长棍就落在地下，再收还短棍，向先祖的臂上一点。先祖立脚不住，就向前跌了一跤，急忙立起来就走。

"先祖还到家里，羞愤交并，甚是难堪，便去怪怨烂头何，同是弟子，为什么厚于彼而薄于此。烂头何说：'凡是学武艺的，第一须戒急惰，急惰的人，便有名师也不会学成的。老话说得好，拳不离手，曲不离口，又说熟能生巧，可是学不成，也就罢了，没有什么大害的。最忌的是骄，一有了骄心，已学的就不能常保，未学的难以再得，并且病从口入，祸从口出，偶然失言，夸示于人，人家就来乘虚而入。天下之大，奇才异能正多着，无论什么学问，哪里能说学完呢？我不肯把所有的全行传授给你，正为你年少气浮，容易骄惰，所以留几种秘法，等你功夫涵养到七八分了，再教你。现在你受了这次挫折，或者可以把骄气压低些了。你能从此刻苦练习，我尽可以慢慢地教你了。'先祖就深自引咎，又从他学了一年多，已把烂头何的本领都学成了。烂头何也就还公济家去。后来先祖从军，积功至副将。那时广西藤县有大盗赵金龙和他的妹子赵金凤造反，占据了排云岭，拥有数千兵马，声势甚壮，官兵屡次去攻打，屡次败下来。知道先祖有名师传授，甚是勇武，便调去会剿。那些强盗平时也听得先祖的威名，所以打了几仗，都是闻风而走。先祖到底吃了性躁急功的亏，便趁着一夜大风大雨，独自骑了一匹马，从排云岭的后面走上去，窥探他们的虚实，一不留神，误踏陷阱，连人带马一齐跌下去。那边伏兵四起，各用长枪刺他，可怜先祖就死于贼手。"说到这里，撑不住眼泪就簌簌地落下来。

心雄道："后来怎样？"起白道："后来先祖母去报仇的，但是仇虽报了，自己也饮刃而亡。"心雄失惊道："又死于敌人之手么？"起白道："不是。说起先祖母，也是一个奇女子。伊母家姓蒋，小名燕燕，是江西人，自小习武，能跳过一丈以外的高墙，还练得一手飞锤。在五十步以外，杀人如破竹。伊的父亲是走江湖卖技的，伊随着走绳索玩儿石担。到我们的翠微乡来，先祖瞧见了，便用重金动了伊母亲的心，把伊聘为侧室。先父就是伊所生的。先祖去攻打排云岭，伊装成了男子，寻到那里，假作从军，在营里充当先祖的亲随，大家都没有觉得。几次胜仗，伊总是助着杀上阵去的。先祖去探敌，伊还竭力地劝阻，争奈先祖性情拗执，不肯听话，恐怕伊要跟去，瞒过了伊前去。等到第二天，山上把先祖的遗骸送来挑战，先祖母就指挥部下，用诱敌之计，把赵金龙引入重围，亲手飞起铜锤，打得赵金龙的头像撞碎了的西瓜一般，顿时脑浆四溅。先祖母见大仇已报，便哈哈大笑，自己抽出佩刀来，自刎而亡。"小雅举起了酒杯道："快人快事，我们好浮一大白了。"三人各饮干了。

心雄道："那么令尊得贤父母家学，一定也是了不得的人物了。"起白道："先父虽也在幼年学得些基础功夫，可惜不寿，生我不肖，不到五年，就去世的。至于我呢，真是惭愧，不要说先祖父母的余烈一些儿没有保存，连先父的家法，也完全忘却。现在所有的，不过皮毛罢了。"心雄、小雅都说太客气了。起白道："这是真话，先父已不及从烂头何了，从的乃是烂头何的另一弟

168

子唐家六，他和公济是亲戚，家六的父亲因着那时太平军已起义，各地纷然杂起，膝下有六个儿子，想请烂头何来教些武艺，好做自卫。那时烂头何因着各地慕名来要他去做首领躲在公济家里，不敢出头露面。听见唐翁请他，正中下怀，便悄悄地到了唐家乡。唐家翁把六个儿子都喊了来，烂头何说：'我的武艺从来不肯随便教人的，须得先试一试，看谁最合格。'说着拿十几只破碗，他把破碗敲成了无数的小块，撒在地上。"小雅道："这有什么意思？练轻身法么？"起白笑道："且慢，让我喝了一杯酒，润润喉咙再说。"

后事如何，下回分解。

评曰：长江除怪，与黄河除妖，又是遥遥相对，然一则实写，一则口述，一为正传，一为穿插，一详一略，妙有分寸。

此书全无神怪，一洗今年来武侠小说作风之弊，一妖一怪，无非作伪。老铁匠所谓妖魔鬼怪都是迷信之谈，一言道破，其功非小。

革命工作，在此一逗，大道理却在铁工口中道出，草莽英雄，岂可小觑？

心雄、小雅欲赴桂林，为起白而止，一面了结唐薇卿，一面引起石尤岛，故此回为全书一大转捩之机。

学习武艺，戒骄戒惰，诚是正论，从来有气力者，因犯一骄字，闯祸不小，烂头何之言，可做一般学习武艺者之座右铭。

起白述先世功烈，简洁明白，若加渲染，可得数千言，此即作文纸宽中求仄法。

第二十五回

守师训虎尾脚失传
诳海船石尤岛探险

话说韦起白喝干了一杯酒，接着说道："这个烂头何甚有心计，他把碎瓷片撒在地上，命唐家六个儿子，脱去了上身的衣服，赤裸着卧在上面，要翻一个转身，能够不怕痛翻过去的，方能受教。大二三四五，一个个挨次奈痛翻过，一个个身上皮破血流，却谁也不肯说一个痛字，都是自命勇者，只有第六个名唤家六的，立在旁边不动。五个老兄都笑他怯懦，唐翁也责备他。家六说：'学武艺，是保卫自身，成功与否，现在还不能预料，却先把父母的遗体伤残，有什么意思呢?'他说完了，转身就走，倒弄得烂头何有些不好意思。他一面把伤药拿出来，给受创的敷涂。过了几天，一个个疤落生肤，却还不传授他们，大家都有些疑惑。又过了几天，烂头何忽然对唐翁说：'我前几天把小方法试试诸位令郎，不过是要察看他们的性情，五位令郎都是自命勇健，将来学成了，恐怕要好勇斗狠，闯下大祸。单是六郎，安定静穆，一席话很有道理，辨别事理，甚是清楚。我看他最可造就，我想专授他一人，以副先生的雅望。'

"唐翁听了，没有话说，就令家六专心从着烂头何学习。足足学了五年，烂头何对唐翁说：'我所有本领，已完全传授给他了。'唐翁十分欢喜，可是家六还嫌未足，以为师父一定还有几个秘法，留着未教，便屡次请和他较量。烂头何只是不答应，推说：'我和你已不分高低，何苦白费气力？'家六不信，一天，握着一把三尖两刃刀，直趋烂头何说：'今天要和师父见个高下，请师父不要动怒。'烂头何避他，并不抵抗，家六一步紧一步，把烂头何直逼到屋角里，那三尖两刃刀从头上直劈下来。那时烂头何见再不抵挡，说不定要吃他的亏，一世英名，败在孺子手里，未免不值，当下便转一个身，把右脚反踢过去，不偏不倚，正踢中了家六的肾囊。家六的全副精神，都用在上半截，没有留神他从下面踢来，一时忍不住痛，便跌倒在地，顿时面如土色，一口气就转不过来。烂头何去见唐翁，把上项事告知，并说：'抱歉得很，把六郎误杀了，请你治罪吧！'那唐翁倒很旷达，说：'不干何先生的事，这是小犬自己寻死，他这么的鲁莽，就是学成了，也归于无用的。况且我还有五个儿子，死掉他，没甚可惜。请何先生不必介怀，倘然何先生肯改教其余的五个儿子，我还感激你呢！'烂头何听了，更是歉仄，虽是唐翁宏量，到底硬生生把一个活泼泼的少年致死，心上总是不安，便走到家六的尸首边，用手向尸首摸了一个周遍，对唐翁说：'他口里的气虽已断绝，他身体中的生色，还没有尽，或者还可救咧！'急忙到箱子里去寻出一包药来，约莫有一茶匙的多少，要了些陈黄酒调和了，撬开家六的牙关，慢慢地灌进去，总算还能淌下咽喉去。

　　"隔了一刻钟光景，见面色渐渐有些活气，霍的一声，从嘴里咳出许多紫血来，顿时五官四肢都渐渐地活络起来。把他扶起半身，接着又吐了两次，都是殷色的污血。又隔了些时，突然立起，对着烂头何叩头道谢说：'这个方法给我学会了。倘然不是我冒死相逼，恐怕师父永远不把这秘术教我了。'烂头何叹一口气道：'这一脚名为虎尾脚，当时醉痴师父只传我一人，他知道我是十分谨慎的，所以才肯教我，并且叮嘱我切不可轻易传人，宁可把它失传的。因为这一脚须运用全身的内功踢出去，任你眼

171

明手快，不易防备的。踢着，有死无生，我非山穷水尽，决不施展出来的。不过你也得牢守先师之训，千万不可自恃秘法无人可破，时时运用，有伤天和，更不可妄授非人，贻误后世。'家六唯唯受命，所以先父从家六学艺，别的都已学成，只有虎尾脚没有学得。"

心雄道："可惜可惜，便是我云上师父也是少林嫡派，没听见他说这一法。"起白道："还有家六传给先父有一种唤作点穴法的，也很厉害。大概这些拳术，都是内外兼修的。"心雄道："韦兄可曾学得？"起白道："没有，我只见家里藏着一张人身全图，上面用朱笔圈出七十二个穴道来，每一个穴都有一种名目的，只不知道如何点法。"心雄道："我只学得太阳穴、涌泉穴两处，虽也说是点穴，恐怕不过小巫而已。"小雅道："是不是用一指直点的？"心雄道："这点法须夹杂在拳术里，趁敌人不防备的时候，把全臂膊的气力运用到无名指和中指之端，要迅速敏活，觑准了穴道，猛力点去。倘然给敌人觉得，必须立刻收回，把气力运散，方能照顾敌人的反攻。这点穴也是急应法的一种，非在无可抵御时，不可乱用。总而言之，我们习练武艺，只要能够把敌人的家数一一破却，使敌人不能中伤，已足够了。倘然敌人是个万恶不赦的元凶巨憝，势非致他死命不可的，那才可以用些急应法。否则我们在江湖上往来时，时常因着三言两语，两下龃龉，各自不服，伸拳就打，入手就用那些厉害的方法，一来太性躁，容易误杀好人。二来给对方破却了，就没有第二步可走。我们和对方交手，须有再接再厉的精神，用得寸进寸的方法，去应付才是。大家有了惺惺相惜的意思，就可适可而止，两下无伤了。"起白道："万兄高见，顿开茅塞，今天相遇，真是三生有幸了。说了半天的话，连酒都忘喝了，我们喝一个畅吧！"便唤堂倌过来要做些菜。

那堂倌煎熬炒焄，连珠似的背了几十样菜来。起白道："可有什么时新的海鲜，做几样菜。"堂倌道："本来广州城里的菜，天下驰名的，近来海面上很不太平，那些渔船都不敢开出去，所以竟没有什么新鲜的东西。"起白道："随便什么可口的做两样来吧！"心雄道："酒逢知己千杯少，我们喝酒，倒不必要许多的菜。"起白道："说起这海盗的事，我不自量力，单身到过石尤岛，争奈赤手空拳，奈何他们不得。他们那里很有纪律，把弹丸之地，看作一个大国，治得有条不紊，一切防御的布置，也很周密，所以我不敢动手。倘得两位相助，我们倒可以去试试，也替民间除去隐害。"

小雅道："石尤岛在什么地方，离开这里有多少路？"起白道："石尤岛是西沙群岛之一，就在广州的南面，官府只是怕事，不敢问讯，因此那些海盗，就盘踞了有恃无恐。离开广州不过一百多里，实在也容易前去。听说岛上有两个有气力的，一个唤作大冯将军，一个唤作小冯将军，是兄弟二人，也是捉海鲜的出身。自从台湾澎湖割给日本以后，那倭奴便成群结队地来，向附近的小岛占据，本来是荒芜不治的，他们就老实不客气地在岛上屯田垦荒，倘然已有海民住着，他们便竭力勾结，互相往来。偌大的海面，出产何等丰富，只要你有胆量，到海里去捞摸了一天，总可以敷衍十多天的吃喝。那些捉海鲜的，沿海各省何止几千几万，分明老天给他们一个大大的府库，尽着去探取，自由得很。有了这些海盗，就不行了，辛苦了一天，给他们连人带船货一齐抢去，少壮的胁迫着附从他们，老弱妇女赶着上岸，有时就推在海里，真是残忍凶暴，十分可恶。"小雅道："既是韦兄到过那里，路径是很熟悉的，不妨领我们去走一遭，倘然能够剪除凶恶，也是一件好事。"起白道："好极好极。依我看来，我们三人同去，绝不妨事了。"心雄道："且慢，他们既和倭奴通同，军火一定很充实的，倒不可疏忽，须得仔细商量。"起白道："我有一个亲戚，姓郭，排行老四，他有几只海船，以前常在广东福建一带往来。现在也因着海盗，不敢出门，我去问他借一借。"心雄道："我们都不会摇船的，他要是不敢去，那就糟了。"起白道："此人爱钱如命，我们只消把雪白的银子欷动他，只骗他说，到那里去寻矿苗，答应他将来开了矿，分些给他们，没有不高兴的。"心雄道："那么明天请你先去探探他的口气再说。"当下菜已来了，大家又喝了几杯。吃饭散席，心雄也就留起白住在一起，谈谈说说，到了半夜过了，才各入睡。

第二天吃过了早饭，起白去找郭四，谁知郭四怕强盗，坚执不允，起白来回复了。小雅想了一想说道："有了有了，我们如此这般前去，他自会上钩了。"便和心雄、起白同到郭四家里。起白把两人介绍了，只说都是南洋的华侨，开矿的老手，小雅便说："前年西洋人到过石尤岛，发现有石油的矿苗，所以叫作石油岛，这石油就是我们常日所用的火油，销路何等广大，将来一定可以发一笔财，我们去抢他们的先，不是一个很好的机会么？"郭四那时有些心动了，便问道："你们到那里，有几天耽搁？"小雅道："他们只消上岛去验一验地质，就要走的，他们就是看见了，也来不及打。况且我们身边都有手枪，一枪打出去，可以连杀十几个，怕他什么？不信，你瞧。"说着请心雄把身上带的那支手枪拿出来，给郭四看。那时郭四已十分有九分深信不疑，便答应了，约定后天动身。心雄给了三两多碎银，算定钱，仍和小雅、起白还客栈里去。起白笑道："这么的大谎，恐怕柳兄也是第一回吧！"小雅道："处世本应因人而施、因地制宜的啊！"

过了两天，三人都带了武器，坐着郭四的船，摇出珠江，一直向南。那西沙群岛有好几个大岛，石尤岛已经算小的了，但是周围也有十多里，上面树木葱茏，甚是繁盛。在相离三四里的时候，已能望见，当真这海面上，冷静得什么似的，不见一只海船。那天却巧是逆风，海船有三道布帆，无论什么风，都可以扯起来的，不过顺风更快。他们从大清早走到晚上，才到石尤岛。

174

起白道："我们转向南面去，那边是山后，甚是隐蔽，不会给他们瞧见的。"在海面上转船，十分费力，要走成一个弧形，才不受风浪的打击，路远了，时候更费。等靠近了岛岸，已是天色深黑。他们恐怕先给强盗知道，把灯点在船艄里，上面盖了板，在板下吃了饭。等过了三更，三人结束停当，握了武器悄悄地离船上岸。

那石尤岛南部是山，北部是平地，这山也并不高峻，房屋都给树木遮蔽了，一点儿看不见。倒是晚上迎面而来的时候，可以望见一些白墙。起白道："我们须翻过这山去，才是盗窟。"三人在昏暗中，披荆斩棘而行，幸亏那些强盗，住在这岛上，已有多时，所以山后也开辟了一条路，给起白先找到了，便曲曲折折地照着走去。不多时已翻过山顶，到了前山，忽见有一点灯火，从山下慢慢地移上山来，起白低声对心雄道："那边有人走上来了，我们且躲在树下避他一避。"三人便伏在路旁的地上，把树枝乱草做了遮蔽。

等了一刻，有说话声音了，一个道："我不信他的话，哪里还有满身是胆的赵子龙转世，赶来七煞上动土？"一个道："宁可走一遭冤枉路，我们还去也好嘴硬了。"一个道："真是见的鬼，前山各口岸哪里有一个影儿，后山更不用说是没有的了。"一个道："我们到了山顶，约略望了一望，就还去吧！费尽了气力，再翻过去，何苦呢！"一个道："不差！"两人一边说，一边已走近三人所伏的地方了。起白把一根长蛇枪向前一拦，在前的没有留神，一绊就跌倒在地，手里的灯笼灭了。在后的咕哝道："这么走熟的路，还要吃跌么？"便立定了不动，给心雄一颗铁弹飞来，打在脑袋上，只听见咯的一声，在后的那个喊一声啊哟，扑的一声，也照样跌下来。起白、心雄都跳了出来，一个踏住一个，小雅道："不要踏死他们，留着做向导也用得着。"心雄道："我们问了些话，放他们起来。"

175

那两个一个朝天，一个伏地。一个背上踏住了，只仰起了头喊大王饶命；一个胸前踏住了，连气都透不转来，只喊得半个啊字。起白道："大冯、小冯都在岛上么？"伏地的道："在着在着。"起白道："在什么地方？"伏地的不说。起白道："你不说，我的脚要用力了。"伏地的急道："我说我说，在靠东朝北的大屋里，小冯也在那里。这时候还没有睡咧！他们因着得讯，有海船在这里经过，恐怕有人要到岛上来窥探，所以派我们在山前山后巡查他们，正在等候我们回去报信咧！"起白道："这屋子里共有多少人？"伏地的道："共有二百多人，只大冯、小冯最有本领，还有一个女将，也很厉害，其余的都是平常之辈了。"起白道："军火多不多？"伏地的道："不多不多，就是有几根枪，也只装幌罢了！没有子弹，不能放的。现在我已和盘托出了，请你放我起来吧！我本来有肝胃毛病的，这么一踏，又要发作了。我们也是被他们胁迫而来的。天下哪里有甘心做强盗的呢？"起白把脚收回，用手把那人提了起来，随手把他的两手反绑了，从他身上解下了腰带，把他十字花缚住树上，扯下了一块衣襟，塞在他的嘴里。

后事如何，下回分解。

评曰：烂头何与唐家六，可谓有其师必有其弟，虎尾脚以冒死得之，家六自是可儿，然已使读者急煞。

从海鲜引起石尤岛，与《水浒》吴学究说三阮撞筹有异曲同工之妙，夜探石尤岛全在一灯，故写灯凡十数处，此种笔墨，纯从古文中得来。

第二十六回

小遇合仗军事片语
大喝彩惊侠女双刀

话说起白把前面的那个扎系缚定，便去助着心雄，把朝天的那个也依样画葫芦地缚在树上，四眼相对，只是不能开口。小雅拾起了那盏灯，摸了火柴，划上火，点着交给起白道："还是你熟些，打前走吧！"三人便大踏步下山，有了灯，便当得多，又是下山，更走得顺溜。不多一会儿，已到了那一丛房屋的围墙外边。围墙很低，心雄想要跳进去，起白道："我们有了这灯，尽管混得进。把那人引了出来，不是比跳进去瞎撞好些么？"心雄也以为然。三人便兜到前面去，见门口立着一个大汉，手里挺着一根长枪，上面雪白澄亮的枪尖，下面系着一绺红缨，倒也气概。起白提了灯，走进门去，那大汉见灯是自己家里的，自然不来阻拦。起白对着心雄道："大冯将军此刻不知道睡了没有？"心雄道："他还在那里等我们的回信咧！不会睡的。"这么一问一答，更使那汉子不疑。

三人到了第二重门，也有一个汉子，执着大刀立着，见了灯，便问从哪里来。起白道："我们奉了将军的命，去察看山前山后的，现在还来了，相烦老哥去报一个信。"那汉子道："你们自己走吧！省掉我走一趟。并且我在这里有公事呢！"三人巴不得他这么说，就放胆进去。里面是一条甬道，左右一排房屋，

177

都有灯光。起白轻轻对心雄说道："不知在哪一边?"心雄道："那边有人来了，我们劳他做引导吧!"那时正有一个人，从前面走来，见了灯，问道："你们查山还来了么? 瞧见什么没有?"起白用广东口音回答道："我老早说不会有大胆的来撩虎须的，当真白走了一遭，鬼影儿不见一个。"那人已渐渐走近来了，便说道："快些去回报大冯将军吧! 他正放心不下，连酒都不敢喝，飞镖袖箭都端整好了。"起白道："好笑好笑，请你先去通知吧!"那人很高兴，回转身子向左边廊屋走去，一边撩起了门帘，一边大喊道："大冯将军，查山的回来了，没有事，请放心吧!"

那大冯将军名尚德，小冯将军名尚义，同胞兄弟，有八两对半斤的气力，都是使的两把钢叉，面貌也没有差异，倘然两处碰见，竟分不出谁长谁幼。就是立在一起，也只差三四寸长短，因此岛上的人，一时弄不清楚，常常缠误。他们便在衣服上做一个分别，大冯穿的是酱紫色长袍，小冯穿的是品蓝长袍。到了夏天，就在裤带上分别，大冯系的是酱紫裤带，小冯也是用品蓝色的。他们在石尤岛，已有三年之久，手下健儿也是不少，所以远近都知他们的厉害。现在等候查山的还报，在屋子里和一个军事唤作司马雷的闲话，听见了这消息，便说："既然没有事，让他们休息去吧，明天再赏。"

这赏字刚才说出，扑扑扑三阵人来风，已跳进了三个英雄，接着就是一颗圆浑浑黑恻恻重沉沉的铁弹，飞向大冯的眼前来。大冯急忙把倚在身边的钢叉提起来，拨去那铁弹，随手立起来，把钢叉向心雄直刺。心雄的清风剑，岂肯示弱，在他两把钢叉中间，搅得像摇糖鼓儿一般。小冯也从壁上拿下两把钢叉来，挡住小雅的板斧和起白的三节棍。这屋子很小，哪里容得这五个人的盘旋，军师司马雷吓得目瞪口呆，只苦没躲处，却又逃不脱，只得靠紧了墙壁，看他们厮杀。五个人你去我来，我来你去，起初还有些家数，后来碍着桌椅器具，竟不能施展。小雅便抽身过来，把一张方桌翻倒在地上，觉得稍微宽展些。小冯也趁了一个空，跳出屋去，引着小雅、起白到外面。那屋子里更空阔些了。

司马雷见来人武艺甚是高强，恐怕两虎相斗，必有一伤。他便冒了死，伸开两手，钻到剑和钢叉的阵里，喊道："两位且慢动手，听我一言。"心雄把清风剑顿了一顿，问道："有话快说。"司马雷道："我们在此，另有深意，并不是寻常占山立寨的强盗行径，你们倘然要分一杯羹，也可以商量的，何必一见就打？倘然你们不容我们，要我们完全奉让，我们也未尝不可从命的。"大冯道："军师的话差了，我们和他们素昧平生，自问以前也没有得罪过，此番来寻事，正是无理取闹，我们也不能忍受的。我情愿和他们见个雌雄，好教别人以后不敢欺侮。"心雄道："我为了你们劫掠渔船，残杀良民，目无王法，惨无人道，所以来为国家立法，为百姓除害。你们倘然自知不是，束手请罪，我们便暂停干戈，再定办法。"司马雷道："你只是误信流言，须知道我们有我们的主见，我们有我们的准备，恐怕说了出来，你还是吃惊不小咧！"心雄道："你说你说。"

司马雷道："方今朝政不纲，天下大乱，我们住在沿海的，天高皇帝远，更觉得和清朝没甚痛痒，可是时时受着外侮的刺激，却忧惧万分，你不瞧朝鲜、安南，已失了主权，名存实亡么？最近的像台湾，不是也割让给日本了么？倘然我们任着清朝今天送一省，明天送一部，不到十年，我们还有立足之地么？所以我们想在此开一个新境界，能够和各地同志联络，把清朝推翻，另兴新国，最好了。实在不能做到，我们情愿做无国之民，不愿做亡国之民的。"

心雄道："且住，你的话说得果然动听，不过我有一句话问你，你们既然恨着日本，为什么反和倭奴往来，不是引狼入室，为虎作伥的卖国贼么？"大冯道："这话从哪里来的？"心雄道："沿海一带都是这么说。"大冯道："气死我也，我们苦心孤诣，只落得他们如此污蔑!"司马雷道:"凡事不能但凭传说,自古道:'耳闻不如目见。'现在你到了这岛上,不妨住几天,细细调查一下,可有和倭奴往来的形迹,万一给你找到了,我们束手就缚,或斩或剐,唯命是听。"

心雄道:"既是这样,我有两件事相约。"司马雷道:"怎样的两件事?"心雄道:"近来沿海一带的人,怕你们劫夺,都不敢到海上来捉海鲜,这是有关民生的。你们要成大事,第一先要得民心的敬爱,不当使他们怨恨啊!"司马雷道:"这事也有误会,因着我们在此小岛,就地取食,还嫌不够,不能不干些违心的勾当;二来这么的一吓,省掉那些官府来缠绕不清,我们好海晏河清地干事。"心雄道:"此计差矣,粮食军火,果然要紧,可是要取得其道。这些捉海鲜的,都是贫家的百姓,他们只靠在海面生活,你们如何可以断他们的生路呢?至于官府的敢来不敢来,又是一回事,反而因此闹大了,惹起官府的注意,不得清净。"司马雷道:"先生高明,在下佩服得很。大冯兄,决计不用斗了。"

当下向着屋外大喊道:"小冯兄和两位英雄住手,我们话得投机了。"那边小冯正和小雅、起白车轮般打得花团锦簇,哪里听得他的喊。心雄和大冯走出来,各自把自己人的武器架住,各自对自己人说明,大家才各自收下武器,由着司马雷引到中间大厅上,互相通了姓名,便坐了下来。仍由司马雷起立,再把占据石尤岛的意思,说了一遍。大冯、小冯也请心雄、小雅、起白留在岛上,同谋大事。心雄道:"我和柳兄本来要到桂林去投唐总统的,前天听了韦兄的话,才知唐总统已赍志而终,我和柳兄也就中止了。论理在此助着诸位,也是很好的事,不过我和柳兄都要去访寻云上师父,寻着了他,他一定有些机宜指点我们,那么我们做事,也顺利些。韦兄倒很可以住在这里的。"起白不响。

大冯道:"我还有一件事,要向三位说知。这石尤岛面积很小,不易发展,听得在福建浙江之间,有一个因循岛,那里也有

180

人住着，比这里广大得多，并且出产也很丰富，我们能够到那里去才好。"心雄道："既然有此去处，为什么不去呢？"大冯笑道："谈何容易，我们已经派过人去探听这因循岛上的土番，甚是泼野，真是杀人不怕血腥气的。似乎那边也有一个头领在那里布划，所以防备得十分严密，连倭奴也去了几次，打不过他们，从此不敢正眼瞧他们了，我们哪里是敌手呢？"小雅道："我也以为必须预备得充实雄厚，方可前去，现在我们先自练习，等到纯熟了，前去不迟。"心雄道："也好。"

司马雷道："这里的纪律太坏了，就是防备也疏忽得很，三位到此，如何没有一个人知道的呢？况且前面有两重门户，各有守门的人，怎么放着三个陌生人进来，全不问讯的呢？"大冯也怒道："真是岂有此理！这两个守门的，非重重治罪不可！要不是三位都是同志，今夜的一次恶斗，不知道如何结局呢？好不可险！"起白道："这倒不能怪他们的，我们得着了你们派出去查山的一盏灯，这灯上有石尤岛巡查字样，别人冒不得，那守门的见了灯，自然以为是自己的人，不生疑心了。"小冯道："查山的灯怎么会到你们的手里呢？"起白把上山时的把戏说了，司马雷就唤人过来，吩咐他们到山上去放了查山的两人还来。说说谈谈，已到了第二天的早晨，大家吃了一顿酒，各自安睡，真是俾昼作夜了。

起白只是睡不着，在床上翻来覆去。心雄觉得了，问他："忙了一夜怎么还不乏呢？"起白道："我在昨夜听见你说，我可以留在此地，我未尝不愿，不过我单独在此，总有些不便，一来他们未必以诚意相交，二来我没有知己的相伴，甚是无味。"心雄道："我看他们心底爽直，还不像刁诈的人，听司马雷的话，或者真有此大志。我们本来想找一个根据地，好把各地的英雄豪杰聚在一处，在内地不甚稳妥，倒是这海外孤岛，没人注意，留你在这里，可以常常把大义讲给他们听听，不至误入歧途。我和小雅寻着了云上师父，和他商量定当，就要再来，一同去夺取那个因循岛，大约多至两个月，少不过一月光景。你在此一两个月内，把石尤岛的四周详细观察调查，画成了一个地图，那么我们将来可以把部下散驻在各岛，就是不成，也有一个退步，不胜似东奔西走么？"起白听了，也就不说什么了。

起白直睡到晚上方醒，心雄、小雅已不在房间里了，他便穿衣起身，向四下去寻找，走到后面，见一个女子，在空地上试双刀，刀光闪烁，也瞧不出伊的面目来，只见伊上身穿着月白缎子小袖紧身袄，下身穿着黑绸大管裤，一双天然脚，在地面上打转，甚是活泼。那双刀也使得五花八门，立在远处，听得呼呼的风声，先使的都是手法，后来越使越有劲，忽地向地上一躺，使了一个卧虎翻山势，两把刀随着身子骨碌碌滚了一个转身，霍地跳起来，就是一个独立金鸡势，两把刀向下直落。这时候有无限气力，倘然敌人逢到了，没有不受创的，因此看得起白情不自禁喝一声好。那女子听见了，急忙把双刀收住。回头过来，两面相对，四眼相射，一个瞧去是一个花容玉貌的少女，一个瞧去是一个丰神英俊的青年。呆了片刻，到底那女子先自不好意思起来，面上热烘烘的，早升起两朵红云来。还是伊不比寻常闺女，有些胆气，问道："你是何人？"

起白给伊一问，也有些觉得鲁莽，便唱了一个肥喏道："小姐恕罪，我姓韦，名起白，昨天和两位朋友同来的，不知小姐贵姓芳名？"那女子道："啊，原来如此，我听见人说，你们三个人都有惊人的武艺，昨夜没有知道，倒未请教。刚才献丑，贻笑大方了。"起白道："客气客气，我看小姐使的刀法，甚是神妙，必有异人传授，请道其详。"女子道："司马雷想已见过，他是我的哥哥，我名燦如，从小随着哥哥，到峨眉山学剑，我的哥哥没有学成，我只学成了双刀，却不能使剑，在广州城里，助着孙琚杀死飞天鼠，便避到这岛上来，那大冯小冯给我们兄妹两人降服了，便合伙在此苟延岁月，说来很是惭愧！"起白道："飞天鼠就是你们杀死的么？佩服佩服！"燦如道："实在是孙琚一人之力，我们不过助着他把飞天鼠左右的羽翼挡住，使他孤立无援罢了。"起白道："我在广州，也知道这回事，只不知飞天鼠与孙琚何仇？"燦如道："此事甚是曲折，请到里面去坐了细说。"

当下便引了起白到里面，见一排三间敞轩，虽没有什么贵重的陈设，倒也收拾得清楚干净，也有几盆细竹草兰，壁上挂着弓袋矢壶，还有一只琵琶。起白道："小姐真是天才，怎么连琵琶都还弹的？"燦如笑道："不过借此消遣，实在也不会弹什么的。请坐吧！"起白坐在靠左的椅子里，燦如坐在靠右的椅子里，两人相对着。燦如正要说话，外面有人喊道："好，好，你们在此何事？"

后事如何，下回分解。

评曰：石尤岛规模已是宏大，然后来写因循岛，更见堂皇。司马雷见机而作，毕竟不凡。然大冯之言，亦在情理之中，不能不说，否则当不起英雄两字矣。

岭南豪杰之谋革命，又有一种原因，不仅鉴于内政之腐败，更以外侮之难忍，不能不谋自强。故与关外及长江一带相较，觉此烈于彼，情愿做无国之民，不愿做亡国之民。两言沉痛已极，无国亡国，粗看似无甚差异，细较则大相径庭。

燦如是书中要角，先写其刀，后写其琵琶，用轻盈婉约之笔出之，又是一种身份。

第二十七回

功成杀鼠子报父仇
曲奏求凰兄解妹愠

　　话说燦如正要把孙琚杀飞天鼠的事讲出来，听见外面有人在那里喊，伊就立起来往看，见司马雷、大冯、小冯引着两人进来了，那时起白也走过去，和他们相见。司马雷道："韦兄睡得好熟，我们唤了你几声，你只是鼾声大作，不敢扰你清梦，所以只伴着万兄柳兄在山前山后走了一遍。"小雅道："可惜你没有同去，这岛虽小，实是一个好地方。幸而昨夜我们得了那盏灯，从正门混进来，要是跳墙儿进，说不定都陷入阱中，就是不给乱石压死，这一顿夜餐也够受。因为这里有不少的陷阱，都有很巧妙的机关，见得司马军师真不愧诸葛复生了。"司马雷道："柳兄又要说笑了，这陷阱也是无可奈何中的急计，大丈夫光明磊落，应当明枪交战，不可暗箭杀人啊！"心雄道："这话也不尽然，像宋襄公的不重伤，不擒二毛，未免太迂阔了，孙武也说过，兵不厌诈。况且在这岛上，后无退步，万一给大队人马团团围住，自然非用些妙计不能取胜了。"

　　起白道："我正在听燦如小姐讲一件惊天动地的快事，给你们打断了。"司马雷道："我也糊涂，竟忘了介绍。"便请大家进了屋，彼此道了姓名，坐了下来。司马雷道："什么快事，值得说惊天动地？"起白道："就是杀飞天鼠的事。"司马雷道："这事我也能讲的。"大冯道："燦如细心些，说起来一定原原本本的，倘有脱漏，请你补说吧！"

燦如道："先说那飞天鼠，是江西的一个巨盗，他打听得寻乌地方有一个姓孙的，就是孙琚的父亲，很有资产，便在夜间，起了众盗，前往抢劫。他想一定可以大获的，谁知那孙老先生是个教书的学究，砚田所获，能有多少，因着省吃俭用，总算小康，也是寻乌地小人少眼孔浅，便说他是石家金谷、邓家铜山了。"司马雷笑道："你又不是说评话，用不着掉什么文。"大冯道："这也见得燦如小姐文武兼全呢！"燦如道："不要骂人，我来快些说下去吧！那飞天鼠在他家翻箱倒箧，尽仓刮底，只拿到几百两碎银，疑心他另外有地窖藏着，把孙老先生绑起来，向他威吓，要他说出藏金所在来。孙老先生实在没有藏金，教他说出些什么来？飞天鼠用火把灼他的身体，还是没有，只得把所有衣服细软，一股脑儿卷了去。到了第二天，孙老先生报县通缉，那些捕快，都见飞天鼠怕得什么似的，谁敢去捉？孙老先生眼见一生心血，尽付流水，又是身体受伤，闷闷不乐，不上一个月，竟去世了。

"这时孙琚只有十三岁，却天生成一副铜筋铁骨，甚有些蛮力，随着母亲住在外家，想起了父亲的惨死，把飞天鼠恨得咬牙切齿，常常露于辞色。孙老太太说：'你要报仇，须有准备，现在你黄发甫干，如何可敌？倘然露了风声，给他们知道，要把你斩草除根，你不是大仇未报，先送了性命？'孙琚听了，深以为然，从此专心习武，争奈没有钱，不能请拳师，只把大石练臂力，打听得某村有一个老农，会拳术的，便前去拜他为师，朝去暮归，风雨无间，倒也学得几套拳法。一天在门外练习，忽来一位道士，那人就是我们的师父镇心道人，他立定了看他使拳，不禁对他好笑。孙琚听见了笑声，便来问他说：'法师也知道拳术么？'镇心道人说：'略知一二。你的拳法，都是花拳，当真要和人抵敌，一些儿没有用的。你正是年轻，为什么不在书房攻读书本，玩儿这花拳何用？'孙琚想把心事说出，记起孙老太太的教训，便不敢说，只吞吐其词，镇心道人也就走了。

"后来有人告诉孙琚，镇心道人住在白鹤观，很有高行，本领也好，他就到白鹤观去见他，告诉他心事。镇心道人甚是起敬，说：'原来你是个孝子，我当成全你报仇的大事。我也可以借你的手，为民除害。只是我不久要离开这里，还峨眉山去，你过了半个月来寻我吧！'孙琚十分欢喜，还去向孙老太太说知。孙老太太为着只有一个儿子，不便任他单身走千里之路，坚执不许。无如他报仇心切，便在外祖那里偷了些钱，乘夜出走，一口气到了四川峨眉山，寻到了镇心道人。在山上学了五年，甚有进境。那时候我们兄妹二人也在山上，便答应他相助，知道飞天鼠受了招安，在广州做守备，就约定了日期，在广州相会，他先自下山去布置。那飞天鼠做了几年强盗，着实积了些钱，做了守备，更是作威作福，暗地里和匪盗勾通，坐地分赃，上司虽有些知道，却不敢奈何他。他因着冤仇结下太多，自己有了身家，也小心起来，手下养了几个保镖，出入相随，所以很难下手。我们兄妹在后也下山，到广州和孙琚租了一家房屋住着，天天在暗中打听，有无机会。只为他防备得甚是严，住了半个多月，一些儿没有间隙可乘。"

说到这里，司马雷插嘴道："你说差了，我们不是到过他家里去的么？"燦如道："是的，我们本来想去行刺的，到了他家里，非但不能得手，险些给他拿住。这就是你的不济，我想不说了，省得你害羞。"司马雷道："这倒尽说不妨，我们又不是邀宠表功，况且那天恰巧在大雨以后，屋瓦滑挞，我的本领实在不及你们，也是不留神，跌了下去。多亏孙琚手快脚快，跳下来，救我起来。这声音已惊动了他们，我们只得急忙脱身，从此闭门不出。又住了十多天……"

燦如道："后来打听得广州知府做寿，料想飞天鼠一定要去拜寿的，便大家起一个早，在路上一家店铺门前等候。约莫在巳牌时分，仪仗来了，见正是守备衙门里的。孙琚等他的轿子抬近，就奔上前去，猛力把轿子推翻。轿夫没有准备，一个个跌倒在地，飞天鼠也从轿心里跌了出来。那几个保镖要上前捉孙琚，我们兄妹二人便分头挡住。飞天鼠从地上跳起来，和孙琚相斗，孙琚把全身本领使出来，那拳如雨点一般，向飞天鼠打来。那飞天鼠本来身轻脚便，武艺也厉害，为着做了官员以后，广置姬妾，平时荒于酒色，气力又减退不少，所以敌不过孙琚了。胸前要害，已中了几拳，胸骨折断，跌倒在地，口吐鲜血。孙琚还想再下几拳，那时已有人去守备营调兵前来，我们就招呼孙琚速走为上。三人从人丛里杀开一条生路，也不再还来，拼命地出城。幸亏守城的还没有得讯，任着我们走路。我们在城外向他分别，再上峨眉山去。孙琚还江西寻乌，大约他恐怕连累母亲，已和孙老太太搬家到别处去了。"

心雄道："飞天鼠的性命如何？"燦如道："自然还到衙门里，就一命呜呼了。"起白道："当时广州城里，甚是轰动，关了城门，到处搜寻，忙了三四天，才把这大案搁起呢！"心雄道："两位如何到这里来的？"司马雷道："那飞天鼠的几个保镖，也有些来历，他四下探访，不知怎么的竟会寻上峨眉山来，镇心道人怕多事，把他们打退了就命我们下山，别寻依靠。我们知道两广一带不便居留了，这南洋一带，岛屿众多，就是种种田、垦垦荒，也可以悠游卒岁，所以便下海先到这石尤岛来。"

大冯道："两位讲得乏了，以下我来讲吧！他们坐了一只海船，到这里来，登了岸，要找住处，先给我碰见了，便欺他们年轻，骗他们上山，把好言安慰用酒灌醉了他们，想把他们处死的。谁知他们十分心细，并不饮酒，却假装着醉了，等到我们要动手，雷兄扳出佩剑，燦如妹拔出双刀，和我们厮杀了。雷兄的本领有限，给我们打翻了，可是燦如妹的双刀，神妙非凡，我们两手哪里敌得过？足足斗了两个时辰，我见舍弟的钢叉，已只有招架，不能进取了，便是我自己，倘然再斗下去，也要抵挡不住了。想不到这么一个弱女子，倒有这么的气力，心想不如服输了，和伊结合，也添了一臂之助，当下向伊说情愿服罪，两下就停战了。大家重叙姓名来历，从此就同在岛上和衷共济，兴起这份事业来。"

小冯道："我们如此相逢，也算得天缘凑巧，可惜万兄、柳兄，坚不肯留，不知道何时再得欢聚！"小雅道："既然有缘，大概将来总有再见的机会，我们雇来的海船，在山后也等得心焦了，我们好走了，韦兄决定住在此地吧！"起白道："不知道这里用得着我么？"大冯、小冯齐说："这话太见外了，我们正要招贤纳士，难得韦兄到来，肯在此相助，正是求之不得呢！便是两位要走，也不必急急，我派人送些饭米菜蔬到海船上去，两位也盘桓几天，可以多多赐教。"心雄道："我们寻师父要紧，不便多留了。"司马雷道："今天时候已不早，到了明天，我们坐着船，到海面上去玩儿一天，再去不迟。三位都是玩儿惯内地崇山峻岭的，到了这海阔天空的地方，换换口味也好。"心雄、小雅也答应了。

这夜里喝罢了酒，请燦如弹那琵琶。燦如拿在手里，拨动弦索，玎玎玱玱地弹了一套《十面埋伏》，真像千军万马在那里走动，听得大家和诸侯军作壁上观一般，呆着不作一声。后来又弹了一套《归去来辞》，声音和平静穆，大家也变了心境，似乎富贵浮云，宠辱皆忘了。起白道："我在幼时，也玩儿过这个，可惜后来抛弃了。"燦如道："既然韦先生也是知音，请见教些。"说着把琵琶送过来。起白接在手里，觉得重沉沉的，不像是木头做的，细细一看，失惊道："怎么也是铁做的？"燦如失笑道："铁板铜琶，唱大江东去，这是古铜做的啊！"起白道："到底女

188

英雄，不同凡响，连玩意儿也有斤两。"他掂了一掂，约莫也有二三十斤重，准了一准音，弹了一套。燦如道："韦先生太不恭敬了，怎好弹这曲的?"司马雷道："我们都是牛，他弹的什么曲，不明白。怎么小玩意儿也有许多讲究?"起白把琵琶还燦如，作揖谢道："得罪得罪，我因着别的曲调，已忘记了，只记得这一套《凤求凰》。"大冯哈哈大笑道："韦兄求凰心切，我们正好趁此玉成其事，只不知凰姑娘意下如何?"燦如啐了一口道："你们不谈正经话儿，倒来寻我的开心，不要惹我性起，又要唤双刀出来了。你们敢再胡说?"大家都带笑着劝伊息怒。司马雷也说："妹妹到底是要嫁丈夫的。"燦如提起拳头，向司马雷的肩头啪的一记，怒道："哥哥，你也欺侮我么?"司马雷道："不说了，不说了，我们好散了。"大家也就向燦如告辞而出。心雄还到房间里，也埋怨起白不应如此戏弄伊，起白赌誓道："我实在没有什么野心，都是大冯说的话，惹动了伊。"心雄也就不说什么了。

到了第三天他们端整了一艘大海船，一行人带了武器上船，先在近处逛了一回，那海面上还是没有第二艘海船，心雄便再请大冯、小冯以后不要扰及行船，任他们到海上来捉海鲜，大冯、小冯都答应了。那时船儿渐渐离开石尤岛，见前后左右，岛屿星罗，远的现着青色，好似画家用浓花青涂着；近的青色就淡些，好似掺和了许多水在那里。一会儿左边的岛隐去了，一会儿右边突现出一个岛来，全是远近隐现的讲究。心雄等赞叹不已。

又驶了一段，忽然前面波浪大作，高的翻起一丈多高，船儿就有些颠簸，小雅道："可怕可怕。"燦如道："你们北方人真没有见过风浪的，像这海面上最大的浪，十多丈高的也有的。那船儿侧得快要打翻了，我们也经过。"大冯道："今天没有什么风，不应有这么大的浪，可能别有原因。"说犹未了，这大浪向这里翻过来，船儿比刚才颠簸得更厉害。小雅攀住了船舷道："倘然前天也有这么大风浪，我们就不敢到岛上来了。"起白道："放心，这船上的船家，都是经惯大风浪的，绝无危险的。你瞧，他们把舵支持得何等有力！"

大家都向后艄看去，果见那船家两眼直射着前面，两手握住了舵上的绳索，忽推忽挽，把船儿和浪花相应。一会儿他喊道："你们带家伙么？"大冯道："有，有，可是前面有船么？"船家道："不是，这浪花起在一个地方，忽高忽低，恐怕下面有大鱼。这是大鱼翻动的浪，不是风吹的。"司马雷道："钢叉带了没有？"大冯、小冯齐说："这是我们的法宝，如何不带？"司马雷道："不是你们使着杀人的钢叉，乃是专门杀鱼的钢叉啊！"大冯道："这倒没有带。"司马雷道："你们带的武器，只好在地面上和两手两脚的人厮杀，如何能打这没手没脚的鱼呢！我们不如远而避之吧！"燦如道："哥哥怎么如此胆怯，怕这鱼？"司马雷道："你倒不能冒昧的，海里的大鱼，张开了大口，比山洞还大，可以把顶大的海船吞下肚去呢！"燦如失笑道："你又在这里说笑话了，当我们都是三岁的孩子么？就是有这么的大鱼，把我们连人连船吞下肚去，我们便好在大鱼的肚里作闹起来，怕这鱼不给我们闹翻么？"船家又喊道："来了来了！"

后事如何，下回分解。

评曰：起白述先烈与燦如述经历，一样有声有色，然觉燦如所言，更觉生动，则女孩儿家口角，自然入妙。中间插入司马雷行刺失足，使文势一顿，且为司马雷作传，见得军师只能运筹帷幄，不能临阵杀人也。

做守备后，更荒于酒色，从知官之可为而不可为；做守备后，便不习武艺，从知一行做吏，此事遂废，不仅是诗耳！

即泛舟浮海，也要写杀鲸之事，一笔不肯松懈，热闹可喜。

第二十八回

壮士捕鲸同舟共济
义儿弑侠两败俱伤

话说燦如正在和司马雷说笑，忽听见船家在那里喊"来了"，大家纷纷立起身来，各执着武器，如临大敌。向海里望去，不见什么，都怪怨船家大惊小怪，船家道："刚才我瞧见前面有一个三四尺高低五六尺圆径的黑物，浮起在海上，一忽儿又不见了。"说到这里，把手向前一指道，"看看，这是什么？"大家向前再看，果见有一个黑物，在海上浮动，离开只有半里之遥，却瞧不出是什么东西。那黑物渐渐地浮起来，竟有小岛一般大，不见首尾，不知道全身有多大。大冯道："我们索性驶近去，把它捉住了，也是一个纪念。"司马雷道："我们端整了什么家伙呢？"起白道："我的三节棍和万兄的清风剑、柳兄的板斧、燦如姑娘的双刀，都没有用处了，只好在捉住以后割鱼翅用。大冯将军、小冯将军的钢叉，虽可以当鱼叉掷过去，万一那鱼老实不客气，带了就走，不是偷鸡不着蚀了米么？"

司马雷把各人的武器看了一看说道："有了有了。这船上绳索铁链是不少的，我们把绳索系在钢叉的柄上，掷过去，着了鱼身，我们只消把绳索握住，就不妨事了。还有铁链，也可以当作武器，向那鱼身挥去，多少总可以使它受着痛苦。"大冯道："好计好计，到底是军师！"说着向船上寻了几根绳，系在四把钢叉的柄上，大冯小冯各用一把，其余两把，借给心雄、小雅。燦如道："我和韦先生都没有啊！"司马雷道："我也没有。"燦如道："我们空闲着，怪乏味的。你倒不必动手，在旁边指点，方合着军师的模样。"司马雷去拿了两副长链来，分给两人道："你们就拿这东西吧！"一边吩咐船家把船儿驶向前去。不多时已和那黑物相距不到两丈，司马雷道："好动手了！"

谁知他们正要把钢叉掷过去，那黑物已觉得了，很快地把身子向海下一沉，顿时水花四溅，浪也没有了。大冯道："都是军师不好，大声大气，把它吓走了。"说犹未了，这船凭空跳了起来，大家跌跌撞撞，你碰着我，我就拉住了你，我碰着他，他就拉住了我。幸亏大家都是有气力的，两脚立住了，不是在海船上，谁也不能摇动他们分毫。这也算受了一个大震动，司马雷道："这黑物在船底了。"起白道："这可糟了，我们又不便下海去。"司马雷道："等着，它绝不会永久伏在船底的。"船家喊道："在船后了。"大家转过身去，果见船后有黑物浮起，大冯先赶到船艄上去，觑准了，把钢叉用力地掷过去。那钢叉何等尖锐，自然掷中了黑物，颤巍巍直立在上面。大冯把绳索拉住，那黑物要想逃走，小冯第二把钢叉，也掷过去了。接着心雄的第三把钢叉，小雅的第四把钢叉，都掷了过去，那黑物似乎觉得痛了，拼命在海里挣扎，搅得海水沸腾起来，那船儿也颠簸不定。燦如要把铁链也挥过去，司马雷道："且慢，我们把船支定了。"

大家把绳索拉拢，把黑物拉到船的左边来，好用细功夫对付它了。船家依话，把舵扳住，其余也用抢板把船支稳，大冯、小冯、心雄、小雅，一齐用力，把绳索收拢来，那黑物挣扎不脱，只得随着浮过来。好一会儿拉到船左，那黑物翻动得更厉害了，浪花都抛到船上来，大家衣服都溅湿了。心雄道："这东西一定很大，分量也很重，就是把它杀死了，拉到船上来，这船也载不起呢！"司马雷道："倘然它已死了，就用得着这铁链了。我们把铁链带住了，可以拖还石尤岛去的。"小冯道："四把钢叉，看来不能送它的命，我们又没有别的利器了，如何可以致它的死命呢？"起白道："你们再拉近些，我来跳到它身上去。"司马雷拍手道："对啦，不但韦兄可以跳上去，谁都可以去的。这里只消留着一两个人，把绳索拉住就够了。"

四人把黑物又拉近了几尺，那时黑物已浮起七八尺长、五六尺阔的一堆。起白要跳过去了，司马雷道："且慢，这黑物的背上，很滑挞的，不要失了足，跌下海去，不是玩儿的！你把铁链的一端，缚在身上，一端给我妹妹，也像这黑物一般拉住了，就是失足，也不会跌下去了。"起白听了他的话，就缚了铁链一纵身跳上那黑物的背上，把钢叉拔起来，在黑物的背上像雨点一般猛刺。起初那黑物不过觉些痛，把身子翻动，后来血冒出来了，顿时腥气触鼻，十分难受。起白再去拔下了一把钢叉，左右两管齐下，把黑物的背刺得七空八穿，不知道有几百个窟窿。索性下一个狠劲，把两把钢叉猛刺下去，只露出柄梢一尺多，其余的都刺入黑物的背下，那时黑物便受不了，起了一个大翻动，就不能再动了。司马雷道："完事了，完事了，韦兄好还来了。"起白放了手，跳还船来，把身上铁链解下。司马雷吩咐船家把船转过去，大家也把黑物拉过去，一径回石尤岛来。这黑物背上只是咕嘟咕嘟冒血，把海水也染红了不少。

到了石尤岛停了船，把黑物拉到海滩上，首尾有三丈多长，原来是一条大鲸鱼。燦如走到鲸鱼的头前一看，咋舌道："好险，就是船儿不能吞下去，像我们七八个人，怎够它一顿大嚼呢？"这时候岛上的人都来观看，一个老者说道："我住在这岛上五十多年，也没有瞧见过这么的大鱼！这西沙群岛海水不甚宽深，容不得这大鱼，一定是从外洋里游来的。诸位手到擒来，足见洪福。"大家都欢呼赞美起来。司马雷道："这么大鱼，在海里多活一天，那些小鱼就多一天受累，我们也是为水族除害呢！"说得大家都笑话起来。大冯吩咐众人把鲸鱼运到山上，唤人取去了脏腑血肉，剩下一副骨骼，放在一间屋里。后来三探因循岛，用的火葫芦，都是点的鲸鱼油，表过不提。

且说心雄、小雅住了两天，告辞离岛。他们送郭四到广州而别，两人给了他许多碎银，就离开广州，再向杭州进发。一天到了大庾岭，在半山上瞧见有二三十个苦力模样的人，坐在树下。小雅道："这些人有些可疑。"心雄道："本来我们要问一问讯，可有什么捷径可走。这大庾岭的大路，正是迂远，未免费力，我们正好去探探他们的行径。"小雅走过去，向一丛人拱拱手道："对不起，要问一个信，这大庾岭有没有小路可走?"那人丛里有一个穿着旧布袍的答道："我们也要过岭去的，可以结伴同行啊!"小雅向心雄商量，要不要同走，心雄道："他们手无寸铁，也干不成什么事的，我们和他们同走不妨。"当下也歇了片刻，随着一群人同上山去。

在行走之间，大家要问些来踪去迹，那穿旧布袍的自说："姓崔名义，在朱寿手下的，现在朱寿死了，散了伙，没处安身，我们想到江南去做工糊口。"小雅道："这朱寿是何等样人?"崔义道："实在是个大盗，因着他仗义疏财，所以远近无业游民，都到他那里去。他秉性慷慨，来者不拒，数年之间，竟积有一万多人。"小雅道："怎么有一万多人么? 如何会死的?"崔义道："是给他的义儿所杀。"小雅道："义儿怎么忘恩负义，把他杀了?"崔义道："这义儿姓贾名道，是南海人，早亡双亲，没有依靠，就流落江湖。一天到一家瓦窑里，向主人借钱，把短剑向桌上一插，开口就要三百两，谁知那主人请朱寿保护的，每年送朱寿五百两，便用朱寿的名发货到各地，沿途英雄好汉，都知道他的威名，见了名字，就不问讯了。现在贾道如此，那主人自然要直说，这里由朱寿收规，不得他的命令，不敢付给你的，否则反惹了他的怒，大家不便。贾道说：'那么你明天请他到这里来，

194

我自己向他说话。'说毕走了。

"第二天，主人去向朱寿说知，朱寿也失惊说：'我在广东，差不多没有一个人不忌我三分的，怎么还有这不怕死的硬汉，看来必有来历，倒不可小觑的。'便吩咐弟兄们在瓦窑左右散布着，他自己也到瓦窑里等候。到了正午时分，贾道来了，喝问：'朱寿来了没有？'朱寿挺身而出说：'我就是朱寿，寻我有何见教？'贾道见了朱寿，就伏地叩头说：'久闻大名，如雷贯耳！'朱寿说：'既然你也知贱名，为什么还要故意作难，威吓瓦窑主人？'贾道说：'我为了穷无聊赖，不得已借此向有钱的人分些油水，起初没有知道是你的庇护，所以冒昧得很。后来听了主人的话，便想趁此可以见你，未尝不好，其实不敢冒犯。'朱寿说：'你这人聪明可爱，我就请主人周济你些。'当下在瓦窑里请他喝酒。

"在饮酒之间，朱寿拔出佩刀来，穿上一片烤猪肉，给贾道说：'你深入虎穴，以求虎子，其胆非小，吃了这肉，我还有话说。'贾道也从身边摸出手枪来，指着朱寿说：'承蒙不弃，瞧得起我，就是命我吞下这刀，也不辞的，说什么肉呢！'当下张开了大口，把肉衔了，把刀吐下，大嚼着咽下，面不改色。朱寿那时也感动了，便说：'你真是智勇兼备，佩服佩服！'就请瓦窑主人拿出三百两银子送给他，说：'我有一句话，只是说了，怕你不快。'贾道说：'尽请吩咐。'朱寿说：'我已半百，膝下并无子女，我见你英雄可爱，想把你收为义儿，不知道你愿意不愿意？'贾道听了，立刻跪倒在地，称他义父。朱寿甚是欢喜，便带他还家，十分信任。后来朱寿的名声更大了，官府派兵来打他，吃了败仗还去。上司悬赏一万两银子捉他，并且说倘然把他杀死，还可以赏给五品的职衔。谁知贾道动了功名心，就在临阵的时候，把朱寿一枪打死。我们见了，怎么不怒，便也把贾道乱刀斩成肉酱。我们失了主脑，只好散伙。"

心雄道："我有一个去处，不知道诸位愿去不愿去？"崔义大

195

喜道："我们正同失林的乱鸦一般，既有去处，如何不去？便是我们现在到江南去，也不过是去试试罢了，未必真有归宿。况且这一路行去，盘缠的数目也不在少数，我们正踌躇着呢！"心雄便把石尤岛正在需人开发的话说了，大家听了，齐声说："愿去，请你老介绍。"心雄道："我们到了山上，寻到了住家，或是寺院，写一封信给你们，带了前去，包管容留。不过你们必须秘密些，否则给人家知道，要生疑的。"大家答应了，上山走了许多路，才听见有念书声，知是有教书的在着。心雄便到那里去借纸墨笔砚，约略写了几句，封好了，给崔义，又送了些碎银给他。崔义和众人道谢不迭，就告辞下山，到石尤岛去。心雄还了纸墨笔砚，也送些碎银给塾师，那塾师推辞不受，说："这一些纸张，能值几个大钱！"心雄便趁便向塾师问了些路径，和小雅上路。

过了大庾岭，已是暮色苍茫，就在一家村舍里借住。见墙上贴着一张红纸条，上面写着"朱公万年长生禄位"，心雄便问道："这上面写的朱公，什么名字？"那山农道："这广东地方，哪个不知，哪个不晓，我们的大恩公朱寿啊！"心雄道："你快些把这纸条儿撕去吧！不然的话，要吃官司的。"山农道："便是为了吃官司，得他的救，所以感激得无可话说，供他一个长生位，初一供一杯清茶，算是我的孝敬了。怎么说反要吃官司呢？"心雄道："朱寿已经杀死了，说不定官府要捕捉余党，万一给坏人见了，不是要疑心你是他们同党么？"山农听了，急忙把红纸条撕去了，团成了一团，向嘴里直送道："请你把这事的原本告诉我。"心雄道："你先把怎样救你的事说出来。"

山农道："我是世代种山田的。种山田的不比平地，天公做了对头，春天雨下得多了，不能下种，下了种也给山上的水冲刷干净。夏天雨下得少了，干得龟裂，不能生长，生长了也得干枯。秋天更险了，不是晴雨及时，便难得好收成。我们辛苦了一年，说不定一粒米谷也收不着的，一家老小就饥寒交迫。那朱寿常在这大庾岭往来，他知道了我们种山田的，今年没收成，他就在夜间把银子从门缝里塞进来。起初我们也不知道是他送来的，以为是天可怜我们，从天上赐下来的，后来有人瞧见他在别一家门前把银子塞进去，因此大家才知道是他来救我们的。那年有一家大户，要在这山上做坟，那看风水的说我的三亩四分五厘六毫的田，风水最好，要我卖给他。我因着这是七代祖传，况且一家四口都靠着它过活，如何好卖掉，虽是可以得些钱，那钱是容易花掉的，这田是火烧烧不掉、水冲冲不掉的，所以坚执不卖。哪知这大户，仗着有财有势，做了禀，告我是占吞山田，不知他哪里来的一张契据，硬派这田是他的。可怜我七代祖传的田，中间不知道经过多少事变，哪里还有什么凭据。我到了官府，只有哭，没有话，官司就输了。我的妻子找到了朱寿，求他搭救，他便在夜间到官府里去，插一把刀在官太太的枕边，一面也到大户那里去，投下一张纸条儿。说也奇怪，就把我放了，田也让我种了，不知道是怎么一回事。"心雄道："他还有什么好处么？"山农道："有，有！"

后事如何，下回分解。

评曰：杀大鲸，写起白也。然与燦如间又添一点缀，铁链不啻一赤绳矣。

朱寿事分数处说，笔法又起变化，贾道咬肉吐刀，颇有樊哙之风，即其折服愿为义子，亦见聪明处。惜乎为五品、万金所惑，与朱寿两败俱亡，名利真杀人之利器也！

第二十九回

不速客快语窘乡绅
漫游人疑心追奇女

话说心雄问山农，那朱寿可有什么别的好处，山农道："这广东地方大山很多，因此强盗也藏着不少，那些做生意的，都不敢行路。自从有了朱寿，强盗就不敢动手了，所以做生意的，都送他些银子，请他给一个标识。得了标识，尽管在夜间走路，碰见了强盗，把东西抢了去，见了标识，也要原璧奉还的。他先前就在这山下彩云村里，村上的人家真是夜不闭户，路不拾遗，可是在官府眼睛里看来，总是土豪恶霸的行径，便派兵把彩云村团团围住。那时他手下的弟兄们还不多，如何抵挡得住，只得逃走，逃到左边一家姓金的屋子里。那姓金的是寡妇弱女，平时也常得他的周济，见他走来，知道有大兵围住，便留他在房里，教他睡在床上，把破棉被盖满全身，母女二人在床前做针线，只装作没有知道。少停那些官兵见朱寿走失了，向左右邻舍搜查，到金姓的家里也仔细地寻觅。那金寡妇说：'我们母女二人，守节守贞，哪里容得男子进来？'那些官兵倒给伊说退了。朱寿等他们全走了，把许多的银子谢了金寡妇，从此他搬到朱家庄去，甚是谨慎小心，不敢轻易出门。

"那时有一个乡绅姓赖的，悬了一千两银子的赏格捉他，他就走到姓赖的家里，身上穿得很是体面，向姓赖的拱手说：'你是赖老爷么？'姓赖的说：'正是。'朱寿握住他的手说：'我和你往日无仇，近日无怨，为什么要捉我？'姓赖的说：'你是谁？'朱寿说：'我就是值一千两的朱某。既然承蒙你看得起，今天备了小舟，请你去谈谈。'说毕拉着就走。姓赖的知道不妙，疾呼救命，可是那村上的人，都怕他厉害，一个也不敢上前。到了船上，有十几个大汉，都是挺着大刀阔斧，怒目直视，吓得姓赖的牙齿捉对儿相打。朱寿笑说：'赖先生是读书人，你们不要难为他，我只要和你讲一个理。赖先生，现在世界黑白不分，名为绅士，实则作威作福，鱼肉乡民。我们虽是强盗，倒常做救人济世的事，你可知道乡民也把你们这辈绅士恨得咬牙切齿，只苦着没有势力，奈何你们不得。我们正要替可怜的乡民打不平，觉得和你们不利，所以恨我们了。须知道世上有良心有义气的还没有死干净，就是我给你们捉住了，杀死了，还有别人要出来抱不平的。你们以为除了我，就可以放心托胆地横行乡里么？我本来要把你处死的，因着你死了，人家又要说我伤害了人，倒把你的过处掩没了。所以我放你还去，要你把心放得中正些，也劝劝别的绅士，行些好事，存些好心，与人方便，就是自己方便啊！'说着把姓赖的推上了岸，摇着船去了。姓赖的吓得目瞪口呆，半天不敢动弹，从此远近的人呢，提起了他的名字就怕了。"

心雄对小雅叹息道："侠客和强盗真是不易分辨，都在受人的胡说，便是我们的行径，到了后世，不知道人家要怎样的说法呢！"小雅点头称是。这天就在山农家里粗茶淡饭硬板床，胡乱过了一夜。第二天给了些碎银，过大庾岭去，一路上晓行夜宿，走了半个月光景，才重到杭州。向各寺去打听，依旧没有云上和尚的踪迹，两人就在净慈寺里住下。那住持悟明，知道两人和云上和尚相识，却很优待，天天伴着他们到湖上各处去游玩。心雄、小雅久慕西湖的风景，到此自然流连忘返，足足玩儿四天。不要说六桥三竺都已踏遍，就是南北高峰和九溪十八涧，也没有

199

一处不走到，因此也有些厌倦，便说："我们要走了。"悟明道："云上不知去向，你们痴人赶野鸟似的，走到哪里去？不如在此玩儿几天，我这里是十方丛林，常有远地来的游方僧，或者从他们的嘴里倒可以打听出些消息来。"心雄道："也好，但是恐怕也成了痴汉等老婆呢！"

这天又到南屏山烟霞洞去，走上半山，后面有笑语的声音，见有两个年轻女子从山下走上来。在后的走得快些，看看要追上在前的了。那在前的就加紧几步，又离开了许多路，所以在后的在那里骂伊促狭，赌气立定了，不走上来了。在前的笑道："你不上来，也好，在这等半天，我玩儿够了，还下来，和你还去。"在后的道："我还要等你呢，你做梦。"在前的道："小孩子脾气，又要做出来了。你追上来吧，我让你在前可好？"在后的这才高高兴兴地走上来。心雄看那在前的，穿着紫色的上衣，在后的穿着蓝色的上衣，都系着一条黑绸裙，年纪差不多，都在二十岁左右，眉清目秀，真是一时瑜亮，分不出什么高低。别的倒没有可以注意的地方，单是两人的走路，十分奇怪，虽都是天然脚，比那些金莲三寸的女子，果然容易走些，可是这山路不比平地，走了一程，就得喘息。不要说女子了，就是男子也要走走歇歇，不能一口气直上的，除非是那些抬惯山轿的，平时练成了的本领。现在这两个女子，带笑带说，走得很快，平淡无奇，和在平地相嬉一般，已是可惊。再看那紫衣女郎，让了蓝衣女郎追过了头，相离已有一丈多路，紫衣女郎轻轻地追上去，像飞燕一般从他们身边掠过。不多一刻，已追着了蓝衣女郎，伊们就手挽手儿一直上山，绝不停留。转上几个弯，倏忽不见了。小雅也呆住了，悟明道："这两个女子，不是本地人，来到杭州不到半个月。我们净慈寺里也来过两三回的，到了只是东跳西纵，不肯一刻坐定的。"小雅道："我们须眉大丈夫，倒不及伊们的敏捷呢！"心雄道："我就自知赶不上的。"

200

三人慢慢地走上山去，到了烟霞洞口，听见上面有笑语声，却给树木遮住了，瞧不见，料想就是这两个女子。忽地眼前一黑，有一个东西从半空里坠下来，小雅走过去看时，原来是一只画眉，已奄奄一息。小雅把它拾起来，给心雄看道："这画眉如何还坠下来的？"心雄把羽毛分拨了一回道："像是给人打了一记，你看这里有一些石屑。"小雅道："这眼光可厉害啦。"心雄道："就是手法也不坏，我打铁弹，是可以的，教我换了别的东西，就不能这般准。"小雅道："我再去找，可有石子。"他向地上找了一遍，却没有什么石子。这时候那两个又来了，远远地立着那里指点笑语。心雄便唤小雅道："找什么来，去喝茶吧！"小雅随手把画眉撂在地上，和悟明、心雄折到方丈里去。那住持和悟明是一家人，自然款待得十分殷勤，喝了本山上细的明前旗枪，还要留着吃素斋。

　　吃过了走到间壁去，见桌上摞着空碗十六只，两个女子相对着吃面。心雄倒立定了，心想有这等吃量的女子，没有见过，便低声问住持："这些空碗都是这两人吃空的么？"住持点点头。心雄再向两人看了几眼，走出屋去，对小雅道："这两人绝非寻常女子，我倒要探探伊们的行径呢！"那住持道："大概是旗人，所以手头很阔绰。这里已来过五六回，每回来总是吃素面，有时十两，有时五两，随便地拿出来，比达官贵人还爽快。最坏的是本地的乡绅，他们花了银子，要讲明白几大盆、几大碗，麻菇咧，白木耳咧，这样不要，那样少不得地乱点。侍候些微不周，还得打起了蓝青官话骂人。"

　　心雄听了，觉得这主持俗不可耐，心上所转的念头完全和他不同，便撇开了两个和尚，和小雅说道："我想远远跟着伊们走一程，到底住在什么地方，是何等人物。"小雅道："你又多事了，小姑娘家，不知艰难，有了钱，挥霍些，也没有什么大不了。"心雄道："我从种种观察，以为这两个人定有些蹊跷，所以我不肯放开，否则失之交臂，将来也给伊们笑话了。"小雅道："你疑心伊们是我道中人么？"心雄点点头道："正是。"再要说下去，那两个女子也走出来了，向山下走去，又是举步如飞。心雄道："我先走一步，你且和悟明还净慈寺去吧！"说着便也追下山去。

追了许多时候，才见两人在前面，想去有三丈多路，就不再追上去，恐怕给伊们瞧见。幸而伊们头也不回，只是向前走路，一直追到山下，到了赤山埠，坐了船划出去。心雄也雇了一只划子，远远地跟在后面，到了涌金门，先后上岸，随着进城。到保佑坊保吉栈，见伊们走进去，心雄在斜对门一家茶馆的门口，泡了一碗茶歇息，两目常常睃着保吉栈里出进的人。好久不见伊们，知道伊们是住在那里的。

这时近傍晚，喝茶的渐渐地多了，一个赤鼻的老者衔着一支旱烟管，似吸非吸地说道："奇闻奇闻，这么一个杭州城，官兵咧，捕快咧，有多少，却不能捉贼。旗下营里姓勒的姓端的姓文的，连宵失窃，并且所失的都是金银珠宝，别的尽是贵重的传家之宝，他倒撂在一边，那些捕快相了许多时候，却瞧不出一点儿来踪去迹，难道是飞仙剑侠真的有在世上么？我也不信。"一个浓眉少年凑上去道："洪老伯，你是神机军师转世，什么都要猜上一猜的，这件案子，你猜猜看，能破不能破？"赤鼻老者道："杭州城里的几位吃老粮放空枪朋友，绝不会破案的，除非他们自不小心，露了眼。"浓眉少年道："做窃贼的，据说和捕快都通联的，上官逼得紧，捕快不能不破案啊！恐怕捕快不肯破案，不是他们不能破啊！"赤鼻老者道："这怕未必，那府里几个头儿，两腿都打得红肿了，抚台衙门里也有了消息，况且这几家都是旗下人，他们在京里都有门路，倘然长久不破案，两位首县大老爷的前程不免要牵动了。"浓眉少年道："既然官府里没有人能破，为什么不悬赏格呢？"赤鼻老者道："没有勇夫，就是重赏，也没有用的。试问悬赏一万两，你敢去捉么？"浓眉少年道："好了好了，说到我身上来了，我连掘壁洞的小贼都不敢捉呢！"说得听的人哄堂大笑。

心雄听了，更动了疑心，便会了茶钱，趁到保吉栈去，假说要找房间，由着伙计引到后面去。那伙计只把空的房间指给他看，朝南咧，通风咧，爽气咧，幽静咧，干净咧，说得天花乱坠。心雄倒毫不注意，偏向有人住的房间探头探脑，这个那个细问。到了第二进，靠东厢房，正住着两个女子，伙计说："是姓包的，杭州乡下人。"心雄便在靠西的厢房里定下了，正和伊们相对着。他却把门儿窗儿关得很紧，只在窗上掏了一个洞，够一只眼的偷觑。吃了夜饭，他便常常在窗口觑望，对门房里一些儿没有动静，却常有说笑的声音，只是听不出什么话。到了三更时候，连说笑的声音也没有了，心雄便轻轻开了门，蹑手蹑脚地走过去，在窗前把舌头舔了一个小洞，一眼开一眼闭地望去，见一只床上纱帐低垂，铜钩下落，床前地上放着一双紫色绣花鞋儿，知道紫衣女郎已经拥衾高卧了。还有那蓝衣女郎却还坐在床前桌边看书，一动都不动，像是十分用心。心雄立了一刻，不见动静，也就退还自己的房里，暗自惭愧，白用心机，只自睡了。

到了第二天醒来，已是日上三竿，那两个女子又出门去了，问那伙计伊们来此住了几天，伙计道："已有十一天咧。"心雄道："可有什么人来探访呢？"伙计道："没有。"心雄道："伊们的举止行动如何？"伙计道："年纪虽轻，却很老成，不到夜就得回来，吃了夜饭就闭门睡觉，一点儿没有撩蜂惹蝶的举动。"心雄吃了些点心，也走出保吉栈，向旗下营行去，问了讯，到姓勒姓端姓文三家住宅的前后，相了一遍，都是高大的房屋、坚厚的墙垣，不容易进去。就是进去，总有一砖半瓦的踏破，或是跌碎，绝不会一些儿没有破绽的。他在路上，又听见人说："昨夜又有一家姓裕的失窃，有三千两银子、两匣首饰，足值五千。就软进硬出也不是两三人能做，怎么神不知鬼不觉会失去的呢？"

心雄听了，也是纳罕，便还到净慈寺，告诉了小雅。小雅道："既然你疑心伊们，何不到伊们的房里去搜查搜查呢？"心雄道："白天不好动手，万一给人瞧见了，我不是反有了嫌疑么？夜间苦于没有机会。"小雅道："我今天同你一起住在保吉栈，等伊们都睡熟了，我们撬门进去，只消把一只箱笼开了，看可有什么赃物。倘然没有，我们便还了出来；要是有的，我们就把伊们一个对一个，捉住了，再唤人来抄查。"心雄道："我不喜欢用蒙汗药的，说不定有了声音，惊醒了伊们，倒怪不好意思的。"小雅道："我和你两人做事，还会有声音么？"心雄道："捉贼比捉强盗难，做贼也比做强盗难，我做强盗敢做，做贼倒有些胆怯。因为伊们的赃，拿不着，我们的行径，倒有口难辩，不是捉贼给贼捉了么？况且我随着伊们走咧，住咧，一天一夜，丝毫没有什么破绽，我的疑心大概是错误的了。"小雅把手一拍道："有了有了！"

后事如何，下回分解。

评曰：朱寿痛骂绅士之恶，快人快语，心雄论侠盗之无辨，虽只寥寥数语，已令人荡气回肠。

包亚英与何贞皆书中女要角，故用全力描写，以石投画眉，并不说穿是亚英与何贞所为，然读者已揣着八九，此等小节目，正不必交代清楚，反觉神光离合。

烟霞洞主持何尘俗乃尔，忽在心雄、小雅别有会心时，插入一段评骘人物语，可笑亦可叹也。

204

第三十回

设疑阵连宵盗巨宝
破阴谋两美吐真情

　　话说小雅拍手道："我有一个办法了，伊们大约专和旗人作对，连盗了四次，说不定今夜还要到一家去呢！我和你分两处去干事，你夜间到旗下营去，在出入要道伏在等候，我在这里等机会。"心雄道："你倒要小心才是。"小雅道："这个我知道。"两人商定了，便同到保吉栈来，到了傍晚，才见两个女子说说笑笑地还来了，依旧闭着门，不出来。黄昏时分，心雄先自出去。小雅等到敲过了三更，走到对面的房外，凑着窗纸静听，已寂静无声，从昨夜心雄舔破的小洞里望进去，见还是心雄所见的模样：蓝衣女郎背心朝外，坐着看书，紫衣女郎又上床了，只得走还来。敲过了四更，再去张看，见蓝衣女郎还在那里看书，心想怎么看了这许多时候，还不睡呢？见蓝衣女郎并不把手去翻动书页，更是可疑，他决定要撬门进去了，忽地有黑影从外面蹿进来，小雅要想避开又来不及。

　　那黑影蹿到房门口，把门轻轻一推，就蹿进房去。原来那门只是虚掩着，深悔没有先去推门。接着又有一个黑影蹿进来，灯光之下，看得甚是清楚，那紫衣的把身上的东西摸出来，开了箱放下去，蓝衣的把背坐的人一把提起，拆作几块，原来是一个木人。小雅暗暗好笑，我们竟上了大当，听那蓝衣女郎问道："腿

205

上伤了没有?"紫衣女郎把裤管撩起来,露出雪白粉嫩的一条藕腿来,用纤手在一块紫红色的肉上摩挲,说道:"还好,只是我们不能再住了,大概有人注意我们。"蓝衣女郎道:"不知道他追来没有?"紫衣女郎道:"不见得追来,因为我走的路,都是绕大弯儿的,我在跳下来的时候,也向四下望了一遍,见没有人呢。"

那时小雅已料定八九不离十,便跳进屋来,握着一把叉子,喝道:"你说没有人追来,可知早有人在此恭候呢!"那两个女子见了倒吓了一跳。紫衣女郎先自满面堆下笑来问道:"你是谁?倘然是官府里的人,我们也没有话说,只好自认晦气,束手就缚。假使是同道中人,我们情愿把所有的分大半给你。"小雅道:"你且休问,我要问你,年纪轻轻的闺女,如何做起这勾当来?"紫衣女郎见并无恶意,索性直说吧,便换了一副凄然的神色答道:"我们也有些苦衷,并不是以此为业,不过向他家借来用用,在他们都是向我们汉人身上刮下来的造孽钱,分些给我们,也不算罪过吧!"小雅道:"你们要这许多钱何用?"紫衣女郎道:"不要说这些钱,就是加上十倍百倍,我们也只嫌少不愁多呢!"小雅道:"你们的话甚是闪烁,有些弄不清楚,你老实向我说了,我或者可以放你们走路。"

紫衣女郎道:"我们在太湖里聚了许多人马,要想举义,正苦军火粮食不足,所以我们出来筹募的。但是你想这种秘密勾当,如何可以向人直说,要说筹募,便是筹募到头白老死,也得不到一个大钱的。我们想这旗下营住的几家大户,都是满洲的贵族,他们所有的钱都是我们汉人供给的,不如向他们要去,来得合理。但是除掉抢劫偷窃以外,他们绝不肯情情愿愿拿出来的,抢劫的规模太大,恐怕牵动大局,便想到偷窃的方法了。"

小雅道:"原来二位是女英雄,失敬了!"紫衣女郎道:"我们前天在烟霞洞瞧见过你,好像你还有一位同伴,那时我们只认你们是寻常游客,况且和那净慈寺里当家和尚在一起,一定是本

206

地人，并不注意。谁知你们倒在注意我们，只不知贵姓大名，请说个明白。"小雅把大略说了。蓝衣女郎道："刚才亚姊受的那弹子，大约就是柳先生的同伴所发了。"小雅道："是的，这铁弹是云上和尚的秘法，万兄学了，难得用它。大概他见两位姑娘本领高强，所以用了铁弹，但是他还没有用力，否则受着了，骨都要打断的。"

那时又有一个人推门进来，正是心雄。见他们三点角立着，很平淡地在那里闲谈，倒有些不解。小雅便把上项事向心雄说了，又向两个女子把心雄的略历也说了。紫衣女郎走过来，行礼道："久慕荆州，今日相见，总算三生有幸了。"心雄还礼道："姑娘芳名，也得请教。"紫衣女郎道："我姓包，名亚英。"指着蓝衣女郎道，"伊是我的表妹何贞。我们的先世都吃过满洲人的亏，所以要推翻清朝。"何贞道："亚姊总是口没遮拦的，这些话给外人听见了，我们都有性命之忧的。"亚英道："横竖两位也是同志，尽说不妨。"小雅道："万兄在旗下营，既是等着了两位姑娘，如何不用些本领捉住了？"心雄道："两位姑娘行动如飞，我实在追不着，所以发了一弹，不知道包姑娘受伤没有？"亚英道："没有，只红肿了些，不妨事的。"心雄道："我一路追来，竟不见姑娘的影踪，岂不惭愧。还到了这里，见柳兄已不在房里，走过来听见你们说话的声音，才知你们已相见了。只不知两位姑娘如何不和柳兄斗起来，倒一见如故，化干戈为玉帛呢？"

亚英道："我们做了这勾当，已有四次，从来没有疑心到我们，一路也风平浪静。今天给柳先生撞破了，知道柳先生的本领一定不弱，我们还是和盘托出，省掉许多麻烦。万一和他打起来，打得过时，也要惊动众人，倘然官府里知道，我们更是危险。并且我看柳先生的神色，不像是官府里的人，大胆说一句，官府里人就没有这么的心思，所以敢直说。"心雄道："包姑娘的见识，确是高人一等。今夜惊动了，我们要告辞了，明天再聚吧！"亚英道："没有什么孝敬，这里有几串珠送给两位，留个纪念吧！"说着便去开箱笼，拿出一只小盒子来，里面有两串黄豆大的珠链，提起来给心雄、小雅。两人哪里肯受，小雅道："这未免瞧不起我们了，我们要是贪这东西，刚才你不是情愿分大半给我的么？你们既是出于爱国热忱，这东西多一些便有一些用处，我们拿了何用呢？"亚英只得收还放好，说道："今天大家有些乏了，明天再谈吧！"两下分别，各自安寝。

到了明天，心雄、小雅起来梳洗了，去探望包胡两女子，同在一起吃了早饭。亚英道："我们今天要动身，还太湖去了。"心雄道："便是再住，恐有风吹草动了。不过我有许多事要向两位姑娘问讯，可肯暂住一天。这里不是说话之所，我们到西湖上，装着是一家人，在僻静的地方，谈谈可好？"亚英道："很好很好。"说着就和心雄、小雅、何贞一起走出保吉栈，出了涌金门，雇了一只大船，到葛岭，走上初阳台，席地而坐。心雄便问："包姑娘怎么有这么的好本领，如何来去倏忽，一点儿破绽没有呢？"

亚英叹了一口气道："我家在包村是宋朝包龙图的后裔，从明末到现在，武艺是世世相传的。我的祖父包立身，在洪杨起事的时候，在包村地方，办起民团来，想和太平军呼应的，所以不用同治年号，只用甲子纪年。后来四乡响应的渐多，他老人家就相地度势，分头驻扎，守望相助，倒也和衷共济。总有四个大营，一个唤作东字营，一个唤作安字营，一个唤作忠字营，一个唤作义字营，合拢来，称东安忠义军，把青、黄、赤、白、黑五色旗帜分别。白的是中军，老人家住在中军，指挥一切，就是包龙图的祠堂，大家称他包统领。中军里还分文案支应稽查几个局，在包村的四周筑起土围子来，那出入要道，埋伏着机弓炮石，来往的都要详细盘问，方许通行。

"那包村东西南三面都是平地，北面有一座山甚是高险，唤

208

作马面山，统领派义字营驻扎在山上，还有石塘村和小包村，是包村的东西两重门户。那边也有村上练的民团，虽不会死隶属东安忠义军，却互相联络的。统领用的大关刀，有八十斤重，至今还留在龙图祠堂里。手下约有三四千人，军火都是慈溪县南门外三家村鲍十二供给的。这鲍十二也很奇怪，在慈溪的太平军里当差，却和我家暗送秋波，不知道他是什么意思。可怜给太平军发觉了，把鲍十二五马分尸，死得好惨。我家失了一臂，军火的来源，就断绝了。

"太平军在慈溪地方，纪律很不好，统领不以为然，所以他们屡次要我家去附从，统领坚执不肯，说是宗旨虽同，行径不合。太平军就恼羞成怒，领兵来围攻包村。打了几次，都给我家打败。这时统领还有一个妹子，唤作云英，就是贞妹的外祖母，也有本领的，虽是缚着脚，却行步如飞，使着三十斤的双刀，常和统领在战阵中往来冲突，不知道有多少人死在伊的纤手之下了。这最后一次大战，是五月里，慈溪的太平军尽数到来，先把石塘和小包村攻下了，再把包村的土围子外面许多树木，烧个干净。我家既破了两重门户，又失四围的屏蔽，自然岌岌可危了。太平军的将领写信来劝统领早早投降，不失王侯之贵，否则难免玉石俱焚。统领见了大怒，说：'太小觑我了，难道我只为了王侯之贵，才兴忠义军的么？'他写信回去说：'你要我投降，也可以的，不过你须把慈溪城完全让给我统治，不许扰及百姓，以前从民间抢劫来的子女玉帛，都要问明来历，分别给还。其余的事，后来再说。'太平军自然不允，便猛力攻打。

"那时天色已很炎热，大家在烈日之下，没有一点儿水喝，还要用力作战，就是不打死，也得热死。我那云英祖姑太太就受了暑，一病身亡。统领昼夜指挥，支撑了一个多月，那马面山上的义字营，为了四面包围，不得饮食，溃散了，给太平军占去。他们从上而下，其势更顺，我们从下向上，其势更逆，到六月底，渐渐支撑不住了。但是统领和手下还是尽力抵抗，不肯降，也不肯走。火药早已完了，连粮食也快不够了，天又好久不下雨，要喝干净些的水也难得。太平军掘了几次的山泉，一勺也没有得到。包村的周围，也有三四里，弄得屋倒墙坍，没有一家完全的房屋可以住人了，只剩龙图公的祠堂，大约也是英灵翊护，还巍然独存。

"统领把全村的妇女孩子聚在祠堂里，四周重兵围立保护，他老人家也露宿在祠堂的檐前阶下。初一那天，统领对龙图公拜了几拜，挺着八十斤的大关刀，向大众喊说：'不怕死的跟我来！'那时应声而起的有一千多人，冲出北面的围兵，一口气冲上马面山去。太平军没有准备，见潮水般拥上来，都慌了手脚，纷纷向山下逃散。统领到了山上，忽地一面帅字旗倒下了，太平军就放散谣言说：'包统领已杀死了，我们好上山去了。'在山下驻守的太平军，都分头拥上来。这时我家的人，也有误以为是的，不免心慌，就给太平军围杀干净。

"统领见势不妙，急忙乘着纷乱的当儿，脱身远走，削发为僧，在太湖西山包山寺住了十四年，才去世的。那云英祖姑，有一个女儿，和我的父亲在六月底先自由人保护着杀出重围，也到西山住着。统领说：'留着这两个细芽儿，将来可有完成我志的一日。'所以我和贞妹两家，不应考，不做官，却一个个要练几年武艺。贞妹的母亲，就是云英祖姑的女儿，自小习武，在西山种田，五六百斤重的稻担，挑在肩上，如同无物，走起路来比我们还要快上几倍咧！只是我的父亲，天资不甚高明，至今还不能有什么成就。"

心雄道："原来西山那里有一个龙潭虎窟在那里，我倒一向没有知道。"何贞道："万先生这回可要同去住几天？我们在那里已聚集了五六千人，可是散处在各山，陌生人到来，一点儿也看不出的。他们在白天，捉鱼的捉鱼，种田的种田，打鸟的打鸟，都有职业的。只有天色黎明时，在一个约定的地点，相会比武，所以绝不会给外人知道的。"心雄道："可惜我要紧找师父去，此时还不能同去咧！"小雅道："我们倘然到太湖里来，如何问讯呢？"何贞道："只要先到西山包山寺，那寺里的当家，就是我们的招待，只消说出我们两人的姓名，他就知道是自家人了。"心雄道："如今好了，已有两处的基础，我们的大事倒有些希望了。"亚英问道："还有哪一处？"心雄把石尤岛的事说了，亚英道："倘然他们要去夺因循岛，我们可以分兵相助的，因为我们那里的人，都是服水性的，什么都便利些。"心雄道："很好很好，到时再来相约吧！"

四人又闲谈了一会儿，走下山来，在一家饭店里吃了饭，还到保吉栈，见伙计两只眼睛不时向他们睃着，就是掌柜的神色也有些异样，心雄便对亚英、何贞道："你们连夜上路吧！恐怕有些不妙。"亚英、何贞依话，急忙收拾结束，箱笼都倒空了，放着不拿，金银珠宝两人分缠在身上。唤伙计过来，算清了房饭金，说是要渡江到萧山去了。其实只是走的旱路，向湖州走去的。心雄、小雅送了伊们一程，还来见保吉栈的门口，枪儿刀儿簇拥着。

后事如何，下回分解。

评曰：亚英天真烂漫，与何贞不同，即与燦如亦有别，读者须从个人举止说话中细看。

写心雄不在武艺之无敌，而在事事有思想，有法度，有道理，故心雄之追不着亚英、何贞，不足为心雄病也。

第三十一回

一叶舟清游烟雨楼
半瓶酒细说因循岛

话说心雄、小雅到了保吉栈门口，见枪尖刀锋相映，一团杀气，知道不对，便和小雅折身就走，也不到净慈寺去了，出了杭州城，一径向嘉兴走去，一路无话。到了嘉兴城南门外，见一个大湖，波平如镜，纹细如縠，小雅道："我往时听得嘉兴有个鸳鸯湖，湖中有座烟雨楼，风景很好，大约就是此地。"这时有五七个浓妆年轻的船娘，带笑走来，问可要摆渡。心雄道："到烟雨楼去，要多少钱？"船娘道："去了再说，不必论什么价。"小雅道："不论价，少停争多嫌少，反觉啰唆，还是先说定的好。"船娘道："百脚两条须。"心雄道："不懂啊！"船娘笑道："就是一千二百个钱。"小雅摇手道："太贵太贵。"另一个船娘道："这几天还是清闲日子呢，要是在夏天赏荷花，秋天赏月，加几倍也有的呢。"心雄道："我们到了那里，不多耽搁就要还来的。"船娘道："到了那里，喝喝茶，看看景致，谈谈天，一两个时辰，总是要的。"心雄道："我们又不是读书人，要吟诗作赋，又不宴客，何用如此耽搁？"小雅道："给你六百个钱吧！"船娘笑道："我们又不是苏州人，说半价的，至少一千。"心雄道："就是一千，你的船在哪里？里边可干净？"那船娘嘟着嘴道："什么干净不干净，你说话也得干净些。"心雄听了，甚是不快，问小雅道：

212

"这些人没有规矩，口没遮拦，当我们是游蜂浪蝶了。"小雅道："本来这些船，专在打情骂俏上做功夫，好博得浮华子弟的冤钱。这鸳鸯两字，就有些艳史包含在那里呢！"

两人当下随着船娘走到湖边，是一只小船，盖着短篷。踏上船头，那船身就侧动起来，船娘道："两位气力这么大！"小雅道："万兄生长北方，恐怕这船有些坐不惯吧！"心雄道："这倒不妨。"两人俯下身子，钻进船舱里去坐下。那时船娘已把船缆从那湖边一株柳树上解下来，把竹篙慢慢地撑开来。等船头正对了湖心，伊放下竹篙，钻进船舱里来，向两人说："请让一让。"心雄道："你要到哪里去？"船娘道："到后艄去摇船啊！"心雄道："怎么这一只船，只有你一个人？倘然遇着大风便怎样？"船娘钻到后艄，把住了橹说道："大概你们没有到过江南的，一个人管一只船，和你们北边人一个人管一辆骡车，不是一样的么？"心雄道："说得也有道理，只是赶骡车的只消看着道路的高低阔狭，不比摇船的有不测风雨呢。你一面要撑篙，一面又要把橹，这篙和橹又不是在一处地方，哪里来得及？"船娘道："这就叫作各熟一门，不但如此，我们手足并用以外，那张嘴还要和客人讲话咧！"

小雅道："这鸳鸯湖还不阔大，就是有风浪也不妨事。我在小时候到太湖里，那才可怕呢！太湖里往来的只有两种船，一种是大的，唤作石头船，石船上放着许多大石块的。"心雄道："这石块有什么用处呢？"小雅道："在太湖里风浪大，船轻了更觉得颠簸不定，放了石块，就稳重些。还有一种是小船，比这船要简单得多，真所谓一叶扁舟了。只有一帆一橹一篙，天下雨了，才盖起篷来。顺风使帆，逆风摇橹，在离岸到岸的当儿，用着竹篙，也只一个人在那里应付，可是其快如飞。那些摇船的有经验，有气力，所以十分稳当，那边的人题一个别名叫作龙飞快。"心雄道："我听人家说，苏州的船最不济事了。"

那船娘道："苏州的船真讲究呢。金漆金光，又大又稳，摆两三席酒都可以的。那船艄上的姐儿，和窑子里的姑娘差不多，摇起橹，轻轻慢慢，打起招呼来，悠悠扬扬。从阊门到虎丘山，只有七里路，要摇半天才到，因此苏州人称它热水船，意思是说在河里摇得慢，把水都搅得热腾腾了。还有一个名儿叫作荡河船，说是这种船儿只能在河里闲荡的。本来坐这种船的，和赶路程的不同，尽慢不妨啊！"

小雅道："我们虽不是赶路，可是闷在这舱里，也怪讨厌的。早些到岸上去，爽快些。"船娘道："我们不是荡河船，你放心吧！讲到我们的船，虽都是女人家把的橹，却不比苏州的船婆，什么风浪都吃得起的。我前几年到苏州去，坐船进城，城河狭得像小巷一般，来船去船，都要预先打招呼。有时候两船挨擦而过，偶然碰了一下，两船上的人，就要破口大骂，骂起来也像有腔调的。什么刻毒的话，都骂得出的，有些话连我也不懂什么意思。一路上差不多没有一刻儿停嘴的，真是笑话，亏着他们还要夸口说是快船呢！我看这快字是说嘴快的快罢了。"两人听了，都笑起来。小雅向船前一指道："这烟雨楼在远处望去，倒也不差，倘然细雨迷蒙，一定真同烟笼雾罩一般了。"

不多时已到了烟雨楼，船娘又钻过舱来，到了船头，把竹篙撑到了岸边，紧了缆，铺了跳板。两人走上岸去，各处走了一遍，就在沿湖的一间敞轩里坐下，看管的泡了一壶茶来。那邻座上坐着一个老者，须发已是斑白，在那里闭目养神，见两人到来，张开两眼，看了一看，仍旧闭着。心雄唤看管的过来，问他可有什么酒菜。看管的道："这几天已是秋深，难得有游客到来，我们端整了没有人吃，干吗？"心雄道："我们悔不该饿了肚子来的。"小雅道："这里也没甚好玩儿，坐一会儿也可以还去了。"那时老者重又张开两眼，唤看管的过去，向他切切察察说几句话。看管的点点头，走来对心雄说道："两位不嫌粗劣，有半瓶

214

烧酒、几块牛肉，是这位老先生留着自己用的，让给两位可好？"心雄道："这如何使得？我们吃了，那老先生没有了。"那老者笑嘻嘻道："我们到市上去还便当，二位难得到此名胜之地，既然有缘，就多留一刻，喝些酒，也添些兴会。"心雄和小雅只得拱手道谢。那看管的去把烧酒牛肉和杯箸拿来，心雄便命摆到老者的桌子上，自己拉着小雅走过去道："和老丈同饮一杯。"老者推辞了一回，也就不客气了，三人共饮。

老者道："这烟雨楼实在也平淡无奇，江南多水，水里积起浮墩来，盖些房屋，给人登游远眺，经着几个诗人词客一鼓吹，就成为胜地，像这种模样，不知道有多少处呢！"心雄道："不要说江南了，就是我们山东，那大明湖里也有几个浮墩，只是不及这里收拾得齐整，装点得秀逸就是了。"老者道："讲起浮墩，倒也有些话头，就像海洋里许多岛屿，何尝不是浮墩呢？"心雄道："这倒有点儿分别的，那岛屿是山脉伏在水里突起的高峰，和这湖里的浮墩不同呢。"老者道："这话虽不差，但也不过是地理学家的一种拟想，说不定也是沙泥所积，像长江口的崇明，不是一个例子么？"心雄道："本来桑田沧海，世界的变幻无穷呢！"

老者叹了一口气道："小说上不是说过明朝的燕王，把建文老侄赶走了，自己坐上龙庭，深怕旧臣不服气，便四下访寻，防备得十分严密。那时海外有一个大岛，唤作有外山，山上住着一个有外山王，身披铁铃甲，上面系着一百零八颗铁铃，可以乘风飞行，风吹铁铃，琅琅作响，相隔五十里，就能听得。这铁铃甲在乾隆年间，还有人看见过，就在贵处济南府巡抚衙门的库里。据说乾隆皇帝三下江南，知道了，拿出库来，看了一回，就命带到皇宫里去。不知道现在还在那里么？这铁铃每颗有一斤重，拿下来可以当作武器，在百足之外，掷中了人，不是脑浆迸出，便得深受重伤。这种奇人，真是古今少见呢！"心雄道："不说别的，单就一百多斤重的铁甲，穿在身上，累赘得很，哪里还能乘风飞行呢？恐怕是齐东野人之语吧！"

老者道："有外山确是有的，在东海之中，我有一个朋友姓项，摇海船的，曾经到过那里，可惜他已死了，否则拉他来讲讲，比看《镜花缘》还要有趣。"心雄道："摇海船是不是贩卖货物的？他们在大海茫茫中，漂来漂去，岂不危险？"老者道："只好听天由命呢。我那朋友说摇海船的只敬信一个天妃娘娘，所以沿海地方，都有天妃宫，香烟重得很。他们把船儿放出海口，也不辨东南西北，只挂起大布帆，任风吹去。有太阳的日子，还有把握，要是逢上大雾，就同跌在云端里一般，倘然逢着海风大作，大布帆来不及卸下来，就要翻船。这时倒有一个方法，那船主点了大香大烛，向空中叩了头，许了愿，散了头发，把一柄木斧，向大布帆的绳索猛砍，天妃娘娘如肯垂怜呵护，这绳索一砍就断，布帆自己卸了下来，兜不着风，那船儿就安稳了。说也奇怪，这绳索很粗韧，就是用最快的刀，也不能立刻砍断，一柄木斧如何倒能一砍就断呢？"小雅道："我们往时也听得老辈讲漂洋船的故事，原来真有这么的事。"老者道："怎说没有？他们许的愿，也是很奇怪的，说将来还到家里，情愿去讨饭的。他们过几天还来，当真要捧着钵、持着棒，向近处讨一天饭，才得太平，否则就要生大病，说不定有性命之忧。"心雄道："天下之大，无奇不有，这些神鬼的事，有时竟难以索解。"

老者道："姓项的有一天还到过一个岛，叫作因循岛，要是不相信的，一定以为是讲《山海经》呢！"小雅听得因循岛三字，提起了精神，催促那老者说出来。老者道："这因循岛起初从没人说起，那年姓项的把海船放出去，也是经着飓风。这船儿给飓风卷起，有十多丈高，坠下来，翻了一个身，船背向天，船上的人都落在海里。只有姓项的当时抱着一块船板，在海面浮漂浪荡，总算没有沉下海去，任着狂风巨浪漂去。不知道漂过几千万里，最后却漂到一个去处，搁住在沙滩上，把肚皮里的水呕吐出

216

来，好久才醒。见那地方黄漫漫的沙漠一般，全无草木，也没鸟声兽迹，起来望了一望，觉得面积很大，远处隐约有林木房屋。那时刚和这几天的天气差不多，便脱下衣服来，晒干了，穿着向前走去。约莫走了十多里，果然有很多很大的树木，却还不见人，乏了，就在树林中歇息。

"天色已晚，月光很亮，照见有五六点火光，在那里移动，好似磷火，后来渐渐地近了，却是火把。那执火把的三分像人，七分像鬼，上半身赤裸着，腰里束了一块布，头发蓬松，面目狰狞，甚是可怕。姓项的到那时倒放大了胆，非但不藏躲，反而挺身而出。那些人见了他也是一呆，向他问话，叽里咕噜，宛如鸟语，仔细辨别，略知一二。他们拉着就走，在月光下走了两三里路光景，到了一所茅屋的门前，他们进去通知。隔一刻，带进去，见里面一个人，躺在地上，身上盖着兽皮，正在那里吸鸦片烟。向我的朋友看了一眼，向赤膊的挥挥手，说了几句不懂的话，又带他出去，关在隔壁一间茅屋里。到了天明，还没有人来问讯，可是肚子饿得要死，那时倒有些胆小起来，猜想他们的行径，一定很野蛮的。往常听人说，野人要吃人肉的，不要自己饿瘪了肚皮，却来做他们的点心，这可冤枉了。要想逃走，看来这是海中荒岛，难得有船经过，逃出也是一死，索性硬着头皮看造化吧！

"直等到午后，才有人走来，把他带到一座大屋子里，见一个官儿模样的老者，衣服齐整，面貌也像中国人，只是糙黑些，是福建口音。见了姓项的，倒很客气，命他坐了。姓项的说：'老实说，我已两天没吃，饿得慌了，请你先给我一点东西吧！'那官儿命去端了一钵头的肉浆和几橛玉蜀黍给他，姓项的饱嚼了一顿，精神振起了不少，和官儿细谈，知道这官儿姓朱，也是在福建厦门摇船的，也是逢着飓风，覆舟漂流这岛上来。那岛主因他会写字，就命他做这里管文书的官，凡有人漂流到这里来的，先要经他问明了来历，然后报给岛主知道，听候发落。姓项的说：'可否念同国之谊，不要报上去，等候机会，放我还去？'姓朱的答应了，就留在那里帮他的忙。姓朱的虽只来了一年多，岛民的话已知七八，在他那里侍候奔走的，都是岛民，并不给什么工资，只是强迫着白当差的。岛上的女子很少，因此有兄弟合娶一妻的，有三四个人轮宿一妇人的，他们并不以为可耻。还有岛北地方，更是荒野，竟是要吃人的。这岛周围有多少大，也没有计算过。据一个老岛民说要走两天一夜，足不停步，才能绕一个大圈儿，大概也有二三百里光景。"

小雅道："这岛主见过没有？"老者道："见过的。出来巡行，甚是气概，有一百多人执着旗锣刀叉，捧拥着，据说也很欢喜吃人肉，专一到岛北去掳岛民来宰割的。还有一件奇事，这岛上常有外国人来卖鸦片烟。他们并不难为他，反而把生金生银和他们调换鸦片烟，那些聪明的勇武的岛官，都有烟瘾的，所以白天不办事，到了晚上才搭起官架子来。"心雄道："后来姓项的如何还来的？"老者道："他在那里，还有一桩奇遇咧！"

后事如何，下回分解。

评曰：上半回纯用清淡笔墨，所谓绚烂之后，必归平淡。

以后要写太湖，却先在此处一逗，龙飞快之名新奇有味，作者详细描画，使人有江湖之思。

苏州船娘之善骂，诚有之，绘影绘声，仿佛有吴侬软语，在耳际盘旋，除却小说，更从何处得此妙文？

从烟雨楼说到因循岛，有千里来龙之势，见得虽在细微处，不肯放却大题目，文情周匝可喜。

有外山王事，见《兰茗馆笔记》，陆离光怪，颇足一噱，此处以为有其地而无其事，妙有分寸，可知作者下笔不苟，非信口开河也。

第三十二回

孤岛更生赌徒偏得意
他乡落拓挚友喜相逢

话说老者说出姓项的一桩奇遇来道："一天在岛上遇见了一个从前的赌友，姓侯名福，也是摇海船的，漂流到那里的。他身边有六颗骰子，是他的随身法宝，和岛民偶然掷色，给岛民报知岛主，召他去相见，甚是敬重他，常常和他赌彩。他总是赢的日子多，输的日子少，倒积了不少的金银珠宝，算是一个富翁了。他在厦门穷得狗干矢出，没有人瞅睬，在岛上大家都奉承他，如何还想还去。遇见了姓项的，本来是赌友，既在他乡遇故知，自然格外亲热，就混在一起赌彩。姓项的住了五个月，也赢得了许多东西。那岛主要采办别的赌具，就派侯福到大陆来，姓项的也随着他同行。到厦门是很近的，不过两天的路程，到了厦门，侯福买了几种骨牌还去，姓项的就托病不去了。"

心雄道："这话距今有几年了？"老者仰起了头，想了一想，把手指扳了一扳道："已十四年了。"心雄道："听说现在这因循岛，大不相同了。"老者道："我也有些知道，是来了一个有本领的人，把岛主降服了，招贤纳士，竟当他一个小国，治得有条不紊了。"心雄道："我们要想那里去观光一番，不知道如何去法？"老者道："可惜姓项的不在了，否则可以拉他做引导，大概到了

219

厦门，或者可以打听得详细些。"三人又说了些别的话，那船娘来问可要还去了。心雄摸些碎银来，付给看管的。老者道："你们只消赏他几个酒钱就是了，我的烧酒牛肉，难道也要你们花钱么？"心雄还是要推给他，老者道："我又不是卖酒的，这么一定要给钱，是看轻我了。"心雄只得向他道谢，收还了些碎银，和老者作别。

还到船里，小雅道："我们真鲁莽，既是扰了他一顿，连尊姓大名也没有问。"那船娘听见了，便插嘴道："你们可是要问这老头子么？嘉兴城里城外，除却小孩子说不出话的，没有一个不知道的。在大冷天只穿一件破夹袍，赤着脚，在雪地里走，一点儿不畏缩的。酒量又是天下少有，每天不喝一饭碗的烧酒，就不能起床。他有钱在身边，尽着穷人向他讨，无有不依，无有不肯；可是没有了钱，他自己卧在床上，一天不吃，也耐得住的。"小雅道："他干什么的？"船娘道："他尽有气力，到底上了年纪，人家也不去烦他了，并且他不识字，也干不来什么事。以前住在城里，一天到晚，在酒店里鬼混，人家知道他有一肚皮的《山海经》，便拉着他来闲谈，请他喝几杯，他就滔滔不绝地说神说鬼，说得天花乱坠，所以他倒不愁吃喝的。去年他忽地住到烟雨楼上来了，这每天的白食没人供给，不知道他怎样张罗的？"心雄道："真是奇人，可惜我们有眼不识泰山，否则向他盘问一回，一定有些来历的。"船娘道："他到嘉兴来，已有十多年，和他相好的，何止几百个，可是谁也不知道他的姓，只称他一个好老老的雅号。这好老老有趣的事多着呢。喝了酒，任着小孩子把拳头雨点似的向他背上打去，他俯下了头，闭上了眼，一动都不动的。要是那些流氓地棍得罪了他，他只笑嘻嘻，把大袖一拂，那些流氓地棍就立脚不住了。"心雄道："啊，他还有这么的大本领！"小雅道："我们再上烟雨楼去。"心雄道："干吗？"小雅道："这么大英雄，岂可失之交臂呢？"心雄道："他隐姓埋名，已是不愿给你知道了，就是我们去问他，他哪里肯说出真话来？"小雅道："我们何不用些方法激动他已死的雄心，好拉他入伙？"心雄道："他一定涵养功夫很好的，岂是毛头小伙子，血气方刚，会给你三言两语激动得来？"小雅只得不响。

那时船儿已到了岸边，心雄给了船钱，到城里觅一个客栈住下。心雄道："如今我们往哪里去？"小雅也笑起来了，说道："往哪里去，我也没有定见，走到哪里就在哪里耽搁几天。"心雄道："别人走江湖，有一技随身，一天吃喝住宿，可以不愁，我们走江湖，要自己花钱，可就走不了啦。"小雅道："云上和尚当然不去寻他了，可是何包两姑娘说，太湖里有个聚处，我们何不去瞧瞧呢？"心雄道："只怕走了去，脱不得身。"小雅道："石尤岛也留不住我们，难道到了太湖就拔不起脚来？"心雄道："两处情形不同，那石尤岛已成了局面，那边人才济济，自然用不着我们了；这太湖里正在用人之际，女孩儿家更是扭扭捏捏，我最热心不过的，禁不起伊们的软缠呢。"小雅笑道："老实人也说起风话来了。"心雄道："我是不要紧的，只怕你。"小雅道："你走，我也走；你住，我也住。绝不会你走了，我还是住在那里的。"心雄道："好，好，既然你如此说，就走一遭不妨。"

到了明天，雇了一只船，向太湖行去，晚上在湖边一个小镇上停泊，两人到岸上去，吃了饭，走过一家门口，见一个汉子在那里指手画脚地骂人。心雄只停了一停脚，就给那汉子一把拉住，喊道："万兄，你怎样也到这里来了？"心雄在暗里竟瞧不出是谁，听他的口音，像是丁慕仁，可是他到广西去的，如何会在这里？或者是别个同乡吧！因此也不挣扎，也不答话，等他发落。那汉子道："我上了你一个大当，走了冤枉路，弄得穷无所归，几乎要做叫花了。"这几句把心雄提醒了，便问道："你可是

221

丁兄么？"那汉子道："我正是丁慕仁啊！"心雄道："我有船在那里，走吧！"三人就同到镇梢，上了船坐下。心雄在灯上把慕仁从头至尾看了一遍，掩口大笑道："范叔何一寒至此？"原来身上虽还穿了长袍，已龌龊不堪，头发长得像马鬃一般的乱，脚上的鞋子张开了大口，要咬人了。心雄道："我们已吃饱了，你大约还饿着呢。"慕仁道："就为了这吃的事，和人家闹起来了。"心雄道："你要去吃白食么？"慕仁道："这倒不至于此。我吃了四碗要再添一碗，他们说要作一碗算的，我不依，这才争执。"心雄道："吃一碗如何不作一碗算呢？"慕仁道："你到底还不是老江湖，在江湖一带，那些荒饭店里，有一个规矩，凡是吃了一碗饭再添一碗，这第二碗饭只作半碗的价钱，可是也有第一碗那么多的，这叫作添头。我添了三碗，已占了一碗半的便宜，所以不许我再添了。"心雄道："如何你索性以前不花了么？"慕仁道："不，我已给清了饭钱，只是我在发牢骚，想不到遇见了你。倘然他们让我再添几碗，那时我还在大嚼，你们早走过了。"心雄道："你还饿么？"慕仁道："不要紧了。"心雄道："饱了好说话。"

慕仁道："我自从接到你的信，就动身南行，到了杭州，在大佛寺遇见云上和尚。"心雄失惊道："你倒遇见他么？我们为了他，不知道生出多少事情来，现在他到哪里去了？"慕仁道："你莫性急，等我把自己的事说完了，再把他的事告诉你。我遇见了云上和尚，他说'唐总统已去世了，你也不必去了'，我就在杭州住了几天。不幸生了半个多月的病，身边所带的钱，花去了十之七八，要还家乡，计算不够了，想到太湖里去找云上和尚。"心雄又失惊道："他也在太湖里么？"慕仁笑道："怎样几年不见，如此性急了！他在大佛寺告诉我，太湖里有座包山寺，是他的徒弟在那里做当家，屡次请他去讲经，他嫌那地方太小，听的人一

222

定不多，只是不去。那时因着等你到杭州去，不见你到来，他想到包山寺去住几天再说。他说倘然遇见你，叮嘱你须依照留在千佛山上的那首诗做去。"心雄道："我正为着那首诗不懂，要去见他，求他指示。到了杭州两次，总是寻不到。"慕仁道："说不定你在杭州，我和云上和尚也在杭州，只是没有机缘相遇罢了。"心雄道："既然他在包山寺，那就好了，我们正要到包山寺去呢。"

慕仁向小雅看了一看，问道："这位尊姓，还没有请教？"小雅把姓名说了，心雄道："我们为了两个女子，几乎惹下一件大事来，可是没有那回事，我们现在还在杭州，绝不会和你相会了。"慕仁道："你们在杭州闹出什么事来？"小雅把何贞、包亚英的事说了。慕仁道："怪不得前天杭州城里，闹得乌烟瘴气。我那时还在杭州，听见人说，保吉栈里有一群窃贼，偷了旗人不少的金银宝物。旗营里派兵把保吉栈团团围住，谁知那些窃贼，已经滑脚。据那栈里的掌柜说有两个女贼到江边搭江山船过江去的，他们向江边去追寻，也不见踪迹，忙了半天才散。"心雄哈哈大笑道："正是做梦，我们哪里肯说实话呢？"慕仁道："得罪得罪，我见了和尚骂贼秃。"心雄道："你有没有行李放在哪里？"慕仁道："寡人而已。不瞒你说，都在杭州换药吃了。"心雄道："今夜与老僧同榻而睡吧！"大家又谈了一会儿天才睡。

第二天真遇着顺风，扯足了帆，箭一般地射向前去。出了太湖，白茫茫一片，也和海洋相似。心雄道："真是个好去处，在这里聚集，自然是千稳万妥的了。"隔不多时，前面涌起一堆黑影来了，小雅道："这是东山。"心雄道："我只知道太湖里有洞庭山，并没听见人说过东山啊！"小雅道："洞山庭山，各是一山，大家混称洞庭山。洞庭山俗名东山，那包山寺在东山的后面、包山的下面，相隔还有几十里。这包山俗名西山。"心雄道：

"传说太湖里有七十二个山，可是有的?"小雅道："七十二峰不过是主山，倘然连支峰旁岭也计算在内，恐怕要加上十倍还不止呢!"心雄道："我们还是一径到西山去，还是在东山也耽搁一下?"小雅道："今天径到西山还来得及，要是到东山去的话，就要绕大弯儿，来不及了。况且东山也没有好玩儿，远不及西山呢!"慕仁道："我往时到大明湖，已觉着空阔爽朗，现在到了这里，非但宠辱皆忘，竟是此身非我所有的光景了。"小雅道："你还没到过海洋里去呢，这才有味呢!"慕仁道："大概和这里也不差多少了。"小雅道："这里的风吹上来很是柔和，就是看那水势虽急，也不及那海洋里黑沉沉可怕。"

慕仁道："一件事忘记了，没有在那镇上买几件衣服，这么的模样去找人，岂不丢脸。"心雄道："我们到了西山，自然有买处，你放心吧! 其实大家都是脱略惯的，有什么要紧，你又不是给人相亲，要装得怎样的好看呢?"慕仁道："不是这么说的，冠盖满京华，斯人独憔悴，未免相形见绌了。"心雄道："这两句话未免拟于不伦，我们又不是官，何用冠盖呢? 况且这包山寺是个忠义堂的变相，也不能比京华啊。"慕仁道："老大哥博学，我难得掉了一回文，给你驳得体无完肤了。"心雄笑道："你又说差了。"慕仁倒一呆，问道："差在哪里?"心雄道："你说体无完肤，究竟你身上还有布袍，一根汗毛也没有伤，难道你生了暗疾么?"说得大家都笑了。

这时后面水声呼呼，小雅回过头去看时，嚷道："这种船就叫龙飞快。"心雄也去看时，那龙飞快已驶近船来，见船上坐着一个女子。心雄道："这是包姑娘啊!"那边船上包亚英也听见了，急忙命船夫把帆卸下来。这里也卸帆，把船摇近去，两船相并，大家打了招呼。亚英道："你们可是到西山去? 好极了，两船并着同驶吧!"那时西山已看得见了，两船重又扯起帆来，更见迅速。不多时已到了西山，在消夏湾停下。大家上岸，心雄开发了船钱，那龙飞快是亚英自己所有的，一行人齐向包山寺走去。

到了寺里，心雄向亚英要了几件衣服，借给慕仁换了，急问亚英："云上和尚在哪里，怎么不见？"亚英道："云上和尚上东山去了，明天就要来的。"那时何贞也得讯了，走来相见。心雄道："你们幸亏走得快，险些给他们瞧破，捉了去。"就把旗营派兵围保吉栈的事说了。亚英道："你们来得正好，这里的秘密，也给官府知道了，不久要来捉人了，我刚才到东山，云上和尚告诉我的，说他那里有人来抄查了，没有什么凭证，也没有什么口风可探，就走了。听说有人向官府报告我们在东西山组织革命机关，那么东山抄查过了，一定要到西山来的。依我的意思，不如先给他们一个下马威，好教他们下次不敢轻于尝试。"何贞道："这事请万先生想一个善全之法，我们女流，见识不远，现在正在萌芽时候，倒不能不慎重的。"心雄道："我刚才一路行来，就地势而论，实在是一个好地方，他们进来了不容易出去，要杀他们一个片甲不留，也不是难事。不过我们正要借此做一个聚集的机关，万一给人注意，就不得安全。我想他们此次到来，人数一定是不多的。"亚英道："不差，东山只有四条船，不到五十个人，枪械也不齐全的。"心雄道："就像东山一样轻轻放过了，也觉得太便宜了他们。我有一个计较，不知道诸位意下如何？"何贞道："请说请说。"

后事如何，下回分解。

评曰：蕞尔一岛，为了长者既染烟霞之癖，复有樗蒲之好，安得不为外人所夺哉！弦外有音，读者宜知之。

一饭之难如此，无怪韩信报漂母以千金也。

云上和尚有神龙隐现之妙，不唯万心雄急于一见，即读者亦何尝不急于一见。闻丁慕仁言，为之一快，却又掉转笔头，不使直接说出，真是闷绝，然论文章，却是妙绝。

结束杭州未了之事，即在慕仁口中带出，干脆之至。

偶掉一句文，就给人驳倒，真是窘极，接着还要掉文，又给一驳，又滑稽，又生动，觉此行真不寂寞矣。

第三十三回

众英雄初试弄玄虚
两侠女夜行救困厄

话说何贞催心雄把计较说出来，心雄叠着两指说道："这里凭证是找不到的，我们只把武器藏起来，大家四散住开。等他们来了，这里把钟撞起来，我们听得钟声，就回杀过去，只喊捉强盗，到了这里，只是虚张声势，并不伤他们半个人。一面到停船的地方，把他们的船，一只一只摇开了，摇到了湖心放了，坐着自己的龙飞快还来。我们把他们逼到停船处，让他们大吃一惊，故意留一只龙飞快在那里，送他们到湖心里，让他们上船还去。这么一闹，闹得他们神魂颠倒，下次也就不敢来了。"亚英拍手道："好玩儿好玩儿，一定如此对付吧！请万先生做军师，来发号施令。"心雄道："我和慕仁路径不熟，只好在这里摇旗呐喊，两位姑娘可以带了几个农夫去摇船，其余的人听两位姑娘的指挥吧！只是最要紧的切莫伤他们的性命。"小雅道："我没有事做啊！"心雄道："用得着，用得着，正要借重你立一大功劳呢。这时候不向你说明了，到那时我再来告诉你。"小雅道："这里都是自己人，何用遮遮掩掩，令人好不难过。"心雄道："军令如此，休得违拗。"说得大家都笑了。

这天无事，到了明天，小雅伴着心雄、慕仁到石公山去游玩，心雄道："这里比西山更是险要，两处可以互为掎角，可惜偏向得天那些。要是在北面，还可以和东山呼应咧！"小雅道："在乾隆年间，东山有一个姓席的，相信了相命的话，说他有帝王之相，他就在东山招兵买马，积草屯粮。打听得乾隆皇帝要下江南到太湖里来了，他不胜欢喜，就在山上安置了一座大炮，等乾隆皇帝到来放出去。谁知道这天却巧大雨，药线受了潮湿，永远烧不着，后来有人去报信，把那姓席的捉去，那乾隆皇帝对他说：'你真是个呆子，就是把我一炮打死，你也未必能坐龙庭。打天下的事，岂是如此容易？'"

心雄道："这太湖只能做一个聚集机关，并且利在散处，不宜集在一处的。我想长江一带别的地方，总觉得太显露，不及这里隐藏。"慕仁道："现在我们有了两处根据地，只是都是南部，最好北部也有一个去处。"心雄道："等这里的事舒齐了，我和你到山东去，在临城地方，有一个抱犊崮，很是峻险，并且外边没有人知道的，那边可以聚着几千人。"小雅道："依我说，以后的事要扩大些了，最好到军队里去运动军士，到帮里去联络帮伙，这事就容易了。"心雄道："我以为尚非其时，须知道将兵不难，难在将将，我们先把有本领的结合在一起，将来散开去，便能各领一军。军队的向背，先看将领，我们把将领取而代之，不怕军队不听我们的指挥啊！至于帮里的人只重义气，少才识，我们只消去结识几个头领，其余的也就一呼而集了。"小雅、慕仁都点头称是。

在山上玩儿了一个周遍，还下船来，见那山下的波浪冲击，山石都成了窟窿。小雅道："水性是柔软的，可是竟会把坚硬的石冲成这模样，可见凡事只要持之以恒。"慕仁忽地大惊小怪地喊道："前面是什么？"大家定睛看去，见远处有无数的黑点，像落叶一般，浮在水上，一时也数不清有多少。摇近了些，辨得出来是船。小雅道："大约他们来了。我们就在近处上岸吧！"心雄道："这里上岸，走去太远，横竖我们面孔上又没有刺着字的，就是给他们看见，也绝不会疑心到我们的，放心摇去就是啦。"吩咐摇船的摇得快些，争奈又是逆风，急切摇不快。摇了好久才到，看那些船还没到，大家上了岸，到包山寺，派人去通知包何两家。

心雄对小雅道："现在要告诉你了。我见寺后有一株大树，枝叶繁密，倘然躲在树上，永远不会给人瞧见的。你端整了些河沙，见他们到来，向他们撒去，好使他们弄得莫名其妙，疑神疑鬼。快些走路，我还想着一个小玩意儿，这里可有戏台上扮将军的铠甲，借用一用。"那包山寺的住持道："没有，可是我知道你的意思了，我来扮一个土地公公，也足够了。"心雄道："好，好，你的行头可齐全?"住持道："有的有的。"心雄道："大家好分头去办事了。"一霎时包山寺里冷清清的，鸦雀无声，只有一个小和尚在那里敲木鱼，念弥陀经。

隔不到一个时辰，有二三十穿着便衣的兵，一直向包山寺走来，为首的先自闯进寺门，大声问："大当家的可在寺里?"那小和尚把木鱼敲得格外的重，弥陀经念得格外的响，不去理会。为首的引着一伙兵到了殿上，吩咐他们向四下搜查，不多时有三四个人，低着头走来嚷道："奇怪奇怪，不知道哪里来的黄沙，落了我们满头满脑，这眼睛都睁不开了。"为首的正要细问，又有三四个人奔出来咋舌道："奇怪奇怪，这寺里的佛菩萨，有些灵验的，我们分明在一间房里瞧见一个白须的老者，走进房去，却是一个年纪三十多岁的和尚。我们问他这里可有一个白须的老者，他说没有。这不是土地在那里显圣么?"为首的正在狐疑，要想替他们解释，一时还找不到什么话来。那小和尚忽地走下座来，到大钟边拽着绳，向大钟撞了三下。为首的喝道："你做什

229

么?"小和尚道:"这是我们的规矩,念了一卷经,要撞一回钟的,就是告诉如来佛的意思。这叫作做一日和尚撞一日钟……"

话犹未了,听得远远有锣声敲来,渐渐敲近,好像有千军万马杀来。为首的吩咐两个人出去哨探,问其余的可曾抄着什么东西,那些人都说:"我们正弄得七荤八素,哪里还敢抄查?"为首的道:"你们真是没中用的东西,待我前去。"说着,大踏步向殿后走去,有三四个胆大些的,随着他去。到了方丈里,先到右边的一间查去,空空如也,只有几件木器家伙。再到左边的一间,是当家的卧室,箱笼橱柜门儿都开着,里面一阵阵檀香吹出来,不禁一怔。再看那床上,端坐着一个白须老者,合着双手,闭着眼睛。那随在后面的,急忙把为首的衣袖拉着低声道:"就是这人,快走吧!不要又变什么可怕的模样出来。"为首的给他这么一说,当真退了出来,后来忽然又转了一个念头,拍拍额角,再走进去。说也奇怪,坐在床上的当真又换了一个没须的和尚了,这可不能不相信那土地公公显圣的话了,只得缩身退出。

再转一进,是个大菜园,一个跟着的说道:"我们就在前面大树下落着没头没脑的黄沙。"为首的道:"看来大树上有人躲着,我来放他一枪。"当下从身边摸出一支手枪来,走进园门,向大树望了一望,正要扳动枪机,那黄沙又落下来了。这时大家都睁大了眼睛所以黄沙完全落到眼睛里,大家忙着把衣袖擦弄眼睛,这一支手枪也吓着跌在地上。那枪机碰在地上,砰地一响,枪子就跳了出来,幸亏枪子的眼睛,没有撒瞎,只向斜里射了,嵌在一株芭蕉树上,没有伤人。可是四下锣声听了,却换了人声的呐喊,隐约听得是捉强盗。为首的道:"不好,大约这镇上的人,误认我们是强盗了,我来到外边去向他们说个明白吧!"一边擦去眼睛里的黄沙,一边拾起了手枪,向外走去。

走到大门口,却不见一个人影,听那呐喊的声音在左右两边，因此才到寺左去，果见有二三十个人，手里都执着耡头铁搭，还有人用力地敲着锣，还是在那里喊捉强盗。为首的便走过去，对他们摇手道："你们不要闹，我们是奉着太湖厅命令来查案的，现在查得毫无凭证，我们要还去复命了，你们也不必再误会了。"人丛里走出一个人来："既是官兵，为什么不穿军服？寺里的和尚吓得没命地逃来，要我们相助，我们因着太湖边强盗是常有的，大家有守望相助的约，一听见锣声，自然要齐心出来了。"为首的道："好了，如今也已说明白了，大家散去吧！"

那些人都转身走了，为首的领着一行人还到停船的地方，竟不见一只船影，甚是奇怪。在大树下停着一只龙飞快，上面坐着一个人，在那里吸黄烟，走去问他："可曾见我们的船？"那人慢吞吞地答道："你们又没有交代我，我如何知道？我也是刚从东山还来的呢！"为首的道："你从外边摇来，可曾看见湖里有没有船只？"那人道："笑话，偌大一个太湖里，怎么没有船呢？"为首的道："是我们的枪船啊！"那人道："啊，原来你们问的是枪船，这是有的，在湖心有十三四只荡着，好似没有人在船上呢！"为首的道："奇了，每船都留着船夫的，都到哪里去了？"一个脑筋最清楚的说道："我们且莫管他，就借他的船，摇到湖心里去看一回就得啦！"为首的道："不差。"就一个个跳上船去，吩咐那船上的人摇出去。那人道："这么一只小船，如何容得你们许多人？这太湖里又深又阔，风浪又大，不要打翻了，大家都没有命的啊！"为首的把人数数了一数道："先载一半，出去，到了那里，寻着了船再来载其余的吧！"那些人听了，便争先恐后地要登舟，为首的拿出官长的架子来，只点了一半，给他们上船，其余的不许上船。

船夫把龙飞快撑开，兜转船头，向太湖里摇去，不到半个时辰，就见有一只枪船，在那里很快地摇来。两船相近了，枪船上的人走过来告诉那为首的道："我们的船停在岸边，听见了锣声，正在狐疑，忽地有三四个农人，都执着耙头铁搭走来，不问情由，分头跳上船来，逼着我们把船摇出去。我们不依，他们就要动手。我们手无寸铁，只得依他。船儿到了湖心里，他们就聚集在一只小船上，呼呼地摇去了。我们见他们走远了，才敢摇进来。"说时，其余的十几只枪船也都摇来了，所说的话是一样的，为首的便吩咐到停船处去载留下的一半人还来。点了一点名，倒一个也没少。为首的道："不知道他们是有意还是无意，这把戏倒玩得可恶。"中间一个人道："本来这太湖边上的人是不好惹的，我们没有送掉性命，总算大幸了。"为首的便吩咐开还东山去复命不提。

且说到了晚上，心雄等聚集在包山寺里，大开庆功之宴，各自把当时的情景说出来，大家都拍手跺脚地好笑。小雅道："我悔未用石灰撒下来，否则他们还要狼狈咧！"心雄道："河沙不致伤目，用了石灰，撒瞎了他们的眼睛，他们怎肯罢休，从此又多事了。我们只是要他们以后不敢来尝试就够了。"住持道："我玩儿的土地公公，比戏台上串戏要难得多，一忽儿戴上假须，一忽儿脱下假须，要是慢一点儿，怕不给他们瞧出破绽来的么！"亚英道："我很想把船夫戏弄一下，送他们到太湖里去喝些湖水，恐怕失了手，丧了他们的性命，所以就此为止，也便宜了他们了。"心雄道："这一出戏串着很有趣，不过以后大家要谨慎些，说不定他们派暗探来呢！"慕仁道："万兄要见云上和尚，不知道他几时到这里来？"亚英道："他总在这两三天内要来，请三位在此住几天吧！"心雄道："他既然在东山，我们就上东山去见他，岂不省事？横竖我们总要出去的。"何贞道："这和尚那个脾气煞是古怪，他到东山甚是秘密，不知道在那里干些什么事，他不许我们把地点说出来的。倘然你们到了那里，一定知道是我们所说，他就得怪怨我们口没遮拦了。"慕仁道："既是自己人，说出来有什么要紧呢?"心雄道："我们这里等两天，倘然第三天还不见他到来，我们只好去寻他了。"大家说："这话甚是。"当下欢饮了一回而散。

到了第三天，云上和尚依旧未来，心雄便和慕仁、小雅要走了，去向包何两姑娘告辞。谁知两人都出去了，只有亚英的父亲包传玉出来相见，说："小女因有一件要事，到湖州去了，隔两三天就可还来。她留着一张纸条儿，叮嘱我等诸位要走的当儿，拿出来的。"说时，手里展开一张角花海月笺，上面写着很细的几行字道：

　　适有女友在湖遇厄，与贞妹同往相援，约有一二日勾留。诸公既来之则安之，请再小住，俟奏凯归来，尚有许多话奉告，否则不顾而去，便是弃我如遗矣!

　　　　　　　　亚英留白

心雄对小雅道："如何? 我在嘉兴，不是与你说过，竟给我猜着了。恶在这'弃我如遗'的这一句话，说得可怜，我们也不好意思就走了。"向传玉道，"令爱说有女友在湖州遇难，是怎么一回事? 如何在未去以前，没有向我们提过一字呢?"传玉道："小女赋性如此，便是我跟前也不肯直说的。那天已在深夜，我已睡了，放了那纸条儿就走，所以我也没有知道。"心雄只得向传玉告辞，还包山寺去。

后事如何，下回分解。

评曰：心雄小试其技，已令官兵七颠八倒，倒足见其胸中有

233

无数经纬。将写有趣之战斗，先写石公山之清游，可谓好整以暇，其实借此将西山环境铺陈一番，为后来地步，非闲笔也。

无端逗出一抱犊崮，几疑后文必有许多事从此生发，不知作者因久写南方事，于北方太觉冷淡寂寞，随意在闲谈中带一笔，便有手挥目送之妙，以后却并不提起，令人上当。

官兵之无用，都在细微处表现，而无智识，少纪律，是为大病。疑神疑鬼，即无智识也；临阵畏缩，临走仓皇，即少纪律也。

在百忙中忽插入孔家庄事，粗看是节外生枝，细想乃为引出好老老而作，观于后文方知。

第三十四回

桑间睹艳浪子思邪
屋漏警凶拳师助虐

　　话说湖州城滨近太湖，也是一个大都会，江浙两省，苏松太杭嘉湖六府，是最繁华富饶的地方。湖州城外的田家，在种田以外，把养蚕当作一件大事。到了谷雨以后，蚕事便一天忙一天，在最紧要的时候，连亲戚人家有婚丧大事，也不相往来的，叫作"蚕关门"，意思是说，为了养蚕，关门不管外事的。离城三十多里，有一个盛家庄，庄上有一家农户，姓盛名大有，世代务农，到了养蚕的当儿，也要忙着养蚕。老的领孩子，少壮的采桑叶，妇女们喂蚕，真是乡村四月闲人少了。那年春天，大有的女儿月娟，正在桑园里采桑叶，忽有一个少年走过，见了伊，立定了脚，只是对伊目不转睛地呆看。月娟倒并不在意，不过见少年只是不走，未免有些不好意思，那时又没有女伴在身边，恐有意外，就不再采桑了，提了篮走还家去。这天夜半，那少年竟从后园跳墙而进，硬要寻欢，月娟抵死不依，要想喊救命，却又给少年把手帕儿塞住了嘴，喊不出口，只得拼死把两脚向地板上乱踏。大有听见了，提着大门闩进来，少年只得放了月娟，向大有当脑一拳，闪身而走。大有受了一拳，痛倒在地，当时就吐了一口血，从此得了病。医治了三个月，没有好，到八月十三日那天，竟一命呜呼。月娟哭得死去活来，要报仇。伊的母亲何氏道："你这弱女子，如何可以报仇？况且少年一去未曾来过，不知道住在哪里，就是你要去找他，从何着手？"月娟道："西山何家表妹有过人的武艺，我去求伊，伊一定肯相助的。"

　　原来何贞是何氏的侄女，和月娟是表姊妹，伊们因着道不同，所以就疏远了些，不是有大事，不往来的。这回大有去世，自然要去报丧的。过了两天，何贞得讯，赶来哭了一阵，拭干了眼泪，对着何氏安慰道："姑父已经去世了，姑母的责任重大，凡事要放开些，自己身体保重要紧。"何氏带哭带说地把大有得病缘由说个备细，何贞听了也很恼怒。月娟便哭着向伊长跪道："姊姊是有本领、有义气的，别人家冤屈的事，也要打不平，姑父如此冤死，也得出些气力才是。我虽无用，情愿把性命送掉，要寻着那厮为父亲报仇，只恐我气力敌不过那厮，要请姊姊助我一臂。"何贞急忙扶伊起来道："妹妹，你且莫哭，那厮住在什么地方？"月娟道："可惜没有知道。"又笑道："妹妹真是傻子，那厮住的地方都没有知道，如何好去报仇？"何氏道："这话我也说过，还是放着留心，有相遇的日子，再说吧！"何贞道："你把那厮的面貌模样详细说给我听，待我随处留意。"月娟道："那厮是削骨脸，额上有一个刀疤的，听他的口音，似乎也是湖州人。"何贞道："这件无头案很难办呢！妹妹，你且安心侍奉着姑母，等机会吧！"何氏母女留何贞过了一个七期，才让伊还去。临行月娟又连连叮嘱伊，大家有了眉目，赶紧通知。何贞答应了，分别而去。

　　过了几天，有一个汉子到盛家庄来，说大有生前欠他的主人一千两银子，有借据为凭，拿出来给何氏母女看。何氏是不识字的，月娟见那借据上写的是向孔姓借的，下面有代笔胡大和大有都画上花押。月娟道："这胡大是谁，我们不认识啊！"那汉子道："他是大有的朋友，或者你们不认识，也未可知。"何氏道："丈夫平时省吃俭用，既不吸烟，又不赌钱，何用这一千两呢？况且他有事总得向我母女说知，我们从未听见他说过这回事啊！你家主人住在哪里的，我自去向他辩白吧。"那汉子道："我家主人住在西门外孔家庄，人家都称他花神孔璨的便是。这是有凭有据的事，你如何好图赖呢？"何氏道："在什么地方交付与丈夫，当时可有什么人同去？这胡大也得去问问，这么不明不白，如何可以承认呢？"那汉子道："你去也好，不去也好，只是我家主人叮嘱我的，今天没有银子还，明天要你家的人。"何氏大惊道："这是什么话，就是有这笔欠款，也不能如此急迫，你不瞧见丈夫刚死，还未断七，这乱纷纷的时候，哪里去张罗？你家主人要的是银，怎么还要起人来了？"那汉子指着月娟道："这位可是盛姑娘？"何氏道："这且休管。你还去总得向主人说个明白，今天来不及，明天我一准到孔家庄来，见你家的主人。"那汉子道："不过我家主人的性子是急躁的，你不要一天两天地延宕下去，惹了他的怒。"何氏不响了。

送那汉子出了门，母女两人相对呆望，一筹莫展。月娟道："这事很是蹊跷，我看一定是假的。"何氏道："他们有财有势，要摆布我们，甚是容易，我们只好拼着两条性命了。"月娟道："我去请何家姊姊来。"何氏道："这又用不着打架的，要伊来何用？"月娟道："伊到底老练些，什么事都有个商量。"何氏只得由着伊前去。明天，何氏到孔家庄去见孔璨，这里月娟到西山去，请何贞来。两人到了盛家庄，那何氏已还来了，只是捧着脸哭。何贞问道："姑母你受了委屈，尽管说出来，侄女自有办法，替姑母报复的。"何氏道："这孔璨原来就是四月中来调戏我女儿

237

的那厮。"月娟听了，也柳眉倒竖，杏眼圆睁，跳起来道："那厮还没有死心，此计好不刻毒！有强占的意思，却没有强占的名声。他明知道我们拿不出这一笔钱，他就好名正言顺地来欺侮我们了。"何氏道："今天他也开了天窗说亮话了，说是三天拿不出一千两银子来，第四天要派人来取月娟去了。这孔璨的家里，人手又多，看来也是一霸，如何是好？"何贞道："你如何知道就是那厮？"何氏道："月娟说过的，削骨脸儿，额上有三五分长一个刀疤，两只贼眼骨碌碌只是向我打转，似笑非笑的面孔，一副刁恶阴险的神色，不是那厮是谁？"

何贞道："倘然给他一千两，他也没有话说了。"何氏道："我家哪里有一千两来给他？并且那代笔的胡大，也像是他那里的人，一定串通一气，来诬诈我们，借端好把月娟占去呢！"何贞道："我去拿一千两来，你拿去还他，看他如何说法。"何氏道："这一千两白送给他，何苦呢？"月娟道："我情愿性命不要了，任他抢去，我和他拼一个死活，那就完了。"何贞道："这一千两银子，不过是骗骗他，我自有法子拿还来的。"何氏道："拿了去，如何还能拿还来？"何贞道："你们且莫担心，我有道理。今天来不及了，明天我还家去，后天就来。"何氏也想不出别的法子来，只好由伊摆布。

第二天何贞还西山去，带了一千两银子，到盛家庄，交给何氏。何氏立刻送到孔璨家里，孔璨老实不客气地收下了，把借据当场撕破。何氏还到家里，问何贞以后如何办法。何贞道："今夜就要去拿还来的。"便向何氏问明了路径，在三更时分，结束停当，带了一把单刀，到孔家庄去。

这孔家庄在湖州城的西门外，人家不多，全是姓孔的居住。那孔璨是个浮薄少年，专一寻花问柳，家里已有七个妇女。那春

238

天见了月娟，以为是绝色之姿，起初嫌伊是农家之女，并不想娶还去的，只想尝一个新鲜，不料给大有撞破了，便舍去月娟，逃还家来，以后也就兜开了。后来听得大有死去了，他就心生一计，假造了借据，去讹诈伊们，倘然伊们怕事的，白拿了一千两也好，万一不拿出来，就借端把月娟抢来作抵。他平时也曾使枪弄棒，请了一个教师在家里。这教师诨号催命鬼，姓蒋名麒，是河间府人，自命有万夫不当之勇，可是也没见过他和别人斗过，不知道实力如何。孔璨的横行无忌，一半也仗着有这位教师做护符。

这天拿了何氏一千两银子，甚是快活，端整了丰盛酒肴，请蒋麒和胡大欢饮。孔璨分给胡大五十两，说是酬劳他的代笔。蒋麒道："大爷正愁钱多没用处，谁稀罕这九百五十两，那女孩儿还是没有到手。"孔璨道："我还有法子呢！"蒋麒道："请教请教。"孔璨道："过了几天，我派人送一份六礼去，硬向伊们要年庚喜帖，倘然伊们不依，就烦老师替我走一遭，直接痛快，把月娟抢了来完事。"蒋麒笑道："这不是多啰唆么，倘然先前就由俺去走一趟，这几天不是已经给你玩儿得厌烦了么？我今年还没有出过手，甚是气闷，难得你支持我，我哪有不去之理。"孔璨甚是欢喜，直吃到三更方散。

孔璨已有了醉意，走到二姨奶奶的房里，睡在床上，衣服也没脱，就呼呼地睡得像猪猡一般。那二姨奶奶也是抢来的，心计最工，所以很得他的宠爱，一个月倒有半个月到伊那里去的。伊在日间，听见孔璨想去抢盛月娟，心上老大不快，多了香炉多只脚，不要分了伊的宠爱去。正想慢慢地劝阻孔璨，谁知已喝得烂醉如泥，不好说话，只得也解衣上床。还没有入梦，忽听得砰的一声，从屋顶上坠下一件东西来，二姨奶奶急忙坐起来张看，原来是一块瓦，向屋顶上望去，却已开了一个天窗。那天窗口有雪白的亮光，像银子一般的白，伊还以为是天上赐下天财来了，也不去唤醒孔璨，偷偷地走下床来。那时何贞已从天窗里跳下来，手里那把单刀闪烁放着寒光，和白银打成的无异。伊吓得说不出话来，只是跪在地上簌簌发抖。何贞道："孔璨在哪里？"二姨奶奶指指床上，何贞道："不许动。"走到床边，把锦被掀开，孔璨还是和衣睡得很熟。何贞一把胸脯提了出来，刀锋只搁到他的颈脖上。要是孔璨的头向左微侧，何贞的手向右稍动，脑袋早已不在颈上了。幸亏一个已惊醒了，一个也动了恻隐之心，只说："快把日间盛家庄何氏的一千两银子拿出来，还了老娘，便饶了你的狗命。"

孔璨本来也有些拳脚的，这时候吓昏了，竟使不出一点儿劲儿来，要挣扎又给何贞抓住，心想还是依了伊的话再说吧，便答道："你放了我，拿给你。"何贞道："你放在哪里，我随你去。"孔璨道："就在这箱子里，不过已少了五十两，其余的原封未动。"何贞抓他到箱子边，让他开箱拿银子，一一接受，放在腰间，便说："本来要向你要利息的，因为只有半天，就让了吧！不过这五十两须得补足才是。"孔璨又从箱角里捧出一只元宝来给了何贞道："这元宝是有六十两呢。"何贞掂了一掂，也向胸前塞去，把手一放，提起左脚，向他腿上踢了一下。孔璨已受不了痛，跌倒在地，何贞开了房门，向屋顶上一纵，如飞地走还盛家庄。

那时天色已有些白亮，何氏母女在灯下守候，见何贞来了，不胜欢喜，拉着问长问短。何贞一面把身边的银子摸出来，一面告诉伊们来去始末。何氏嘻开了嘴道："贞小姐怎么如此厉害，不说别的，单是这六十二斤半的生银，放在身上，还能跳上跳下么?"月娟道:"姊姊快把这东西收拾好了,不要又惹了什么人的眼,多生枝节。"何氏道:"这还怕他作甚,哪一个不识相的,再来太岁头上动土?"何贞道:"姑母不要大意,那厮也不是好惹的,说不定也要来报复。"

这句话又把何氏吓住了,便急问:"他们再来,我们如何对付呢?"何贞道:"他们倘然还是要人不要银,你们赶快通知我。"月娟道:"请姊姊在此住几天吧!"何贞道:"他们知道我在这里,或者不敢来的。等我走了,他们方敢乘隙而来。我又不能一世住在这里的,不如请你们搬到西山去吧!"何氏道:"这个不能,我们一年的吃喝穿着,都在这里,走了不给人家拿了现成去么?"何贞道:"横竖相距不过一日之遥,通信还来得及,我明天就要走了。"何氏母女竭力相留,何贞才答应后天走。这时候已大天白亮,大家去睡觉,直睡到日高三丈,方才起来。这一天一晚风平浪静,一无举动。何贞道:"可是给我料着了,我不走,他们不会来的。"第三天何贞带了银子,辞别何氏母女,还西山去,以后就和包亚英同到杭州,还来后,也把这件事淡忘了。

那天和心雄等串把戏,把官兵吓退了,还到家里,刚要就寝,外面有人敲门,出去看时,乃是盛家庄何姑太太派人来通信的,说月娟已给孔璨抢去了,何姑太太还受了伤,要请何小姐赶快前去。何贞立刻就去拉了包亚英上船。亚英道:"我有父亲在这里,也得给他一个信息,不要到了明天,不见我的踪迹,着急起来。"何贞道:"我喜欢做完了事才告诉人家,所以心雄那边也不通知了。"亚英道:"你不说,我又忘记了,明天不是他们要动身了么,他们一定要来告辞的,我留一个纸条儿给他们,好再留他们住几天。"何贞道:"快些快些,人家在火里,你在水里呢!"亚英写了纸条儿,交给父亲传玉,说是万先生来时,给他们看

241

吧。传玉要问伊们到哪里去，去干什么事，何贞已把亚英拖了就走，只回答他道："两三天就要还来的。"两人上了船，连夜开到盛家庄。

后事如何，下回分解。

评曰：何贞正愁少年无觅处，谁知竟自己端上门来，若在善说因果者，必谓大有所遗矣。

何贞不致孔璨于死，似未满月娟之意，则以孔璨后来能改过迁善故。与其去一恶人，不如多一善人，此作者之微意也。

第三十五回

妙舌逗痴顽管教入彀
卑辞动恻隐许与自新

话说何贞和包亚英只带了武器，连夜赶到盛家庄，见了何氏。何氏当真卧在床上，连连呼痛。何贞道："到底不出我之所料，他们知道我不在这里，来欺侮你们了。"何氏道："深悔上一个月，没有听小姐的话，搬到西山去。我就没有事了，现在月娟给他们抢了去，已有一天一夜。伊是有烈性的，万一那厮屡屡相逼，伊一定付之一死。可怜我们只有这块肉，倘然有了不测，我如何活得成，就是死了，也难见大有啊！"何贞道："姑母且莫悲伤，现在商量如何救伊出来要紧。那天抢月娟的情形，请姑母说些出来。"何氏道："那天夜半，有四五个人，各带了刀棒，从屋后进来，为首的一个紫糖面孔，满脸胡子的，气力最大，把月娟挟在胁下就走。月娟要喊，那人重行放下地来，从身边摸出绳索，把月娟捆扎手脚，还在身上撕了一块布，塞满了月娟的嘴，开门而去。其余的只是助威，看来也没甚本领的。"亚英道："既然不是孔璨自己来的，你如何知道就给孔璨抢去的呢？"何氏道："因着当时有人要寻银子，那人说：'不必寻了，看来早已藏去，这老婆子也不见得有多少积聚，主人只是要人，并不要银，我们去复命要紧。'这几句话，分明就是从前事生发出来的。"

亚英道："看来孔璨那里，还有几个有能耐的。我们倒不可轻忽，深悔没有再请几个人来相助，你我二人，恐怕干不了呢！我们只能计取，不必力敌。"何贞道："用什么计？就像我前回到他家里取回银子，如入无人之境，真不费吹灰之力。现在有了你同去，更容易了。"亚英道："取人与取银不同，取银容易取人难。并且前次，他们是没有预备的，这回一定防备得很是严密，万一失误，不能得手，再去时更麻烦了。"何贞道："我和你今夜就去，你只管把月娟背了就走，我去抵挡他们，包管手到擒拿。"亚英道："依我的意思，须得慎重为是。明天我和你先到庄上去，看了路径，最好混进他的宅子里去，看熟了门户，到晚上下手，来得便当些。"何贞道："月娟在那里多一刻有一刻的危险，如何可以耽搁到明天晚上呢？"亚英道："欲速则不达，这句话你可记得？我平时也很急躁的，可是这件事却不能不慎重将事。"何贞道："你就说要混进他的宅子里去，这如何做得到呢？"亚英道："我和你明天扮成了唱莲花落的，到他家门外唱曲化钱。那孔璨是个色鬼，不怕他不上我们的道儿。"何贞笑道："羞人答答的，如何做得出，倘然打扮得不像，给他们瞧破了，便怎么办？"亚英道："我们不必唱，只消把法器打动，也就够了，就是免不得要唱，随便唱几句就得啦。"何贞道："我是不会唱的。"亚英道："你不唱不妨，我自有应付。"何贞依了她的话，到了次日，两人当真扮成了两个女子，拿了两根竹棒。一根劈开了，嵌上几个铜钱，敲起来铿铿锵锵倒也相像，向何氏告辞，又把两人的单刀放在一柄雨伞里，外面裹了一块青布。何氏见了，也不禁破涕为笑，叮嘱："小心为是，就是不得手，也以极速脱身为妙。"两人答应了，一径向孔家庄走去。

到了庄上，还只巳牌时分，何贞指着一所高大房屋，低低向亚英说道："那边就是孔璨的宅子。"亚英随着伊在宅子的四周相了一遍，转到大门前来，把竹棒敲得很是入调。里边走出一个人来喝道："现在又不是新年，还用得着打竹连厢么？快些走开。"亚英道："我们也是好人家女儿，不过父母少传下些银钱，难不成饿死？只得抛头露面出来化钱。大户人家譬如多喂了些猫食，也够我们一顿吃喝了。"那人听了，倒和顺些了，便说道："你的话是说得不差的，可是我家主人的脾气古怪，在高兴的当儿，看上了眼，留在家里住个十天半月，都有的；要是不高兴的当儿，任是天仙下凡，唱的佛曲神歌，也不要听的。再不然混账王八蛋一顿臭骂，再不然三拳两脚打得七歪八倒。"亚英道："不要听不妨，不给钱也不妨，骂人已不合了，怎么好打人呢？我们倒不怕，请你引领进去，看看你家主人的脾气，就是受了骂，受了打，也情愿的。"那人笑道："你们可是疯了，何苦来受骂受打呢？"亚英道："要是他肯骂了，我们倒造化了，最好他动手打我们，只怕他不打。"那人道："好惫赖的东西，看你们的运道，我去探探看。"说毕走进去了。何贞道："想不到亚英姊的口才如此好法。"

不多时那人出来了，招招手道："来来来，你们的运道倒不差，只是我告诉你们一个秘诀，我家主人绰号花神，见了女子就眉开眼笑，你们要越浪越好，浪了可以得他的欢心。他欢喜了，银子铜钱夹杂在一起，一把一把地抓出来了。"亚英道："多谢你指导。"便和何贞随着那人到里面。两人一边走，一边向四下张望，记清了门户通闭、路径曲折。到了一间书屋里，见孔璨斜拴着身子，坐在一张太师椅里，左侧坐着一个紫糖色面孔的，量来就是前天抢月娟的那个。因着何贞那夜到孔璨家里，是黑夜，面目哪里瞧得清楚，二来现在化了装，更没有丝毫破绽了。

两人见了孔璨，向他弯弯腰，立在窗口。孔璨道："你们会唱些什么曲子，可有新鲜的唱些出来？要是老调，听了讨厌。"

亚英道："不瞒大爷说，我们也是穷极无聊，才出来唱曲讨饭吃，又没有名师传授，如何有新鲜曲儿。只是我们还是昨天晚上才吃的饭，已饿了一夜半天，请大爷先赏给我们一点东西吃，好有气力。"孔璨道："你倒会说话，没有唱，先要吃，好，好，横竖我孔大爷家里米多着，就给你吃一个饱，再来唱。"便唤仆人过来，领伊们到厨下去吃饭。

两人随着仆人，曲曲折折，走过了几间房屋，才到厨房间。那仆人便和两人搭讪道："你们多少年纪？还没有丈夫么？"何贞道："我十八，她十七。"仆人道："正在好当儿，你们再用些功夫，说不定我家大爷要留你们在这里呢。"亚英道："这种梦也没有做过。"仆人道："这有什么稀罕，家里除掉大奶奶以外六位奶奶，哪一个是明媒正娶的？前天又从盛家庄抢了一个来。现在你们自己送上门来，他若是看上了眼，哪里有推却不受的道理？"何贞道："那些姨太太，住在哪里，也给我们见识见识，都是怎样的美人儿。"仆人道："都在这个宅子里，二姨奶奶最得宠，在上一个月，来了一个女强盗，吓得伊生了半个多月的病，至今还没有痊愈。伊本来面孔最好看，现在瘦了，不行了。其余的也不过如此，其实都不及刚才抢来的生得好。无怪主人着了魔，一定要弄到手才歇。"

何贞道："这抢来的姑娘，算是第八房了？"仆人道："可笑这乡姑娘，倒有烈性，到了这里来，饭也不吃，水也不饮，口也不开，尿也不撒，屁也不放，任你软骗硬吓，只是一个不从。听说今夜大家要用最后的一法了。"何贞道："最后的一法，是怎样的？"仆人涎着脸，只是笑。亚英道："倘然伊还是不依，如何办法？"仆人道："用了这一个法子，伊不依也不行了。"

亚英道："我倒有法子，包管劝得伊转心。"仆人道："当真么？"亚英道："自然是真的，我们走江湖的，仗着一张嘴，可以骗人家的钱，岂是容易？中间没有秘方，如何可以做得到？你且把那乡姑娘住的地方领给我们看看。我们到了伊跟前，不消三言两语，就可以使伊心悦诚服了。"仆人道："你们且在此吃饭，我去告知大爷，倘然大爷许你们去见伊的，我来领你们去。"何贞道："你去你去。"仆人走了出去，好一会儿进来说："大爷起初不答应，恐怕你们说得不好，反而惹怒了伊，以后更难说话，后来经我把你们的本领加油添酱说了，他才答应，并且说假使那乡姑娘转了心，还有好处给你们咧！"何贞道："什么好处？"仆人又扮了一个鬼脸道："还要假正经作甚？"

那时两人已吃饱了，亚英低低问何贞道："我们可以改变计划，就在这时候动手吧！你只管背了月娟走还去，就是了。"何贞点点头，便和亚英随着仆人走出厨房。就在前进的东边院子里，有三间房屋，靠左的门帘下垂，门外还坐着一个大汉，见仆人走去，便问："二哥何事到此？"仆人道："老六弟，那乡姑娘在里边么？"大汉道："正睡在床上。"指着两人问道，"这两个花姑娘也是抢来的么？"仆人道："不是，自己送上门来的。"亚英举起了竹棒，向仆人的头上轻轻敲了一下道："不要放屁，我们是规矩人。"仆人一边摸着头，一边回头过去苦笑道："这是谢媒人的媒金么？"又回过头来向大汉说道，"大爷请一个苏秦一个张仪来，劝那乡姑娘的，烦你唤王婆出来，领伊们进去。"大汉摇摇头道："大家不敢用一点蛮劲，不给伊看些颜色，伊如何肯依呢？就是真的苏秦复生、张仪再世，也未必能说得动伊。"说着唤道，"王婆婆，有人来了。"里面走出一个老婆子来，把门帘掀起，放两人进去。

不多时亚英、何贞和月娟一同走出来，亚英道："如何，我们的本领好不好？"大汉和仆人都道："当真给你们说动了么？"亚英道："自然手到擒拿，伊已愿意去见大爷了，只是你们不用跟着。"仆人道："我来引路。"亚英道："我已认得路径，自会到书房里去的。"那月娟低垂粉颈，随在后面。亚英和何贞打前走，仆人争向前去。一行人走到备弄口，何贞向亚英道："你好走了。"亚英便拉着月娟冲出备弄，直向大门口走去。这里仆人已瞧见了，便喊道："你们到哪里去，这是到外边去的路，到书房里去，要从这边去的啊！"何贞从雨伞里抽出一把单刀来，冷笑道："伊们还家去了。"仆人急得跳脚道："你们是骗子么？怎的把乡姑娘骗去了？"何贞把单刀一横道："你们上了当呢，你去向孔璨说，要是不死心，来试试这单刀的滋味也好。"

那仆人没有法子想，只得奔去见孔璨，把前后的事说了。那催命鬼蒋麒立刻从座椅里跳起来道："我去追还来，大爷自去对付那个打连厢的。"那时外边又走进一个人来道："刚才那个打连厢的，和前天抢来的乡姑娘一起走出门去。看门的上前拦阻，给伊飞起一脚，踢成了一个朝天势，至今还哼着痛，立不起来。还有一个，索性执着刀走去，更没有敢上前阻住伊了。"孔璨也恼怒了，从壁角里取了一根齐眉哨棍，和蒋麒一同赶到外面。那门外果然还蹲着那个引进何贞、亚英的仆人，哭丧着脸，把手指向东道："伊们都是向东走去的。"两人便放开脚步追去。

约莫追了三里多路，见前面有几个人影，在那里走动，两人又加紧了脚步，追上去。又追了半里路，方才追着，蒋麒道："你们好不无礼，如何把乡姑娘带了就走？"那时亚英已把月娟放了手，也从雨伞里取出单刀，和何贞横刀立定道："你胆敢强抢良家妇女，不知王法么？"蒋麒挥动朴刀，向亚英杀来，孔璨挺着哨棍，向何贞打来。四个人成了两对，就在空地上厮杀。蒋麒的气力比亚英大些，只是刀法不及亚英精妙，斗了三四十合，给亚英一刀直刺蒋麒的喉间。蒋麒急忙退避，已来不及，刀锋已刺伤了肩头。蒋麒转身就走，亚英哪里肯放，紧紧地追赶。幸亏蒋麒脚步很快,看看已离开二三丈路。亚英也不再追了,还到原处,见何贞也把孔璨杀得手忙脚乱,便上前助着何贞杀去。

孔璨单敌何贞一人,已难以取胜,怎经得起添了亚英,觉得不妙,便虚扫了几棍,也转身而走。这时两人合力地追赶,孔璨又没有蒋麒走得快,早给两人追着。亚英挥刀过去,把孔璨手里的哨棍削去半段,何贞也把单刀挥去,孔璨急忙高举双手道:"请两位姑娘饶命,听在下一言!"何贞把刀收住道:"你有何说?今天我们为民除害,非把你处死不可。你知道死期已至,快些把要说的话说出来吧!"

孔璨道:"以前的事,我自知不是了,以后当痛改前非,决不再干,请两位姑娘容情,饶我一命。我家数世单传,并无兄弟,膝下无一子一女,留我性命,孔氏祖宗也要感激的。"亚英对何贞道:"既然他说得如此可怜,我们就饶了他吧!"何贞道:"本来我们不饶你的,因着你说以后肯改过自新,我们且把你的性命权且借给你几时,倘然你还是怙恶不悛,我们还是要取还你的性命的。"孔璨急忙立起来长揖道:"多谢两位姑娘恩德,只是还没有请教大名,以后相见,好有个称呼。"何贞道:"我们又不和你攀什么亲……"说到这里,觉得失言了,急忙缩住不再说下去。亚英道:"我是告诉你一个姓,我姓包,伊姓何,都住在洞庭湖西山,盛姑娘是何姑娘的表妹,所以前来相救。前次夜间来取还一千两银子的,就是何姑娘。你有眼无珠,当面竟认不出。要是换了别人,恐怕你的性命早已送掉了。那紫糖色面孔的是谁?倘然他不服输,可以命他到盛家庄来,见个高低。"孔璨连说:"不敢了,不敢了,他是我请来的教师,今天他识趣走了,大约也没有颜面再住我家里了。我还去也要吩咐他还家去了。"

后事如何,下回分解。

评曰：书中每有一事，必先说计划大概，然后分几路详细说明实况，唯此次入孔家庄，临时爆发，妙有变化。

以柔媚手段引孔璨入彀，所谓以毒攻毒也。然此事之大关键，乃在仆人之鬼迷，诚从微风蘋末星火燎原上悟得。

亚英妙于辞令，在此回中，大展其才。

最后的一法，是何法耶，隐约得可恶，却也隐约得可喜，大家心领神会，比直说更有滋味，与下文所说之好处，互为发明。评者为保持文章精神计，恕不道破矣。

孔璨用既无父终鲜兄弟之语哀求，居然得生，殆所谓孝思不匮永锡尔类欤？一笑。

第三十六回

图报复访寻隐老
决攻取指点舆图

　　话说孔璨向亚英辞谢了，走还孔家庄去，不到半路，见蒋麒领了十几个仆人，各执木棍铁尺奔来，见了孔璨问："这两个花姑娘已了结了么？"孔璨道："哪里有如此容易，你我各敌一人，尚且敌不住，你走了，两人战我一个，叫我如何抵挡得住？所以我见机而作，我向伊们求饶了。"蒋麒道："大爷太没志气了，我是还去添兵来助威的。"孔璨道："看两人的本领，甚是高强，就是你们再上前去，也没有用处的。"蒋麒道："我的师父白山老人，现在嘉兴，我去求他，替大爷报复。他肯出来，这两个花姑娘就不是对手了。"孔璨道："我已灰心了，今天总算没有伤我一人、折我一木，我也不多惹是非了。"蒋麒指着肩头道："我吃了这一刀，气愤难消，要是给人知道，我一世英名，完全付诸东流了。我非去走一遭不可！"孔璨道："这样说，请还庄去，我把这几年的薪金送上，由师父的便吧！"蒋麒叹了一口气道："你这人太不争气了。"便领了仆人，随着孔璨还庄。孔璨拿了五百两银子、几块衣料，送给蒋麒。蒋麒也不推辞，受了就走。孔璨从此洗心革面，重做起人来，那六个姨奶奶仍一齐给资遣散，安分守己，成了一方善人。这是后话，表过不提。

　　且说何贞、亚英、月娟三人，慢慢地走还盛家庄，见了何

251

氏。何氏喜不自胜，也忘了身上的痛楚，撑起来向亚英、何贞道谢，留伊们住了一天，然后放伊们还西山去。那包山寺里的心雄、慕仁、小雅，已等得不耐烦了，天天到包家来打听。这天两人还到家里，急忙到包山寺去，和心雄等相见。心雄问到湖州去干些什么事，何贞把上项事备细说了。心雄道："两位姑娘真是金刚的手、菩萨的心，要是撞在我们手里，这孔璨的性命就难保了。"亚英道："我看孔璨还不是十二分的坏人，又是有产业的人，说不定受了这次的教训，以后能改好些。"慕仁道："可惜两位姑娘不早些说知，也给我们去松松筋骨。"亚英道："我们也是心粗，其实两个女子深入重地，未免太冒险呢！"小雅道："既然盛月娟是何姑娘的亲戚，为什么不接到西山来，也省得以后的后患。"心雄道："料想孔璨绝不来报复了，倘然他再要报复，也太不自量，真是个反复小人了。"何贞道："我姑母务农为业，伊不舍得把产业抛弃，所以在秋初取还了银子的时候，我已向伊说过，伊只是不肯。否则这一回的事，也可以省了。"心雄道："生出这一个枝节来，耽误了我们的大事。"

亚英道："云上和尚不在东山了么？你们怎么知道的？"心雄道："我们昨天派人到东山去打听的，说前天他走的。"亚英道："不至于此吧，因为他的行踪诡秘，不肯轻易说出来的，怎么会给人知道呢？"心雄道："这也说不定的，那派去的人，是认识师父的。"亚英道："我还有些不信，明天去走一遭看。"心雄道："明天我们也要动身了，难道在此等一年不成？"何贞道："我们难得相聚，就是多住几天也不要紧。"心雄道："我想到北边去寻几个老朋友，多年相隔，不知道在哪里干些什么事呢。"何贞道："这里正少了一个统率人物，不能总揽一切，这事便不易发展。最好请万先生在这里多住几个月，我们把各地的同志联络起来，在此组成一个总机关，以后好和外边的同志通声气。"心雄道："此时尚早，那石尤岛的基础已具，和这里已有伏线，只消往来一说，就连成一气了。不过这里就地势而论，虽是很隐藏，很可吐纳，却不能像石尤岛那里可以自成门户，俨然一国。因为东西两山是个果品出产之地，时常有客商往来。并且那些小盗大偷，也都借此为逋逃之薮，官府把这里看得甚是注重，或者因了别的案子，倒把这里的秘密瞧了去，岂不白费心思?"何贞道："这样说来，我们就是这么的散漫得像没笼头的马一般么?"心雄道："我的意思，像你们现在这种布置，已足够了，要聚集人马，须得别寻妥当去处。可是这包山寺做梁山泊下的水阁酒店，是最好没有了。"亚英道："我们在东山的秘密机关，比这里来得团簇，可以在两个时辰中间，把当地的同志都召集拢来。这里就不同啦，有的在镇夏，有的在石公，有的在马迹山，四散在各地，所以我们想到各地去召集拢来，和你们相见，也因着太麻烦了，没有办法。既然你们要紧动身，明天请到东山去一回，也给东山的同志认识认识，以后相遇，不至视同陌路啊!"心雄答应了。

明天一早摇着两只龙飞快，载着一行人到东山，那秘密机关在青云峰下姓孟的家里。姓孟的是个猎户，单名一个虎字，年纪已有五十多，却还是少年的性情，欢喜结交朋友。那年到西山去打猎，才和何贞相识，彼此时常往来，他家里便也成了一个聚集之处。一行人到了孟家，孟虎忙着接待，何贞把心雄、慕仁、小雅都介绍过了，问道："云上和尚几时走的?"孟虎指着对面一间矮屋笑道："这屋子里坐的是谁?"何贞道："原来你也说了谎话了，既然还没有走，为什么前天我们派人来打听，你说已经走了呢?"孟虎道："我是毫无主张的，怎样地回答了，都请了云上和尚的示才行。他为甚要骗你们，你们自己去责问他吧!"

心雄听见了云上和尚没有动身，这一喜非同小可，便赶先走到对面的屋子去，果然云上和尚端坐在那里，面前一张桌子上面，烧着一炉香，铺着一本经，不知道在念经，还是养神。那时许多人都随来了，心雄知道云上和尚的脾气，是怕热闹爱冷静的，便请大家且慢进来，他独自一人走进屋子里去，唱了一个肥喏道："师父为甚只是避着我，不给我见面呢?"云上张开了两眼，把左袖拂了一拂道："你坐了，我告诉你。"心雄坐了下来，云上和尚道："这是缘法，你自然不会明白的。试问你倘然在千佛山和我见了面，你哪里会到广东去呢?"心雄道："师父给我的四句诗，真是神妙，句句都应验了。"云上和尚道："怎么都应验了?"心雄道："国中遍地生荆棘，是不是说义和拳?"云上和尚点点头。心雄道："海外漫天起浪涛，是不是说台湾的事?"云上和尚仍是点点头不响。心雄道："第三句，那石尤岛不是在海外么? 和虬髯的扶余相像，现在到太湖里来，又应了第四句了。"云上和尚只是笑。心雄道："难道弟子解释得不对么?"云上和尚摇摇头，还是不响。心雄道："到底是何玄机，请师父约略指示一点。"云上和尚道："放着将来自有分晓。"心雄甚是纳闷。

云上和尚道："石尤岛离国太远，并且地方太小，不能展布，不如和这里联络，同到因循岛去。"心雄道："听说因循岛有能人在那里占住，很难夺取。"云上和尚道："本来因循岛上只是岛人，推戴着一个强有力者做岛主，和外界不甚往来的。后来有一个福建人黄人强，绰号刺天星的，勾结了倭奴，攻上岛去，把岛主降服，他就取而代之，甚能干事，这几年着实聚集了不少人马。并且那因循岛出产很多，就是不到外边，也能就地取物，供给饮食，不愁缺乏了。我想石尤岛和这里已有十几位有本领的人，擒贼先擒王，你们只消把黄人强制服了，其余就迎刃而解了。"

心雄想了一想道："外面有包何两位姑娘和丁慕仁、柳小雅在着，可要唤他们进来，一同商议?"云上和尚摇摇头道："人多口杂，不能成事，只消你听我的计划，去指挥他们就得啦!"说着从抽屉里取出一张纸来，铺在桌上，原来是一幅图，图中一个岛，岛上山川房屋，甚是详明，四面都是水。心雄道："这就是

254

因循岛么？"云上和尚道："是的，这因循岛北部是荒野之区，至今还有土番，他们只知道畏强欺弱，不用武力不易感服的，你在台湾住过多时，大概都明白了。倘然从岛北入手，虽是费力，却能利用土番，助你们进攻。至于岛南，那刺天星布置得甚是严密，须大队人马对付，方可得手。依我的意思，你们可分两路夹攻，不过须等岛北得了手，然后再分一部分的人攻岛南才妥。否则岛北没得手，先攻岛南，万一岛南不利，非但不能收双管齐下之效，反有首尾难以兼顾之虞。这期间要你们随机应变了。这图上注着何处有正路、何处有高山、何处有森林，你拿去和他们细细揣摩吧！"

心雄道："师父从何处得来此图？"云上和尚道："我到杭州，就为了这事，有一个朋友曾经到过因循岛的，我就请他把岛上的情形默写出来。"心雄道："那人可肯做我们的向导呢？"云上和尚道："他已上了年纪，韬光敛影，不再多事。不是我去问他，他再也不肯说出来的。"心雄道："我前天和柳兄在嘉兴烟雨楼遇见一老者，也说起因循岛的事，他有一个朋友姓项的，也到过岛上，可惜已经去世了。"云上和尚笑道："这老者是不是诨号好老老么？"心雄道："师父如何知道？"云上和尚道："这图就是他画的。"心雄失惊道："原来他也到过因循岛的么？"云上和尚道："岂但他到过因循岛，并且他说的姓项的猎户，就是他呢！"心雄失惊道："此老倒会狡狯，我们竟深信不疑。"云上和尚道："那天也是他高兴，才肯把这些话说出来，要是不高兴的时候，就是我去问他，他也含糊吞吐，不肯多说呢！"心雄道："那么请师父写一封信给我，我们到嘉兴去，以大义相责，请他引导，谅来他不至坚拒吧？"云上和尚道："他经历了多少艰险，心如枯木，无论如何，不会说他得动。况且他行踪无定，说不定现在又到别处去了。"心雄只得不说了。云上和尚道："你去吧！"心雄道："以后师父可是仍在此地？"云上和尚道："倘然没有人来滋扰，我不到别处去的。就是我要走，也得留一个信给孟虎，你们去问他就是了。"心雄收了图，便立起身来，长揖告辞。

出来和众人相见，都争着问："云上和尚可有什么神机妙算指示给你听？"心雄道："他要我们和石尤岛上的人联络在一起，共取因循岛，不知道诸位愿意不愿意？"小雅道："自然愿意，不过石尤岛离此很远，论地势只好我们前去相就了。"慕仁道："我们这一行人男混女杂，不伦不类，走这许多路，不惹人起疑么？"心雄道："横竖两位姑娘已串过了把戏，我们何妨也扮着走江湖的，一路卖拳头打连厢，只多些耽搁，绝不会给人瞧出破绽来了。"何贞道："前天的事，也是一时权宜之计，赶长路要多少日子，老是这模样，岂不羞死！况且我们实在也不会唱什么，那天倘然孔璨一定要我们先唱后吃，我们抵桩立刻和他厮并了。"亚英道："我们索性走海道，可以一径到石尤岛去，省掉许多麻烦。"心雄道："走海道固然爽快，不过风浪不测，不如陆路稳当。"小雅道："横竖将来也得从厦门来，那么大家都省了一半路。"心雄道："从石尤岛的路径，他们已熟悉了，何必再从厦门出发呢？"慕仁道："此事须从长计议，我们在此立着要解决，总有些烦难的，不如去吃了饭再说。"这话倒把孟虎提醒，便嚷道："我也忘了，这时候还没有烧饭，真是该死。"说着，便跳出去了。

包何两位姑娘引着众人，在青云峰前后左右各处走了多时，再还到孟虎家里来，那时孟虎已把酒炖热了，菜烧熟了，大碗小盆，摆满了一桌。大家要请云上和尚出来同吃，孟虎道："这和尚是奇怪得很的，杀人不怕血腥气，倒吃净素，并且他喜欢独自一人吃喝，见我们狼吞虎咽的模样，早已皱着眉头了，如何肯和我们同桌？"说着提了酒罐，向众人的杯里满注，注遍了酒，举箸向碗上点着道："请请请，这几只野鸡野鸭，都是我亲手去打来的，还算新鲜，大家尝尝看，看我烹调的手段如何。"慕仁道：

"孟大哥连烧饭做菜都能，真是佩服。"孟虎道："我又没有老婆，又用不起老妈子，只好自己动手，可是自己烧了自己吃，就是不入味，也将就吃了。今天诸位贵客临门，恐怕吃不惯吧！"大家都说很可口，便各自下箸取食，在席间只谈些闲话。席散了，亚英道："我们还是仍还包山寺去商量一个办法出来。"大家依话，离开青云峰，还船向西山行去。到了包山寺，大家聚着商议，决定都上石尤岛去。这夜无话。

第二天心雄等三人，正在寺里闲谈，亚英走来道："昨天我们到东山去，湖中不是有一只小船驶过的？"心雄道："湖上的舟楫往来很多，有什么关系？"亚英道："这船恐有些蹊跷。"心雄道："为什么呢？"亚英正要说出来，何贞也走过来了。

后事如何，下回分解。

评曰：不杀孔璨，还有些理由，在此回中补出，作者正恐读者为之不平也。

云上和尚有如神龙，以前只东云见一鳞，西云见一爪，至此方见全体，然其本领如何，犹未露头角，狡狯之至。

写因循岛亦用分写法，从各人口中说出其一部分，不似笨伯之作文字，只会记账式也。

姓项的即失之交臂之好老老，好老老即蒋麒之师父白山老人，前后起落，令人捉摸不定，一言道破，恍然大悟。

已决定上石尤岛去矣，忽又生出一枝节来，初不料求之不得之人，竟自己走来入伙，于此方知孔家庄事，亦文中紧要处，借此做一过渡耳。

第三十七回

包山寺诸侠远征
奉天城双雄行刺

话说何贞走来道："这船当真有的，船上有一个老者，模样儿不像有什么本领的。还有一个汉子，甚像孔家庄上的拳教师。"亚英道："大概这拳教师去请了助手来，要和我们寻衅呢！"心雄道："你们在哪里瞧见的？"亚英道："昨天有两个人到我家来打听，可有一位姓何的姑娘，我家父亲回答他说：'有是有的，不过伊到东山去了。'那两个人又问何时还来，我家父亲说：'大约隔天就要还来的。'还问他何事寻伊，两人不答，转身就走。我问父亲两人如何模样，他说一个是六十多岁的老人，一个是紫糖色面孔的。"何贞道："这紫糖色面孔的，不是那拳教师是谁呢？"亚英道："我那时也疑心是他，晚上倒不敢睡觉，守了一夜，不见动静，大约他还以为我没有还来呢！今天一早我就请贞姊到各口子边去查看有没有外来可疑的船只。"说时回过头去问何贞道，"你在什么地方瞧见的？"何贞道："我在大树浜见一只小船，不像本地的模样，正在那里吃饭，我不敢走近去，只远远立着张望。我瞧见了那个紫糖色面孔的，便急忙走还来，恐怕也给他瞧见了不好。"亚英道："我想先下手为强，索性到大树浜去找他。"心雄道："倒也爽快，我和你们同去。"慕仁、小雅也要去，心雄道："这两个人何用许多人去对付呢？"小雅道："就是用不着我们，让我们袖手旁观也好。"心雄道："我也不预备动手，两位姑娘已经足够了。"

五人各带了武器，一齐走出包山寺，何贞在前引导。走过了几个村庄，方到大树浜，远望浜口果然停着一只小船，船上空空的似乎并没有人在那里。何贞道："他们已经上岸了，我们四散躲开，等他们到来，出其不意，把他们双双捉住，不是更干净么？"大家说很好，都像捉迷藏一般，一个坐在大树下，一个立在河边，一个背向立着，却把眼梢斜睃着大路，一个却睡在草地上，一个往来梭巡。先给睡在草地上的丁慕仁瞧见远远有两人行来，步履很轻健，招呼大家留神。不多时两人已走近来了，大家还是不动。慕仁等他走到近身，便直跳起来，把双手拦住去路道："你们两人，昨天可曾到过何家村，找何姑娘去？"那打前走的正是催命鬼蒋麒，他怒道："去过便怎样？"慕仁道："你找何姑娘何事？"蒋麒道："你管我作甚？你可是和何姑娘一起的？好，好，我就向你算账。"说着，握拳就打。慕仁道："今天闲着没事，我和你只用空手，你的武器没有带，我的武器也放着不用了。"说毕，也握拳相迎。

那时候后面那个老者也走来了，便问："你们为着何事，怎样就打起来了？"蒋麒道："师父，你且不要相助，这厮气力有限，我够对付了，你还船去歇息一下吧！"老者走过去，走近河边，也给立在河边的包亚英瞧见了。等老者上船，伊捧起岸上一块尖角石来，向船头上摔去。只听得砰的一声，小船的船头直钻向水里去，老者身子也向前直扑。幸亏他脚力坚定，两手攀住了船篷，没有跌下去。等船儿还复了，转过身来，向亚英看了一眼道："你这小姑娘好生无理，如何把石块掷到我的船上来？"说着俯下身子，把那摔下来的石块，双手掇起，轻轻一举，向岸上掷来。亚英急忙闪开，让他掷了一个空，又在地上拾起一块小石子来，向老者脚上打去。老者纵身一跳，跳上岸来，舞动两只大

259

袖，握定两个老拳，提起两条枯腿，张开两颗黑睛，向亚英奔来。亚英的小石子扑通落在水里，没有打着，便觉得老者本领甚是高强，或者敌不过，假装着怕他，转身就走。老者道："你这鬼丫头，倒有心思，想骗我上当么？你有敢胆的，来见个高低，没有本领的，快些滚蛋去。唤何姑娘来，我这老拳从来不打无名小卒的。"立定了并不追赶。

亚英只得还身过去，正要上前和他厮打，听见背后有人喊道："包姑娘，且住手。"又喊道，"你是不是人称好老老的嘉兴朋友？"那老者也呆住了，定睛看时，来的便是柳小雅，等他走过来，问道："奇了！怎么你也在这里？那姓万的呢？"小雅道："在那里劝阻丁慕仁和你同来的那个。"老者道："原来都是自己人，说也好笑。"说着便和小雅、亚英同到前边，见蒋麒也在走来。心雄抢前几步，向老者一揖道："老丈别来无恙？竟在此处重逢，也是奇缘，请到包山寺去坐坐。"蒋麒倒有些不好意思起来，倒是老者脱略，便对他说："既然都是相识，以前的嫌隙一笔勾销了。我们去坐坐也好。"蒋麒见师父如此说，只得没精打采地随着众人走去。

到包山寺，分了宾主坐下，心雄又把众人的姓名说了。老者道："蒋麒是我的徒弟，在孔家庄已有多年。前次给何姑娘包姑娘打输了，就不高兴再住在孔家庄上，到嘉兴来寻我，要我相助报复。我起初不答应，并且劝他说：'孔璨为人也不甚正当，你何苦助纣为虐，况且两位姑娘，有这么的本领，必有来历。这件事又是你和孔璨先惹出来的，其曲在你。自古说'师直为壮曲为老'，我就是替你去报复，也所谓胜之不武啊！'他说：'半世英名扫地以尽，以后也难寻栖止之处了。'我说：'哪一个不碰着对手？强人自有强人制，你又不是什么了不得的大人物，给人打输了，部下就要看轻的。你隐隐绰绰走得远一点的地方去，谁会知道你有这回事呢？'我如此反复劝导，他只是不消这口愤气，甚至说：'这件事传开去，师父也丢脸的。'我给他这么一激，倒引起少年的血气，便同他到这里来了。昨天到何家村去探听何姑娘的行踪，据说到东山去了，所以晚上没有动。刚才我们又到何家村去，说人是还来了，倒又走过别处去了。我们就还来，想在吃饭的时候，再到何家村，那时何姑娘一定还家了。不料已给你们瞧破了，甚是惭愧。"心雄道："这也是一种缘法，要使我们和老丈相见，就是蒋兄的急于报复，也是人情之常，我们做了，他也不肯罢休的。所谓易地则皆然啊！"

老者道："你们是常在这里的么？"心雄把前后的事说了大概。老者道："原来云上和尚是你的师父，险些为了小徒，坏了交情，现在云上和尚在哪里？"心雄又把大众要去夺取因循岛的事说了。老者道："这和尚又饶舌了，本来你们的大志，理应相助，实在我多经患难，什么事懒干了，横竖那图已给了你们，别的也没有什么困难了。"心雄道："为了蒋兄的私仇，倒肯破戒前来，我们的事，虽不算大，到底也有些意思，怎么反而见拒呢？"老者经心雄这么一责备，顿时无言可答，急忙分辩道："我不是阿私所好，不知大义。老实说，上了年纪，远不及你们的手轻脚健，并且凡事每多顾虑，一有了顾虑，便畏缩不前，不如你们年少气盛，一味勇往直前，倒容易成功。所以我这种老朽，实在也用不着了。"心雄道："不能如此说法，因循岛布置严密，不是有熟悉的人引导，容易坏事。老丈既在那里住过多年，什么都明白些，别的事不敢劳动，只备我们的询问，我们有不明白的地方，请你指点一下，那么避重就轻，便可以化险为夷、事半功倍了。"老者还是不允。心雄对众人说道："我们难得有了一个指南之针，偏是不肯指导，大约我们的诚信未孚，以后也难以做事了，不如早早死了这心，散了这伙吧！"老者见他说得如此恳切激烈，便不好意思坚执成见了，说道："老弟且慢负气。"

心雄听了立刻立起来，向他一拱到地道："老丈回心，我们气壮十倍了。"老者道："你们只有这五六个人，如何够事？"心雄道："还有石尤岛上几个同志，在那里等候我们同去呢！"老者道："至少要七八十人才够分配，因为这岛上的路，像手上纹痕一般，各路有危险去处，非得四五个人结伴同行不可。岛北岛南两路夹攻，人少了就单薄无力了。"心雄道："这里大约可以挑选几十个出来，石尤岛上尽多尽少选得出的。"老者道："这人马的事，可以解决了。还有到了岛上，一时或者找不着宿处，倘然露宿，一来身体容易受病，二来容易给人瞧出破绽来。因此去的人，必须预备了简单的卧具和水壶油灯等类的必需东西。"心雄道："油灯有什么用处？"老者道："这岛上时有浓雾，夜里有了雾，四边都成白茫茫一片糊涂，甚是危险了。有了油灯，彼此可以照应，那岛民也以为是本岛的人了。"心雄道："这些东西，带了甚是累赘，如何还能厮杀？"老者道："你没有看过《三国志》么？诸葛亮征南蛮，不是也预备了许多需用的东西，然后出发的么？现在军营里所用的水壶，就是他老人家发明的。还有诸葛鼓，倒过去可以煮饭，倒过来可以催战，一物两用，也亏他老人家想得出，至今都当作古董，供在厅堂上了。我们到因循岛，不必带炊具，可是干粮必须多带，恐怕到那时和土番意见合不拢来，两下厮并起来，三天五天说不定的。"心雄道："我们先从岛北入手，能够假道，他们并不作难，我们就和平对付，所以我想先用利诱的方法，大家扮作做买卖的模样，带些本钱轻花色新鲜的布匹之类，有时竟送给他们，好把他们利用，说不定可以不折一矢，直捣黄龙。"老者道："这方法也可一用，不过有几处土番，竟难以理喻，倒有威武不能屈、富贵不能淫的气概，你就是送他们金银珠宝，要是他们不乐意，也不肯领情的。那时少不得要用些蛮劲。他们知道是厉害的，有本领的，就屈服得服服帖帖，任你怎样地使唤了。"

心雄道："现在还有一件事，商量了好久，不能决定，请老丈判断一下吧！"老者道："什么事？"心雄道："论地势，从厦门到因循岛，来得径捷，不过我们的大本营却在石尤岛；若从石尤岛出发，我们要多走了许多路。"老者想了一想道："依我看来，宁可绕大弯儿的。为什么呢？因着这事不是对付一个寻常小岛，我们总要先有个退步，倘然不能得手，我们还得仍还石尤岛去，方能徐图妙计，卷土重来。他们也不敢追逼，就是追逼，我们有长路好走，从容得多。要是退到厦门，一面有因循岛的相逼，一面也要防备厦门官府的疑猜，不要起了误会，前不可进，后不可退。"心雄道："老丈所言甚是，我们几天未决的悬案，现在得老丈一言，迎刃而解了，那么我们就准备动身吧！蒋兄可肯同去？"蒋麒道："我是无能之辈，去了也没有用处呢！"心雄道："这话未免见外了，到底多一个相助，有多少益处。况且强将手下无弱兵，就请同行吧！"蒋麒也答应了。亚英向传玉说明了，传玉也要去，亚英道："这里走空了人，倘然有同志到来，何人接待呢？老实说，这个去处，甚是危险，父亲上了年纪，受不起风浪的，还是请留守在这里吧！"传玉也就不说了。过了几天，一行人坐了船到湖州，慢慢地向广东走去，暂且按下漫提。

且说那关外的马贼，有几百群，中间一群就是给朱继武、秦宁打败的。那头领姓石名锋，能骑滑背马，在沙漠中走三天三夜，不用歇息，因此关外人给他提一个绰号，唤作追风驹。他自负一时无敌，凡事十分大意，所以有此失败。当时逃出圈子，落荒而走，到了第二天，重返旧地，见马匹都失掉了，别的倒没有损失，只死伤了几个伙伴。这天手下的人，渐渐地聚拢来，大家都愤愤不平，怂恿石锋去追赶。石锋道："相隔已有一夜，不知道他们到哪里去了。就是追着，也敌不过他们，徒然受辱，何苦呢？"他有一个结义兄弟白眼夜叉张寿说道："我们白白受他们蹂躏了，一声不响，不给同道讪笑么？他们有大队人马，自然难敌，要是探听到他们的归宿之处，我们掩杀过去，他们也是措手不及的。"石锋道："老弟还有些计划，如今我派人悄悄地向四下追寻，只消跟他们到一个着落的地方，来告知我们，我们再作计较。"当下就有五七个人愿去。石锋派定了地点，分四路前去。

过了一个多月，那走居庸关一路的，还来报告道："那边只见出关有一群人马，却没有见他们入关。后来到京城里去打听，也是这般说，只见去，没见来。"过了几天，走奉天一路的，还来报告，这才说得明明白白，方知一个是秦宁，一个是朱继武，一个在奉天城外，一个在奉天城内，都有惊人的本领。石锋听了，和张寿商量如何着手。张寿道："既然都是有本领的，我们不能力敌，只得计取。我和你各带几个伶俐的伙伴，到奉天去，伙伴们只管去打听两人的行踪，我们得了实讯，在夜里去行刺。能够手到功成最好，倘然失了手风，几个伙伴和他混战了一阵，就退下来，再图报复。"石锋道："秦宁住在奉天城外，还容易去，退下来也走得开：那朱继武住在城内，我们失败了，一时要退，有城墙围住，走到哪里去呢？"张寿道："你只惯在无边无际的沙漠里横行了，我担任去行刺继武，你不知道城内房屋密集，反有遮蔽，我们见不行了，急忙向人家屋上躲一刻，等他们四下寻过了，尽着从容不迫地跳下去，就万稳万妥了。不比城外，一无遮蔽，给他们瞧见了路道，拼命地追赶，那时就危险啦！"石锋道："既然老弟愿意担任到城内去，我就到城外就是。"

当下各选了三个伙伴，拣了八匹高头骏马，带了些干粮，进居庸关来，一路无话。又进了山海关，到了奉天，在客店里安歇。过了一夜，四下去打听，那朱继武名声很大，都知道在张齐东家里，秦宁却没有知道底细。张寿便到张宅去四下相看了一回，还客店里来，对石锋说道："我的事已探听明白，今夜就好动手。只是你那边的事，还没有眉目，如何是好？"石锋道："各走各路不妨，我明天到城外去探听，只消约定一个相聚的地方就行了。"张寿道："事不宜迟，迟则生变，我决定今夜前去，得了手，连夜要出城的。我打听得北门皇陵地方，甚是冷静空旷，我在那里相候。你无论有无头绪，在明天的午前，总得到皇陵那边来。"石锋道："今夜横竖我闲着没事，可要与你同去？"张寿笑道："他又不是三头六臂的人，我早把闷香、撬刀、叉子都端整了。连伙伴也不要随去，独往独来，不用照顾他人，岂不自由？"石锋道："老弟真有肝胆，祝你马到成功。"

后事如何，下回分解。

评曰：对付白山老人，以游戏出之，所以尊重其人，留下地步，好一笑而解。

白山老人何等涵养，然以一弟子之激，竟再为冯妇，以心雄之激，加入战围。甚矣，三代以下，唯恐不好名，名之累人，一至于此。

油灯为鲸鱼而设，鲸鱼为油灯而来，前因后果，点逗无迹。

取因循岛为全书大关键，故须郑重出之，山雨欲来风满楼，到此回已成弓满待发之势，偏又戛然而止，留待续集交代。在作者为卖关子，在读者却头颈穿套裤矣！

马贼姓名在此表明，借此使继武入关南下，补足前文，何等笔力！

第三十八回

中副车坠城了宿孽
追敌骑孔道斗无休

话说继武自从和李无功在王家口分别以后，到堂邑县去访寻了慕仁，见了留下的字条，知道心雄和慕仁都到广西去了，只得重还奉天。固然不出他的所料，齐东对他已不比以前的热烈，因着满天飞郑福庆常常说继武是没有情谊的，主人待他不恶，他竟要走就走，大喇喇的眼睛容不下人，这回南下，不知道要几时才来。这里事情又忙，如何分派得来？逢到了一件事，他总是说可惜继武不在这里，否则命他去办就行了。现在继武还来了，他又说大概别处不能容身，所以又到这里来了。继武也有些觉得，想再住几时，自己积了些钱，然后走路，此时只得耐性些。他便用心买卖货物，权其子母，结果顺利，一年之间，已积了七百多两银子。那奉天地方黄豆的出产很富，到了春天进了货，夏天卖去，运气好时可以得一半之利。这年继武把七百两银子完全买了黄豆，那时南方太平农家都乐于耕种，需要多量的豆饼去做肥料，黄豆的价钱，飞涨一倍多，继武又得了一笔赚头。这时候已交秋令，齐东又预备到口外去贩皮货了，福庆因着前次让给继武，得了许多钱，未免眼红，这回他就揽了去，留继武在家里。继武为了齐东一家的责任，都在他的肩头，不能忽略，所以只是杜门不出，少管闲事。晚上早些就寝，朝上早起来，门户照看，闲杂人等不许往来，连秦宁也叮嘱他暂时少来。

　　这天秦宁为了有一群马要运到黑龙江去卖与俄国人，来和继武商量，想邀继武同去。继武说："这里没有人，走不开去。"劝他暂缓几天，等他们还来了，然后同去。因着已晚，就留秦宁同在房里住了一夜。在这夜里，白眼夜叉张寿带了闷香、撬刀、叉子等物，从后面短墙上跳进来，拉住一个仆人，逼他说出继武的卧处来。那仆人吓得没法，只得指点给他看。张寿把仆人缚了手脚，塞住了口，走到继武的卧室外边，自己先上了解闷药，把闷香点起来。用撬刀轻轻撬开了窗，跳进去，见房里只有一张床，也不暇细看，执定叉子，掀开帐子，猛力把叉子向床上一戳，转身就走。也不知道是死是活，只顾向城外走去。那时城门已经关了，他就用绳索缚住了身体，一面用铁钩钩住了城垛，坠下城去。谁知道这城垛年深月久，已有些松动，经着一百多斤重的分量，竟支撑不住，轰的一声，那城垛上的大石大砖，一起随着张寿到了城下。张寿既是跌了一跤，又有大石大砖打下来，早已气绝身死。

　　且说他那把叉子，插进了一条棉被，插进了一个人的肚子，这人不是继武，却是秦宁。因为那夜秦宁和继武同床而睡，秦宁睡在外床，不知和张寿前世里结下了什么冤仇，两人都死于非命。那时秦宁和继武都受了闷香，昏昏沉沉，开不出口来，秦宁吃了一叉子，也只能挣扎，张大了两眼，喊不出声。过了些时，闷香烧过了，继武醒来，见秦宁四肢牵动，急忙坐起来看那叉子，还颤巍巍立在被上。用手拔去，掀开棉被，见血流如注，创口里还在冒血，秦宁已只有出气，没有进气。这一急非同小可，披了衣服走下床来，见那窗儿开着，知道有刺客，唤起仆人来，四下追寻。张寿已经去远了，哪里还有什么影踪。只在后院墙边见蜷伏这一人，把绳索解开，抽去口塞，问他那刺客如何模样。仆人把刺客问朱师爷卧处的话说了，继武才知秦宁做了替死鬼，不胜悲悼。一面派人到秦家去报信，一面到县里去报案。县官连夜来踏勘相验，把仆人的口供录了，悬赏缉凶。到了明天，秦宁的伙伴都来了，把秦宁的尸首运去安殓厚葬。这天守城的也在城下发现了张寿的尸首，唤仆人过去认识，就是那刺客，当即销案不提。

且说石锋甚是细心，命三个暗随张寿，到齐东家的四周守候。好久不见张寿出来，到了天明，只得还客店去。石锋也在那夜和三个伙伴出城去了。这时血案已闹得满城风雨，急忙悄悄地走出城去，还没有知道张寿已跌死压死，依着张寿所约的话，一径到皇陵去，等到午牌时分，方见伙伴等来了。石锋问张寿哪里去了，伙伴道："我们只见他进去，不见他出来，不知什么讲究，可是城内已宣传有一个姓秦的给人刺死，却不是姓朱的。这个哑谜，竟不明白了。"石锋道："我到秦家庄去打听，得知秦宁到城内去了，所以没有动手，说不定那秦宁给张寿刺死了。可是他已把秦宁刺死，为什么还不走来？待我到城里去打听一番，你们且在这里守候。"说着转身进城。那时张寿的尸首已发现了，街坊上传说纷纷，都以为是天道报施不爽。石锋听了甚是悲伤，要去寻着了棺木，前去一吊，却不敢细问，只向人问义冢所在。到了义冢，棺木累累，就是新的，也有好几具，察看贴封条的，只有三具，都不是的，只得望空拜了几拜。还到皇陵，把张寿已死的话说了，大家撑不住啜泣了一阵。石锋道："你们先自还去吧，我这条性命也不要了，我今夜再去刺继武。"伙伴道："这几天他们必定加严防备，你就是要去，也得停几天。"石锋道："你们自管散去，我自有道理，倘然一个月不还来，你们把那边的马群俵分了，投奔到别的马群去吧！"说着把身边的碎银摸出来，分些给他们。他们只得没精打采地散了。

石锋独自到奉天城里，另外住在一家店里，白天只是在齐东家的附近打听，果然防备得甚是严密，夜间分班巡逻。继武自己也只睡半夜，到了三更以后，他早起来的，到四处去察看，在午餐以后又去睡觉。石锋心想这件事倒有些困难，但是他这口气兀自不消，还不肯舍去。过了几天，打听得继武要出城去收田租了，暗暗欢喜，便骑了马在远处候着。果见一个人英姿爽发，骑了一匹黄马，后面随着两个仆人模样的，也骑了马。石锋远远地跟踵而去，出了东门，一直大路，石锋便加上几鞭，那马像箭也似的直射过去。继武没有知道有人在那里追他，只是缓辔而行。走了一程，听见后面马蹄声很急，便让在一边，兜转马头立着，见石锋骑了马，直射过来，人儿矫健，马儿轻快，暗暗称赞。

　　不多时相距已近，石锋已把短剑掣在手里，喊道："你是朱继武么？"继武倒一呆，不便答应。石锋又说道："我是石锋，前夜我家兄弟张寿，误刺秦宁，饶了你的狗命，今天我来结果你吧！"继武听了，才知也是刺客，可是石锋的剑已直刺过来，两个马头也碰着了，来不及取背上的铜锤，只得把身边的铁弹摸出来，照准石锋的眼部打去。石锋眼快，见有一颗圆浑浑的东西打过来，便把马向后退了几步，让铁弹打不准，斜到左边去，然后再挺剑上前。那时继武已得了间，把铜锤取下，也拍马相迎。两马相交，两个铜锤和一把短剑相交，你去我来，甚是紧凑。石锋本来打不过继武的，因为今天一股愤怒之气，冲动了勇气，已出了性，存了一个不死不休的心，所以精神抖擞，比平时勇上几倍，继武的铜锤竟一记也打不进去。石锋的剑，在两个铜锤中间分拨挺刺，也难以近身。两马忽进忽退，两人忽左忽右，足足斗了一个多时辰，还不分胜负。

　　继武举起右手，把铜锤向石锋晃了一晃，举起左手，把铜锤向石锋的马头打了一下。那马狂嘶了一声，直跳起来，石锋急忙把双腿夹住了马腹，勉强支住。那马头已受了伤，再也不肯立定，直向斜刺里走去。石锋骑马的功夫甚是厉害，用脚尖向马腹一点，那马又受了痛，直向前冲，正冲在继武的马腰里。这时石锋已接近继武，便丢去了短剑，跳过马来，骑在继武的背后，用两手向继武的咽喉扼来。那马没有人骑，早溜之大吉。继武也把铜锤摔在地上，一纵身跳下马来。石锋见扼不住他的咽喉，急忙追下来，两人就在地上回拳相斗。

又斗了一个多时辰，继武使一个金刚扫，把左脚向石锋的两脚一钩。石锋的两脚并跳，没有钩着，还他一个旋风势，挥动两拳，向继武的腰间打来。继武便着地一倒，打出一个醉八仙来。石锋恐怕下部受击，便跳出圈子，使一个饿虎扑羊势，扑到继武身上来。继武把身子闪开，石锋扑了一个空，跌倒地上，一个滚龙势，滚到继武身边。那时继武已立了起来，用两手接住石锋的双拳，用力一拉，把石锋拉了起来，两人又立着恶斗了一场。斗得两人都没有力气了，石锋便收转双拳，拔脚就走。走到前面，见马儿正在吃草，他就跳上马背，拍马而走。

继武的黄马不见了，便把仆人拉了下来，换了马追去。两马八蹄，如风驰电掣般在大路上走着，起初相距有五六丈。石锋的马头受了伤，一时走不快了，那继武的马闲了多时，是个生力军，所以追不多时，已追近了。继武道："你还想逃走么？"乘势向前一冲，用双手向石锋腰间抄过去，当胸一抱，轻轻地把石锋抱过马来，左手撳住了石锋的背心，右手抡起拳头来打他。石锋要挣扎已是不能，只得听着他打去。可是这时候，继武也没有多大的气力，尽是猛打，也打不伤他。石锋便用两手扭住了马颈，把马头猛力拉下来。那马受了痛，把马屁股向上一耸，继武和石锋都从马背上滚下来，跌得两人四脚朝天。石锋翻过身来，想要骑在继武的身上。继武也翻转身子，休想骑着。

两人又在地上你扑我让、我扑你让斗了几十合，斗得两人都气喘起来。继武道："你这人本领倒不恶，两虎相争，必有一伤，我们就此讲和了，可好？"石锋道："你若肯拜我为兄，我就饶了你。"继武道："你我两人，可称得半斤八两，也用不着说一个饶字。试问斗了这许多时候，谁曾饶了谁？至于结拜为兄弟，也得论个长幼，你今年多少年纪？"石锋道："三十八。"继武道："我二十四，就拜你为兄。"两人立起来，整了衣冠，向天各唱一个肥喏。继武道："石兄何事苦苦相逼？前夜前来行刺不成，今天为甚又来相斗？"石锋道："我在关外，颇有英名，从来没有给人欺侮过。去年给你们闹得人仰马翻，这口冤气，如何出得？那张寿兄弟，也是和秦宁有宿世冤仇，所以一个被刺，一个竟会跌死。倘然论张寿的本领，也不在我之下，就是从城上跳下来，也是稀松的事，不知怎的会跌死的。朱老弟你的本领甚是高强，老实说，我打不过你的，今天大约吃了这马的亏。"继武道："这倒不能怪怨那马的，因着我在这里空闲了许多时候，筋骨都松懈了。"石锋道："我的马给你打伤了，甚是可惜，它跟了我有五年之久，可以连走三天三夜不至于乏力的，如今恐怕要伤命了。"继武道："不妨事的，秦宁有一种专医马伤的药，在我家里，给它敷了，包管无碍。你到我家里去歇息吧！"

两人各自上马，缓辔并行，到了原处，继武命两个仆人过来见了石锋，告知他们："我和石爷已认为兄弟了。"那仆人笑道："真所谓不打不成相识了。刚才见两位的恶斗，又惊又喜，惊的是大家拼了命，必有一伤；喜的是两下势均力敌，比戏台上打对子都热闹，我们也开了眼界。"继武道："今天时候已经不早，田租已来不及去收了，我们还去，明天再来吧！"四人各骑了马进城还家。继武便留石锋住了十几天。石锋要走，说是那关外的马群散了可惜。继武道："你们的马群有多少人马？可能联络起来？"石锋道："在内蒙古一带，大约有一百多群，是有名气的，但是各做各的买卖，各不相犯，却也各不相助的。"继武道："现在清廷政治日非，天下不久要大乱了，我们有几个同志，在内地暗中物色英雄，互相联结，预备时机成熟，共图大事。这北地还少联络，石兄倘然赞同我们的宗旨，在关外暗植势力，我来做南

271

北携手的居间人可好?"石锋摇摇头道:"蒙古人脑筋很旧,他们只知服从,不明白大义的。"继武道:"生公说法,顽石也能点头。只消用细针密缕的功夫,慢慢地说动他们,不怕不成功啊!况且蒙古常受俄罗斯人的侵略,刺激也很深了,倘然把兴亡大势讲给他们听,大概不至执迷不悟吧!"石锋道:"这马群中间,有一个唤作摩天云的,本来是蒙古人,犯了罪就领马群,声势最大,除非先把他说动了,其余的就容易了。"继武道:"请你努力。"石锋答应了。又住了两天,方告辞而去。又过了两天,齐东和福庆也满载而归了。继武把上项事详细说了出来,只把托石锋到关外去运动的事瞒去了,可是这些话给福庆的一个心腹仆人听去了,便一五一十告诉了福庆。福庆听了,心生一计。

后事如何,下回分解。

评曰:于脚风拳雨之中,忽夹入一段营商谋利文字,虽着墨不多,也见作者无所不通。

了结秦宁,用如此手段,出人意料,后来张寿跌死,归诸缘业,虽稍涉迷信,亦以见冤仇宜解不宜结也。

石锋固一可儿,留之为后来北方革命种子,以掉出继武与南方相联络,故用全力写其矫健。此等黏合方法,都匪意料所及,故觉突兀可喜。

先以马战,继以步战,中间又换了战地,再为马战,以步战终。其间往来驰骋,进退攻守,历历如绘,一字不懈,一笔不苟,清清楚楚,错错落落,虽求之《水浒》《三国》,亦不可多得。

第三十九回

因羡生妒纵火烧客舍
见财起意策马劫银囊

话说郑福庆听了仆人的话，甚是得意，便去见齐东，把仆人忽话一一说了。齐东道："这事确是危险，想不到继武有此野心，留着必有后患。"福庆道："他说内地还有人在那里暗中活动，更是可虑，万一风声传到官府里去，我们有窝藏之嫌，不是玩儿的。"这么一吓，齐东自然更不迟疑，便兑了五百两银子，送到继武那里，说道："外边流言说你有秘密勾当，君子明哲保身，不如暂到别处去避过了风头再来，你我各得方便。"继武听了，甚是愤怒，心知又是福庆在那里捣鬼，自己再住在这里，说不定他还有什么诡计，当下收受了银子，向他道谢了，收拾行李在第三天雇了一乘骡车，预备到王家口去。福庆还假惺惺作态，替他饯行，他勉强应酬了几杯就走。说也奇怪，平时饮了一二斤的酒，行若无事，这天饮了无多几杯，怎么有些头晕了？

他出了奉天城，走过一个村落，时候还早，也就歇下了。在一家客店里和衣睡下，到了晚上，正在蒙眬的时候，忽然听见哔哔啵啵的声音，接着有人来敲门道："后院走水，客人快些起来。"继武急忙起来，把银包、铜锤提了出门，果见烟雾弥漫，连眼睛都张不开来。走到外边，救火的人都蜂拥而来，在这混乱

273

中间，有一个人猛向继武的右手腕一捏，继武把手一松，那个银包已给人拿去了，急忙去追赶，人丛里也不见从哪里窜去，心想："这几年积蓄，完全付诸东流，未免可惜，并且身边只有些碎银，以后也难生活。"如何肯就此罢休，但是此时那人已远走高飞，如何寻得着呢？

他见门口有一匹马空着，没有人骑，就不管三七二十一，骑上马背向西走去。那夜天黑无月，他照着来路空走了一程，一无所见，自己也好笑起来，没有目的，如此空追，就是追还奉天城，也是徒然。想到这里，忽然灵机一动，转着一个念头：不要是郑福庆弄的玄虚，日间饮了他的酒就头晕，这空洞孤另的客店如何会失火的？我提了银包出来，怎么会给人注意？把各种可疑之点会在一起，便觉疑云阵阵了。不如到他那里去暗探一回，或者有些消息的，当下拍马还奉天城去。

将近城根，见有几个人在那里探头探脑，继武便把马勒住问道："你们深夜在此何事？"那些人听了，急忙向四下窜去。继武便跳下马来，向左边找人，只找不着，向右边找去，也不见有人，可是那匹马，又给你骑去了，深悔太莽撞了，心想："此时城门还关着，他们不能进城去的，我在此守候开城，看可有可疑的人走来。"便蜷伏在吊桥下等着，远远望见火光已渐渐熄灭，天色也渐渐发白，忽地尘头起处，有三四个骑马行来。继武定睛看去，见为首的戴着白毡帽，面目正像福庆身边的心腹仆人。等他们走近，把铜锤向前一拦道："你们往哪里去？"那马上的人道："我们要进城去。你干什么的？"继武道："你们从哪里来？"马上的人道："我们去找一个人，恐怕他受人暗算，要想去救他，谁知那人已走失了。"继武道："那人是谁？"马上的人道："是姓朱名继武。"继武道："我在这里，你们是大爷派来的么？"

马上的人纷纷跳下马来，乘其不备，把继武手里的铜锤拿

274

下，把手反缚了，六七个人手忙脚乱地用绳来捆扎。继武道："上了你们的当，也算老子晦气，可是有一件，我要问个明白，我死而无怨。"那人道："你说你说。"继武道："你们是郑福庆派来的，这也不用说了。放火要想把我烧死，这也不用说的。我那个银包，也是你们夺去的，我也想得到。只不知刚才那匹马，一忽儿不见了，可是你们来偷去的?"那人道："你聪明一世，蒙眬一时，只猜着了一半。我们是郑师爷派来的，你猜着了。火也是我们放的，不差。你的银包我们却没有拿。郑师爷吩咐只要人，并没说要银，不知道给谁占了便宜去。至于马，我们也没有失去，也没有来偷你。只掉差了一匹，你是坐着骡车走的，怎么说给人偷了马呢?"继武道："这事倒弄不明白了。"那人道："闲话少说，你识相些，服服帖帖随我们进城，听郑师爷吩咐。要是挣扎，我们要得罪的。"

继武冷笑了一声道："你倒说得如此容易!"只轻轻把两臂向左右一绷，那缚在身上的绳索，都断了蜕下来了，随手从仆人的手里夺过铜锤，向他们吆喝道："快些滚蛋，迟了碰着这铜锤，不要怪它得罪呢!"那些仆人知道他的厉害，方才原想乘他在暗中，没有准备，才敢动手，现在大天白亮，如何斗得过他，便撇下了马，向四下逃去。继武并不追赶，向几匹马上找寻可有银包，当真没有。便拣了一匹，自己骑上，兜转马头，仍向客店走去。

到了客店门口，见了掌柜，掌柜道："你到哪里去的? 我们正在寻你，寻你不见，疑心你遭了不幸，给火烧死了。"继武道："我的人虽没有烧死，可是我的银却失去了。"掌柜失惊道："如何会失掉的?"继武把忙乱中走出房来，给人夺去银包的话说了。掌柜道："有多少银两?"继武道："不多。"掌柜道："可要报官?"继武道："报官有什么用?"掌柜道："难道一声不响，由他

275

夺了去不成？"继武道："自认晦气罢了。"说时向后院去看了一遍，见只烧去一间边屋，可是给救火的践踏坏败，损失得也不少，那住的房间里也丝毫未动。赶骡车的来问他可要动身，继武道："不用你的骡车了，我开发你这两天的钱。我有马骑了。"说时给了他些碎银，胡乱吃了几个馍馍，带了行李，骑上马背，向掌柜说了再会，照着大路向东行去。

走了五六里路，见有五六个人席地而坐，好像在那里赌钱，继武走得有些口渴，想下来讨些茶喝。把马勒住，跳下马背，走上前去，见果然在赌钱，却没有茶水，便打了个招呼，问："这里是什么地方？就近可有打尖的店铺？"那些人正忙着赌钱，不高兴理会他。继武心想：真是什么晦气，到处逢着不快意的事。要想发作几句，恐怕又惹出是非来，只耐着性，再问一遍。就有一个人向他相了一相，又向他身边的马看了几眼，向左手一个人切切察察不知道说些什么，回过头来道："这里是白杨村，你不瞧见前边有许多白杨树么？这白杨村里有一家荒饭店，可以打尖的。"

继武见他鬼鬼祟祟，甚是可疑，嘴里答应了，谢他指点。那两只眼却不住地向他们细看，瞥见一个人手里拿着一块银子，上面有义孚的印记，这是奉天银号的牌号，他的银子都是从义孚兑来的，不要就是这几个鬼头来夺去的。当下便冷不提防，从那人的手里抢下那块银子来，问道："你这银子哪里来的？"那些人都立了起来，大声道："青天白日，你想抢银子么？"继武道："你们让我搜一搜。"那些人见不是路，各自放开脚步向四下走去，早给继武抓住一个，在他额角上打了一拳，打得他眼前金苍蝇乱碰，急呼："爷爷饶命，我只分得五六两银子。"继武道："谁给你的？"那人道："是白杨村唐三爷给我的。"继武道："唐三爷是怎样的人？"那人道："他是这里的一条好汉，专打不平，有了钱给我们穷汉用，是个好人。"继武道："他的钱从哪里来的?"那人道："他是个有本领的，在这路上见有来往的人带了银钱，露了白，他就追上去，一拳把那人打倒了，拿了银钱就走。不然的话，跟他下了客店，在夜里到房里去盗了来，甚是容易。"继武道："昨夜前村失火，有一个客商失去了一个银包，就是他抢去的么?"那人道："不是他是谁呢?"继武道："这人现住在哪里?"那人不说，继武又要伸拳打他，他就急说："在白杨村里靠一个大池的屋子里。"继武道："你随我去做个见证。"那人不敢不依，只得引着继武，拉了马到白杨村来，远远瞧见一个少年，两手叉腰，走在大池边看人捉鱼。那人用手指着道："这人便是。你放我走路，给他瞧见了，他知道是我领来的，我以后就难以见他了。"继武点点头，那人便如飞地走了。

继武拉了马走过去，那姓唐的已瞧见了，便放下手，走过来，把马相了一相道："你是镇关东么?"继武道："不是。"姓唐的道："可是姓朱?"继武道："姓朱是不差的。"姓唐的道："大名可是继武?"继武道："是的。"姓唐的拱拱手道："里面请坐。"继武倒不敢进去。姓唐的道："你这匹马是我的，你还了我的马，我还你的银包吧!"继武听见他说起银包，心上一动，又见他满面笑容，不像有什么恶意，便放了一半的心，慢吞吞随他进屋子里去。姓唐的请他坐了下来，拱拱手道："久闻大名，只是无缘拜访，今天才得识荆，却想不到先要得罪了，才得相见。"继武弄得莫名其妙，问道："你老实说吧，到底是什么一回事?"

姓唐的道："我姓唐，名一奇，昨天从奉天城里出来，见你坐着骡车，带了行李，料想是个商人，我便跟你到客店里，果然见你有一个银包，甚是沉重。我想借来一用，到了晚上，再到那客店里，预备动手，不知怎的失火了。我在人丛里等你出来，见你一手提着银包，一手提着铜锤，甚是仓皇。我就暗中用了一点

277

儿狠劲，在你的手腕上一捏，你当真松了手，我抢着就走。可是要紧走路，忘了马匹，没有骑还，但是这匹马在城外，方圆五十里，都认得是我的。倘然留在那里，不是要从这马身上根寻出我来的？因此我便派人去找还那匹马。那人到了客店里，火已熄了，人已散了，不见马匹。有人告诉他，骑马的都是向城里走去的，那人便追到城门口。果见有一匹马在那里，空着没有人骑，那人跳上马背，从别路走还白杨村来。谁知这匹马不是我的，不知怎样和人家掉差了。我把银包解开，见里面有一封信，上面写的是大名，又见银块上多数有义孚的印记，知道是你的，要来还你。到客店里，说你没有还店，我只得还来。想你失掉了这两千多两银子的巨款，决不罢休的。要是你向东走的，这里横竖是必经之路，我已叮嘱荒饭店里老板，倘然瞧见你，就来通知。你可是到过荒饭店了？"

继武道："我在路上瞧见几个赌鬼，才得了线索。"唐一奇道："这些混蛋，真可恼，没有钱时，向我愁穷，有了钱就狂赌烂嚼。只是还有一件，我的马既然是你骑去的，怎么还有一匹空着没有人骑的马在城门口呢？"继武道："现在我都明白了，我有一个同事郑福庆，胸襟狭窄，心术阴险。他见我空手到了那里，居然带了两千多两银子动身，心上不免因羡生妒，他就下了狠毒之心，派人暗中刺探，得了着落，便放火烧死我。昨夜他们放了火，在匆忙中走还城去，见了马就骑，也无暇细辨，谁知道你的马给他们骑了去。他们的马给我骑了去，现在你的马倒是我送来还你。可算得奇缘了！只不知城门口探头探脑鬼鬼祟祟的几个人是干什么的。"

一奇道："也是我派去的，我料想你失了银子，一定要还城去的，我派他们在黑暗里袭击你的。谁知都是没中用的东西，反给你赶走了。"当下把银包捧出来道，"中间有二三十两的银块，我已赏给那些奔走的人，现在已补足了，不过不是原物，请你原谅。"

继武道："我且问你，你方才称我镇关东，我又不是《水浒》上郑屠户的哥哥，何来此雅号呢？"一奇道："这雅号也是一年内奉天人给你题的，因着你在奉天城里，上上下下都知道你的武艺高强，所以有此尊称。难道你自己倒没有知道么？"继武道："的确我没有听见过，你我素无交情，如何见了贱名，如此垂爱？"

一奇道："我自恨空有了些拳脚，没有一个好朋友，切磋琢磨，屡次要进城来见你，恐怕你瞧不起我。实在我劫取行人的银钱，有三不动的规矩，不是不论精粗美恶，见了钱就起意的。"继武道："什么叫作三不动？"一奇道："女子不动，僧道不动，还有小本经济不动。"继武道："女子和僧道是看得出的，小本经济你如何看得出来呢？"一奇道："倘然到了手，见数目有限，就还了他。"继武道："那么你只是吃大俸的。"一奇道："我得了钱，也是散给贫苦的人的，自己只求保暖足矣。"

继武道："你干了几年，难道没有破过案么？"一奇道："你又太老实了，那些来往的人，都有要事在身的，谁等得及官府破案？我们这白杨村上的人，哪一个不靠着我过活，谁肯说出去，自己坏了衣食之源？并且那些衙门里的差役，都和我有往来的，明知我干的事，他们先给我遮掩过去了。官府向下严逼了几回，不见眉目，事主和缓了，也就搁在一边。我又不是接连着干的，有时一年只干三四回，所以官府里永远不会知道的。"继武道："这种生活到底不是正当的，我劝你另寻正业为是。"一奇叹道："现在什么时势，还有正业好做么？"继武道："你肯随我到一个地方去么？"一奇道："哪里去？"继武道："我有一个朋友李无功，在王家口练团防，我要到他那里去。你如愿去，一定欢迎的。"一奇道："这事也怪乏味的。"继武道："这练团的事，不过

279

是个幌子，暗里还有骨子。"一奇道："什么骨子？"继武正要说出来，外边走进一个人来，就把话剪断。

后事如何，下回分解。

评曰：福庆之谗继武，意欲害之，实则速其南下耳，否则继武长在关外，与南方诸侠无相见之机会，此书将何从结束耶？

此回又换一种笔法，故意写得离奇错乱，粗看觉得乱杂无章，头绪纷繁，至后各有交代，分析清楚，压轴乃有此妙文，令人击节。

第四十回

乞援芒砀山群魔北去
除凶大马集三骑南来

话说继武正要把秘密联合、共谋推翻满清的话说出来，外边走进一个人来，见了一奇，拱拱手道："我从奉天城里来，听得一桩奇事。"一奇指着继武道："这位就是你平时佩服得五体投地的镇关东啊！"那人趋前几步，向继武拱手道："足下就是朱继武朱兄么？"继武还礼道："不敢不敢，请教尊姓？"一奇道："他是我的结义兄弟，平素喜欢管闲事、打听新闻，所以人家称他顺风耳，姓周名禄。不知道今天又打听到一件什么奇闻来了，坐下来讲吧！"周禄道："这新闻就出在朱兄身上。"继武道："难道我的事已宣传了奉天城么？"周禄道："怎么不是？今天早上有五七个仆人模样的，等开了城门进城来，给守城的拦住，仔细盘诘，方知是张齐东家的仆人。问他们为什么这般大清早赶进城来，他们回答说是昨夜来不及进城。守城的向他们身上一搜，却搜出几包硫黄、松香来，问他们这些东西有何用处，他们就支吾起来。却巧那时三岔口的地保也来报告昨夜失火的事了，守城的便疑心到他们身上。送到城门官那里，城门官因和齐东有些嫌隙，就把这事认真起来，把仆人详细勘问，供出放火的事来。城门官送到县里，去提那满天飞郑福庆到案，齐东替他走门路运动，承认赔偿那客店的损失了事。福庆失了面子，不好意思再住在那里，便辞了齐东走路。朱兄，这口气可以消了。"继武笑道："他容不得我，我倒气量很大的，否则我早已向他算账了。"一奇道："这些小人，本来我不必和他计较。"

周禄道："不知道朱兄现在要到哪里去？"一奇道："他正要说出一个大道理来，给你剪住了。朱兄，周家兄弟不是外人，请说吧！"继武道："我们为了清廷日见腐败，外侮日逼，不是快些自觉，难免瓜分之祸。我们几个同志，各在内地暗中物色英雄，奔走联络，等到势力雄厚，一举推翻满清，建立新国。不知道二位意下如何？"一奇道："这是大计划，我们如何不赞同？你说到王家口，我和周禄弟随你同去可好？"继武道："再好没有了。"当下在白杨村住了两天，一奇和周禄把琐碎的事安排舒齐，各带了些细软，骑了马，出关而去。

且说李无功在王家口，把团练办得甚有精神，和大马集貌合神离，两下相安无事。可是大马集的一辈人，还是不能改过迁善，仍旧掳人勒赎，劫盗偷窃，无所不为。有一个李家店，是小村落，给他们洗劫干净，李家店上的人，都逃到王家口来哭诉。无功去向时鸿运论理，要他把所劫的东西还了他们，鸿运非但不允，反而出言不逊。无功便领了团练去声罪致讨，鸿运等也准备迎敌。这天两下正在严阵以待，粉面夜叉牛钢挺着双锏，小李逵李长立使着阔斧，金眼蛟常逢乐挥着朴刀，赛吕布栾光掉着短戟，把无功四面围住。两边手下的恶人，各自捉对儿混战，从辰牌时分直战到申牌时分，还没有分下胜负。时鸿运在后面督战，见天色已晚，便命点起火把来夜战。他们四人像车轮似的和无功厮杀，无功那把单刀虽使得五花八门，到了晚上，渐渐有些力乏。自古说双拳难敌四手，现在一把单刀，如何敌得过五六件武器？后来想卖一个破绽，拖刀冲出重围，不料天黑，地下高低不平，给一块大石绊了一跤。牛钢李长立扑上来，把无功捉住，那些喽啰们蜂拥上前，七手八脚，把无功捆绑了手脚，捉还家去。

那些团众，见领袖已捉了去，四下逃散，纷纷坐船还王家口去。

那王盐商得了这个消息，甚是愁闷，预备拿钱去向时鸿运赎回无功，这夜无话。到了第二天，早上有人来报，口外有三人骑马到来，不知是谁。王盐商更急得什么似的，便吩咐团副前往盘问，去了一回还来说是从关外来访问李无功的，一个就是前次来过的朱继武。王盐商这才放了心，便去请他们进来相见。那继武、一奇、周禄下了马，到王盐商家，见了王盐商，继武问："无功到哪里去了，怎么不见？并且这王家口的人，却是面有忧色，难道有什么变端么？"王盐商把这事原原本本告诉了继武。继武直跳起来道："这些毛贼，到底是不会变好的，我们前去向他要还无功来。"王盐商道："他们人多，倒不可轻视。"继武道："这些人的本领，已领教过，不妨事的。"王盐商道："可要带些人去相助？"继武道："不用带人，只请备了船只就够了。"王盐商请他们吃了饭，吩咐备了一只船，把三人送到大马集。

三人上了船，一径到时鸿运家里，那时他家又比以前气概很多，门口排立十几个人，都是雄赳赳气昂昂，挺着武器，见三人到来，大声喝道："你们来此何事？"继武道："我要见你们的主人。"说着就要闯进去。那些人哪里肯放，一齐排立在门口，把武器挡住。三人猛撞进去，撞得他们七歪八倒。三人闯到里面，喊道："时鸿运快些出来，有话要讲。"那时时鸿运正在和牛钢等商量处置无功，鸿运要把无功杀死，以除后患。牛钢道："这人甚有本领，杀了可惜，不如软禁起来，慢慢地劝他投降。并且他有许多朋友，都是武艺高强的，倘然杀死了他，他的朋友知道了，如何肯罢休？不如留着还有退步。"

鸿运还未有决定，听见外面人声喧哗，急忙拿了武器，赶出来，见是继武，先呆住了。继武见了便把铜锤一摆道："你好没道理，当时你说以后不再为非作歹，方才和你们联络，如何违背了约言，又干这伤天害理的事来？无功来责难，你们又不服输，还要欺负他，你们若不快把无功送出来，今天不与你们罢休了！"鸿运也不答话，挥动大刀来迎，那时李长立、常逢乐、栾光也都出来了。一奇乘他们不备，从衣袖里呼呼地放出三支连珠袖箭来。第一箭正射中了鸿运的鼻子，鸿运往后便倒；第二箭要射栾光，幸亏避得快，只射中头上的毡帽，横穿在上面，好像戴了一支花翎；第三箭落了空。牛钢道："大丈夫应当明枪交战，如何用暗箭伤人？"继武道："你们这些行径，还像大丈夫么？今天非把你们一个个处死不可！"说着三人奋勇上前。

牛钢见来势汹涌，断难相敌，三十六着，走为上着，便拉着李长立从后门逃出，已经向芒砀山而去。只有常逢乐和栾光还不走，和三人死拼。那时鸿运最不济事，受了一箭，已挫了勇气，勉强立起来，哪里还能抵敌？继武的铜锤对付常逢乐的朴刀，已绰有余裕。一奇的双刀和周禄的长枪合战栾光，栾光也支撑不住，一失手那短戟落在地上。周禄一枪刺过去，早刺中了他的右腿。栾光急忙挣脱了长枪，拼命向外逃去，也往芒砀山去。剩下常逢乐给三人围住，要走也不能脱身，给继武一铜锤打得脑浆迸出。时鸿运跪在地上求饶道："请朱爷饶命。"一奇提了双刀赶去，继武倒有些心动，要想阻住一奇，那时一奇的双刀已劈下去，鸿运的头成了两爿。继武道："去抓一个喽啰问问无功在什么地方。"一奇和周禄向四下找寻了一回，哪里还见人影，原来这喽啰们早已逃得无影无踪了。后来在后园厕所上，拉着一个人来，领到一间小屋里。见无功捆扎了手脚，还用铁链锁在柱上，两人把铁链斩断。无功把绳索绷断，问了两人的姓名，知道继武也来了，心上甚是欢喜，一同走到外边来，和继武相见，向三人道谢相救之德。

继武道："李兄本领不弱，如何会给他们捉住的？"无功道："说也惭愧，前几天吃坏了，有河鱼之疾，身体尚未复元。昨天深入重地，一人力敌四，恶战了四个时辰，气力接不上了。要想

284

脱身，给大石绊了一跤，就给他们捉住。我本想把绳索绷断，乘夜脱逃的，争奈四肢无力，竟绷不断，加着屋外守着几十个喽啰，就是我出来，也难以冲出重围，因此便索性不动，预备借此养息了一天再走。想不到你们竟如从天而降，真是奇缘！"继武道："这里的人已走散了，我们须得想一个善后办法来。"无功道："王家口那里我没有面目再去了，就请朱兄代了我吧！"继武道："这话有些不合，一来他们素敬服你的，这回偶然受挫，他们的信仰绝不会减少的；二来我们初到此地，人生地疏，不及你驾轻就熟。我的意思，他们走散的，势必要图报复，以前不是听见他们说过那芒砀山有一伙人住着，说不定他们要来寻衅，我们倒不能不防。王家口那里仍由你去，赶紧训练，我和一奇、周禄就在这里安顿，两下好互相掎角。倘然他们大队人马到来，我们一面抵挡，一面来通知你，你就来接应。"无功道："就是这么办吧！"当下把鸿运和逢乐的尸首埋好，无功就坐了继武的船，还王家口去，用心训练团众。继武把喽啰们设法召还来，晓以顺逆，吩咐他们洗心革面，不要像以前那么无法无天。这大马集有几百亩荒地，每日上半天操练武艺，下半天分派他们去垦种，顿时有了出产，经济也充裕了。

且说牛钢、李长立、栾光先后到了芒砀山，见了寨主，把失掉大马集的话说了。那寨主诨号撑天柱仇龙，是个绿林出身，在芒砀山已有八年之久，聚集了五百多人，听见了这消息，如何不怒？便安慰他们道："你们且在此将息几天，我来替你们去报仇。"可是嘴上如此说，心上实在有些气馁。经不起牛钢等天天怂恿，不能不走一遭，便拣了一个好日子，把山上的事交付给他的老婆余五娘，亲自领了二百多个喽啰，随着牛钢等下山。那余五娘是个卖解女，有飞檐走壁之能，使着双剑，甚是泼辣。伊是从芒砀山经过，众喽啰不知轻重，和伊厮打，给余五娘杀得北斗归南。后来仇龙自己下山，也敌不过伊，给伊捉住。仇龙就向伊求饶，情愿把芒砀山寨主让给伊。余五娘放了他，就在山上做起了女寨主。那时鸿运等占据了大马集，派人来通友好，仇龙接受了。余五娘见声势渐壮，自问女流，不便做首领的，便让还仇龙做寨主。伊又见仇龙身强力壮，就嫁给他，伊便做了压寨夫人。这天送仇龙等下山，叮嘱他早去早回，祝颂他旗开得胜，马到成功，还山不提。

且说仇龙等走了几天的路，到了大马集，早有人报告与继武知道。继武便派人到王家口去报信，一面分拨人马抵敌。第一天只是手下的人混战了一阵，各有死伤。第二天牛钢出阵挑战，一奇挥动双刀相迎，两下斗了三十多回合。牛钢把双铜虚挥了一阵，转身就走。一奇恐有接应，不敢追赶，收兵还去。这天晚上，无功也领了一百多个团众到来，继武道："他们这回从远地赶到，利于速战，我们以逸待劳，不必急战。每天和他们混战一阵，就退下来，等他们不耐烦了，然后全力去攻，可以一鼓而擒。"无功道："今天晚上我去偷营，你们在后面埋伏，让我引他们深入重地，杀一个措手不及。"一奇道："我们还可以再派一队人马从远路绕到他们的后面，等李兄偷营的时候，从后面夹攻过去，不是可以斩草除根么？"继武道："好计好计！"

当下吃了夜饭，分头出发。三更打过，一声呐喊，无功当先领着五十多个团众，冲进营去。仇龙等都从睡梦中惊起，急忙披衣而出，在黑暗中也不辨东南西北，并且四下人声鼎沸，也不知道实在有多少人马，只得向无人处冲杀过去。他把三节棍挥得像流星一般，却幸没有遇见敌手。走了半里多路，立定了，向前望去，见火光烛天，大约营帐都给他们烧去了，却又不敢上前，只得坐着等天亮。悄悄走过去，见营帐都成了灰烬，地上有几个受伤的躺着。仇龙上前扶起一个人来，问他可知道其余的到哪里去了。那人道："我在火起的时候逃出来，就遇着一个人，把长枪刺我一下，腿上至今还在出血，痛得七荤八素，也不知道旁的事了。"仇龙道："你碰见了别人，关照他们到前面一个山头上聚着，我去寻找牛钢，少停就要来的。"说着便走到别处去，找了半天，并不见自己的人，只得走到那小山上来，那时已有二十多个喽啰聚着，只不见牛钢等。有一个喽啰说瞧见李长立给他们捉去的，别却不知道。仇龙道："我们只好还芒砀山去再说。"

这天赶了一程路，在一个客店里住下，却见牛钢已在店里。牛钢道："我听见了呐喊之声，提了双铜出去，正遇着继武从后边杀我，我抵挡了一阵就走，一口气到了这里。听说栾光受了伤，不知道逃到哪里去了。"仇龙道："你如何知道？"牛钢道："我在路上碰见了一个山上的人，他告诉我的。"仇龙叹气道："长立被擒，栾光受创，真是出军不利！"牛钢道："本来我们也太疏忽，如何不防他们这一着的！"仇龙道："这回深悔没有带五娘同来，否则伊必能把敌人杀退的。如今我们且还山去，重行挑选健儿，让五娘率领了前来报复吧！"牛钢道："大哥为了我们倒折了许多人马，甚是不安。"仇龙道："我们不去攻打，他日他们也要来攻打我们的，胜败乃兵家常事，这回中了他们的奸计，我们难道罢了不成！只是栾光在什么地方，我们总得回去寻着他才是。"牛钢道："大哥，且请先行，我在这里打听吧！还有长立捉了去，也要知道一个下落的。"仇龙点头称是，到了明天，领着残兵自还芒砀山去。

牛钢扮了一个乞丐，走到大马集来，仔细打听，知道长立还软禁在那里，栾光伤重身死，他们已埋下了。听了甚是悲悼，也无颜再上芒砀山去，就在近处做工糊口。后来仇龙二次下山，与大马集恶斗。继武活擒余五娘，仇龙降服，以芒砀山相让，无功等都到芒砀山聚集，因着长江上劫取贪官和心雄三探因循岛，有许多事情，续集再表。此时暂告结束，正是：

要凭一支笔，写出数奇人。欲晓他时果，先看今

287

日因。

　　世间原是幻，纸上更难真。青史多疑窦，虞初面
目新。

　　评曰：在结束时又将芒砀山一逗，文情紧凑，文势激张，大
轴固以热闹为贵也。

　　小说中最易犯之病，即所写英雄到处顺利，成为天下无敌，
在理论上固为不可通，在文学上亦觉少波折，故于无功特写其失
败，见得凡事有剥复，固不能自满耳。而无功之被擒，在石块之
一绊，又示人以小人之不可不防。

图书在版编目(CIP)数据

草莽奇人传／顾明道著. — 北京：中国文史出版社，
2018.3

（民国武侠小说典藏文库·顾明道卷）

ISBN 978 - 7 - 5034 - 9923 - 4

Ⅰ．①草… Ⅱ．①顾… Ⅲ．①侠义小说 – 中国 – 现代

Ⅳ．①I246.5

中国版本图书馆 CIP 数据核字（2017）第 330944 号

点　　校：薛未未

责任编辑：薛媛媛

出版发行：**中国文史出版社**

网　　址：http：//www. chinawenshi. net

社　　址：北京市西城区太平桥大街 23 号　邮编：100811

电　　话：010 – 66173572　66168268　66192736（发行部）

传　　真：010 – 66192703

印　　装：廊坊市海涛印刷有限公司

经　　销：全国新华书店

开　　本：720 × 1020　1/16

印　　张：19. 25　　字数：227 千字

版　　次：2018 年 3 月第 1 版

印　　次：2018 年 3 月第 1 次印刷

定　　价：58. 00 元